BAD BOY BOSS

Johanna Marthens

GPP
Johanna Marthens
1106/283 City Road
Southbank, Victoria 3006
Australien
E-Mail: johanna.marthens@gmx.de
Besuchen Sie mich im Internet:
www.johannamarthens.de

Umschlaggestaltung: © Dangerous Kisses, unter Verwendung eines Bildes von © vishstudio, shutterstock.com

Mehr über Johanna Marthens sowie Kontakt zur Autorin unter
www.johannamarthens.de
Facebook.com/Johanna.Marthens

ISBN: 1978234805
ISBN-13: 978-1978234802

Du bist ihm bestimmt auch schon begegnet, einem dieser Männer. Er nimmt dir den Atem und lässt mit jedem Lächeln, das er dir schenkt, dein Herz unvernünftige Dinge tun. Du kannst nicht aufhören, ihn anzustarren. Und in dem Moment, in dem er den Blick aus seinen faszinierenden Augen auf dich wirft, bist du verloren.

Es ist so schwer, diesem Mann zu widerstehen, selbst wenn du genau weißt, dass dieser Mann dein Schicksal besiegeln wird.

PROLOG

ICH HATTE DAS GEFÜHL zu fliegen. Zum ersten Mal seit Wochen fühlte ich mich wieder frei. Mein Herz klopfte im Rhythmus der Musik, mein Haar wehte im Nachtwind. Ununterbrochen tanzten meine Füße über den Boden des Pavillons am Strand der Bucht. Ich war barfuß und trug kurze Hosen, dazu nur ein leichtes Tanktop. Und trotzdem lief der Schweiß in der heißen Sommernacht über meinen Körper. Aber er störte mich nicht. Meine gebräunten Beine konnten nicht genug von der Musik bekommen. Meine Arme wirbelten durch die Luft. Meine Hüften kreisten.

Tanzen!

Nach den bestandenen Prüfungen hatte ich mir diese ausgelassene Nacht bei der Strandparty mehr als verdient.

»Hey, Süße, wollen wir zusammen tanzen?«, fragte mich plötzlich ein Typ und riss mich aus meinem Rausch.

»Warum sollte ich?«, antwortete ich unbekümmert. Er war aus meinem Jahrgang, ich kannte ihn vom VWL-Kurs. Lang und schlaksig, ein bisschen zu dünn und mit einem Leberfleck an der Lippe. Er hatte mich nie interessiert, und das würde sich heute Nacht auch nicht ändern. »Du würdest mich nur behindern.«

»Das ist nicht nett«, beschwerte er sich.

»Tut mir leid, aber du hast mich einfach unterbrochen, da reagiere ich ungehalten. Und ich tanze prinzipiell nicht mit anderen. Aber tu dir keinen Zwang an, die Tanzfläche ist groß genug für uns alle.«

Missmutig zog er ab und ließ mich wieder allein. Ich tanzte weiter und wollte die Augen schließen, um mich besser der Musik hingeben zu können, doch da sah ich ihn. Er stand lässig an den Pfeiler des Pavillons gelehnt und sah mich an. Unverwandt, als wäre ich die einzige Person auf der Tanzfläche. Ich hatte ihn noch nie gesehen, vermutlich war er aus dem Jahrgang über mir. Die Männer, die das Studium schon hinter sich hatten und nun einen Aufbaustudiengang absolvierten. Er hatte wildes, etwas längeres Haar, das bis zu seinem Kinn reichte. Die Hälfte seines Gesichts war von einem Bart verdeckt, sodass ich nicht einmal richtig sehen konnte, ob er lächelte. Es sah so aus, denn an seinen Augen kräuselten sich Lachfältchen.

Er merkte, dass ich seinen Blick erwiderte, doch er rührte sich nicht von der Stelle. Sein T-Shirt war nassgeschwitzt wie mein Top. Wo kam er her?

Ich strich meine nassen Haare aus dem Gesicht und schloss wieder die Augen, um mich ganz der Musik zu widmen. Doch der DJ hatte inzwischen den Rhythmus gewechselt. Er war langsamer als vorher, nicht mehr so mitreißend.

Der Bann war gebrochen.

Ich verließ die Tanzfläche und ging zur Bar neben dem Pavillon, wo ich einen Gin mit Tonic bestellte.

»Lust auf eine Abkühlung?«, fragte auf einmal eine dunkle Stimme hinter mir.

Als ich mich umdrehte, sah ich in ein bärtiges Gesicht mit amüsiert funkelnden Augen. Der Typ vom Pfeiler.

»Ich habe schon bestellt.«

»Das meine ich nicht.« Er deutete mit dem Kopf auf das Meer, das hinter dem Strand dunkel rauschte. Köpfe tauchten hin und wieder aus den Fluten auf, lachten und kicherten.

»Das ist keine schlechte Idee, aber erst nach dem Gin Tonic. Ich habe Durst.«

Er lächelte, dieses Mal war es deutlich zu sehen. Er sah aus der Nähe sehr gut aus, jedenfalls das, was von seinem Gesicht zu sehen war. Sein Blick hatte etwas Geheimnisvolles und Unbestimmbares, wie das Meer, kurz bevor der Sturm losbricht.

Er bestellte sich auch einen Drink und kippte ihn hinter, sobald er ihn bekommen hatte. Ich ließ mir etwas mehr Zeit, obwohl ich wirklich sehr durstig war. Doch als der schlaksige Typ mit dem Leberfleck wieder in meine Richtung kam, um sich erneut über mein Verhalten zu beschweren, beschloss ich, mich auf das Angebot des Bärtigen einzulassen. Kurzerhand zog ich ihn zum Wasser.

»Ich brauche jetzt unbedingt etwas Kühles.«

Ich zog meine Shorts aus, danach das T-Shirt, und ging im Bikini ins Meer hinein. Der Bärtige folgte mir. Er war gut gebaut, athletisch und sehnig und ohne ein Gramm Fett an seinem Körper. Er rannte an mir vorüber und sprang schließlich kopfüber in die Wellen, wobei das Wasser aufspritzte. Ich tat es ihm nach und schwamm ein paar Meter unter Wasser, bis ich wieder auftauchte, direkt vor ihm. Als hätte er nur auf mich gewartet.

»Du bist heiß«, sagte er leise und zog mich an sich. »Wie kommt es, dass ich dich vorher noch nie gesehen habe?«

Sein Atem streifte meine Haut, die vom Tanzen noch erhitzt war. Er roch nach Rum mit Cola.

»Keine Ahnung«, flüsterte ich und küsste ihn einfach, weil ich keine Lust mehr auf Reden hatte. Ich wollte die Leichtigkeit des Seins genießen. Die Prüfungen waren bestanden. Das Leben lag vor mir, ich musste nur mit beiden Händen danach greifen.

Er küsste mich zurück. Und wie! Es war der heißeste Kuss, den ich bisher erlebt hatte. Heiß und voller Verlangen. Seine Zunge spielte mit mir und jagte einen Schauer nach dem anderen durch meinen Körper. Ich spürte die Härte seiner Erektion durch die Badehose und das Verlangen nach mir in jeder Faser seiner perfekten Muskeln.

»Du machst mich verrückt«, flüsterte er, als wir Luft holen mussten.

»Ist das gut oder schlecht?«

Er lächelte. »Da bin ich mir noch nicht ganz so sicher.«

»Ich nehme es mal als Kompliment.«

»Das ist es auf jeden Fall.«

Danach küsste er mich wieder. Noch heißer. Ich schlang meine Beine um seinen Körper und wünschte mir, nicht mehr im Meer zu stehen, sondern mich in einem Bett zu befinden, wo ich mehr von ihm bekommen konnte.

Wir gingen zu ihm. Er wohnte in einem Studentenwohnheim direkt in der City. Das Zimmer war klein, sein Mitbewohner übernachtete bei seiner Freundin. Wir hatten alles für uns allein.

Er zog mich aufs Bett, als könnte er es nicht erwarten, mir die Sachen vom Leib zu reißen. Als ich nackt vor ihm lag, küsste er mich am ganzen Körper, von der Stirn bis zu meinen Zehen.

»Du bist wunderschön«, flüsterte er. »Aufregend und unglaublich sexy.«

Ich antwortete nicht, sondern genoss seine Zärtlichkeiten. Seine Hände, die mich streichelten und immer mehr in einen Zustand des Rausches versetzten, der noch viel besser war als der der Musik. Seine Lippen, die mich wieder und wieder sanft neckten und schließlich kunstfertig auf den ersten Gipfel dieser Nacht schubsten. Und als er in mich eindrang und der nächste Höhepunkt kam, hatte ich das Gefühl, wirklich fliegen zu können, weil das Gefühl so überwältigend war, dass ich jegliche Orientierung verlor.

In jener Nacht lachte ich so viel wie in den fünf Jahren meines Studiums zusammengenommen. Wir alberten herum, gelöst und glücklich, als würden wir uns seit Jahren kennen und beste Freunde sein. Und als ich ein Muttermal an seiner Hüfte entdeckte, machte ich aus Scherz ein Foto davon, das er am liebsten gelöscht hätte. Aber ich schaffte es, mich gegen ihn durchzusetzen. Ein Andenken an diese unglaubliche Nacht.

Wir liebten uns dreimal in dieser Nacht. Anschließend schlief er erschöpft ein und rührte sich nicht mehr.

Ich lag lächelnd neben ihm und dachte an die vielen Möglichkeiten, die sich mir in meinem Leben jetzt boten. Ich hatte mit Auszeichnung abgeschnitten, ich würde die besten Jobs annehmen können. Vielleicht sollte ich nach Amerika gehen, wie meine Schwester Dorothea. Dort war mehr Geld zu machen als in Sydney.

Ich sah auf die Uhr. In sechs Stunden musste ich auf dem Flughafen sein und mit Doro nach Kalifornien fliegen. Sie hatte sich in den Ferien in einen Amerikaner verliebt und wollte in Los Angeles ihr Glück versuchen.

Leise stand ich auf und suchte meine Sachen zusammen. Als ich angezogen war, fiel mir auf, dass ich nicht einmal wusste, wie der Typ hieß, mit dem ich die Nacht verbracht hatte. Wir waren so heiß aufeinander gewesen und hatten so viel Spaß zusammen gehabt, dass wir uns nicht gegenseitig nach unseren Namen gefragt hatten.

Es war auch egal. Wir würden sowieso unserer Wege gehen. Ich dachte nicht eine Sekunde an eine feste Bindung. Ich wollte die Welt erobern, den besten Job ergattern und meine Karriere in Angriff nehmen.

Ich warf einen letzten Blick auf den jungen Mann auf dem Bett, dessen Brust sich beim Atmen regelmäßig hob und senkte. Danach ging ich hinaus und schloss die Tür hinter mir.

NACKTE TATSACHEN

EINIGE JAHRE SPÄTER

WIE IST DAS doch gleich mit Murphys Gesetz? Das Toastbrot fällt immer auf die Marmeladenseite? Und wenn es ganz schlimm kommt, direkt auf meine Bluse.

Ich fluche laut. Die Himbeermarmelade hat einen riesigen roten Fleck auf dem Stoff hinterlassen. Und das ausgerechnet jetzt! Ich bin ohnehin schon spät dran und werde nur mit Ach und Krach pünktlich bei meinem neuen Job erscheinen. Dieses Unglück bringt mich noch mehr in Schwierigkeiten.

Ich stecke den Rest des Marmeladenbrotes in den Mund, während ich die Bluse ausziehe. Die Krümel, die aus meinem Mund fallen, landen auf dem Fußboden, aber darum muss ich mich später kümmern. Jetzt muss ich mich erst mal für die Arbeit fertigmachen.

Ungeduldig schaue ich auf die Uhr. 7:10 Uhr. Punkt acht beginnt mein neuer Job und ich habe noch einen weiten Arbeitsweg vor mir.

Ich werfe die Bluse mit dem großen Marmeladenfleck in den Wäschekorb und haste in mein Zimmer, um im Kleiderschrank nach einer neuen Bluse zu suchen. Doch dort herrscht gähnende Leere. Ich besitze nur zwei gute Blusen. Eine ist nun in der Wäsche, die andere passt farblich nicht zu meinem Rock. Aber wenn ich nicht im T-Shirt vor meinem neuen Boss erscheinen möchte, muss ich wohl in den sauren Apfel beißen. Mein Bleistiftrock ist dunkelblau, die Bluse ein zartes Hellgrün. Ich könnte natürlich dazu die schwarze Hose anziehen, aber die ist viel zu warm heute. Hastig entscheide ich mich für das kleinere Übel – die grüne Bluse zum blauen Rock – und ziehe sie über. Danach nehme ich meine Handtasche und eile aus der Wohnung.

In meinen hohen Schuhen flitze ich über den Bürgersteig zur U-Bahn-Station und renne die Stufen hinunter. Unten angekommen spüre ich schon den kühlen Luftzug der U-Bahn. Das ist ein schlechtes Zeichen. Den Zug schaffe ich nie und nimmer! Hektisch ziehe ich die Monatskarte durch den Schlitz am Automaten. Die Schranke zuckt sich nicht. Auch beim zweiten Mal rührt sich nichts. Der Automat erkennt sie erst beim dritten Mal und kostet mich wertvolle Sekunden.

Als ich endlich drinnen bin, eile ich zum Bahnsteig. Doch ich bin zu spät. Ich sehe nur noch die Rücklichter der U-Bahn. Mein Haar weht im Fahrtwind.

Fuck!

Wieder blicke ich auf die Uhr. In fünfunddreißig Minuten muss ich im Büro sein. Das wird verdammt knapp. Aber ich zwinge mich, ruhig zu bleiben. Unter meinen

Achseln wird es bereits feucht. Eine durchgeschwitzte Bluse an meinem ersten Arbeitstag gehört auch nicht gerade zu dem, was ich einen idealen Einstieg in den neuen Job nenne.

Ich hole mein Telefon aus der Tasche und will die Kopfhörer in meine Ohren stecken, um mich abzulenken, als mein Blick auf ein riesiges Werbeplakat fällt, das genau gegenüber von mir an der Wand der U-Bahnstation hängt. Ich spüre ein unangenehmes Gefühl im Magen. MAM Finanzberatung. Meine neue Firma. Und als Werbeträger dient kein Geringerer als mein neuer Chef: Marc Morton. Er sieht unglaublich gut aus, fast wie ein Model. Dunkelgrüne Augen, eine feine gerade Nase und hohe Wangenknochen. Auf dem Bild trägt er Anzug und Krawatte und blickt mit einem sympathischen Lächeln in die Kamera. »Keine Angst, wir kümmern uns um ihr Geld, damit sie in Ruhe Golf spielen und um die Bahamas segeln können«, sagt das Lächeln.

Wenn man ihn auf diesem Foto sieht, könnte man fast denken, dass er ein verantwortungsbewusster und freundlicher Zeitgenosse ist. Aber ich weiß, dass der Eindruck täuscht. Marc Morton ist das ganze Gegenteil. Er hat den schlechtesten Ruf, den ein Unternehmer nur haben kann. In den einschlägigen Blättern der Branche wird er als Bad Boy bezeichnet, dessen Privatleben eine Katastrophe ist, aber der im Geschäft erstaunliche Ergebnisse erzielt. Manche Kunden vergöttern ihn, weil er das Risiko liebt und auf diesem Weg das Beste aus ihrem Geld macht. Ich kenne allerdings auch Geschäftsleute, die große Angst haben, diesem Mann ihr Geld anzuvertrauen. Sie tun es trotzdem, weil sie wissen, dass er der Einzige ist, der Wunder vollbringen kann. Ein Kunde hat ihm mal drei Millionen gegeben, die er vermehren sollte, und nach zwei Jahren hat dieser Mann sechs Millionen zurückerhalten. Das sind Geschäfte, die sich keiner so schnell durch die Lappen gehen lassen möchte.

Auf der anderen Seite ist Marc Morton unberechenbar. Wenn er einen Kunden nicht mag, lässt er ihn am ausgestreckten Arm verhungern. Oder nimmt ihn gar nicht erst als Kunden an. Und Frauen hassen ihn sowieso, weil er sie wie Dreck behandelt.

Das also ist mein neuer Chef. Ich seufze leise. Aber ich habe keine Wahl. Ich brauche das Geld. Und alle anderen Firmen wollten mich nicht haben. Ich bin nicht mehr sonderlich beliebt in der Branche.

Ich spüre den Luftzug der nächsten U-Bahn. Nur wenig später rast sie durch den Tunnel und hält am Bahnsteig. Ich steige ein und kann sogar einen Sitzplatz ergattern. Eingequetscht zwischen einer dicken italienischen Mama, die die ganze Zeit am Telefon hängt und lauthals mit ihrer Tochter schimpft, und einem älteren Mann mit weißem Bart, der schniefend die Zeitung liest, während hin und wieder ein Tropfen aus seiner Nase auf die Seite fällt, bereite ich mich mental auf den kommenden Tag vor. Wie ein Mantra wiederhole ich immer wieder dieselben Sätze:

Ich werde alles tun, was mein Boss von mir verlangt.

Ich werde nicht aufmüpfig, wenn er Fehler macht, sondern ihn ganz ruhig und bestimmt darauf hinweisen.

Ich werde ihn niemals in Schutz nehmen, wenn er Mist baut.

Ich werde meine Arbeit machen, nach bestem Wissen und Gewissen.

Ich werde mich nicht um seine privaten Angelegenheiten scheren.

Ich werde die beste Mitarbeiterin sein, die er je hatte, damit er mich nicht feuern kann.

Ich brauche diesen Job genauso dringend wie mein tägliches Toastbrot am Morgen.

Die dicke Mama neben mir steigt an der nächsten Station aus, dafür setzen sich zwei Schülerinnen auf den Platz und spielen an ihren Handys. Endlich ist es etwas ruhiger neben mir und mein Blick wandert zur Zeitung meines Nachbarn. Schon wieder ein Erdbeben in Europa. Und der amerikanische Präsident hat erneut irgendwelchen Mist verzapft, weshalb der Rest der Welt sauer auf ihn ist. Und Marc Morton hat einen Preis gewonnen.

Ich kneife die Augen zusammen, um besser sehen zu können. Aber ich habe mich nicht verlesen. Mein neuer Boss hat tatsächlich einen Preis gewonnen, aber keinen guten. Der silberne Kaktus für den kontroversesten Unternehmer in ganz New South Wales ging an ihn.

Na toll.

Darunter ist ein Bild von ihm, wie er an der Seite einer wunderschönen Frau mit ewig langen Beinen und aufreizend tiefem Dekolleté zur Preisverleihung geht. Er lächelt souverän in die Kamera, als würde er einen Oscar bekommen. Es stört ihn nicht einmal, dass er umstritten ist. Als wäre ihm die Meinung anderer völlig gleichgültig. Oder er genießt einfach die Aufmerksamkeit, die ihm dieser Preis bringt.

Wieder rattere ich meine Sätze runter, in der Hoffnung, dass ich sie verinnerliche. Ich darf Marc Morton auf keinen Fall verärgern. Ich brauche den Job. Ich brauche den Job. Ich brauche den Job.

Schließlich steige ich aus und stehe vor dem riesigen Hochhaus im Central Business District von Sydney. Darin sind zwei Banken, vier Anwaltskanzleien, acht Steuerberater und ein Finanzunternehmen untergebracht. Letzteres sitzt im obersten Stock.

MAM – Financial Services Millen, Asperger & Morton.

Dahin muss ich.

Ich schlucke das unangenehme Gefühl hinunter und gehe in das Gebäude. Während mich der Fahrstuhl nach oben bringt, wiederhole ich meine Sätze erneut.

Ich werde alles tun, was mein Boss von mir verlangt.

Ich werde nicht aufmüpfig, wenn er Fehler macht.

Ich werde ihn niemals in Schutz nehmen, wenn er Mist baut.

Und dann stehe ich in dem stillen Flur. Ein dicker Teppich liegt auf dem Boden und schluckt jedes Geräusch, sogar meine Schritte in den hohen Absätzen. Er ist so weich, dass ich das Gefühl habe, darin zu versinken. Er muss ein Vermögen gekostet haben. Von dem Flur gehen mehrere Büros ab, einige Türen stehen offen. Darin sitzen Finanzberater ins Gespräch mit Kunden vertieft oder am Computer, um Exposés zu schreiben, die sie den Kunden vorlegen können. Sehnsüchtig schaue ich in ihre Büros und versuche, nicht wehmütig zu werden. Auch ich habe mal in einem solchen Büro gesessen und an Exposés gearbeitet, an verdammt guten. Ich bin der aufstrebende Stern am Finanzhimmel von Sydney gewesen. Doch ich habe einen Fehler gemacht. Und nun ist der beste Job, den ich bekommen kann, die Stelle der persönlichen Assistentin vom umstrittensten Unternehmer in New South Wales. Ein knallharter Abstieg.

Ich stehe vor der letzten Tür des Flurs. Dahinter liegt mein Büro. Und direkt dahinter seines. Ich bin nah genug bei ihm, um ihm all seine Wünsche zu erfüllen. Während des Bewerbungsgesprächs vor einer Woche hat mir Lucy

Kafer, die Chefsekretärin auf der Etage, bereits die Räumlichkeiten gezeigt. Ich bekam sogar einen kurzen Blick auf meinen neuen Chef. Er ist für einen Moment ins Bewerbungsgespräch geplatzt, hat mir eine Frage zu meinen Erwartungen gestellt, dann ist er wieder gegangen, als wäre es ihm völlig gleichgültig, wer in Zukunft seine persönliche Assistentin ist. Ich habe zuerst gedacht, er würde mich auch nicht nehmen wollen, wie all die anderen Arbeitgeber in Sydney. Aber der Anruf von Lucy kam noch am selben Tag. Lucy hat mir auch verraten, warum meine Vorgängerin gekündigt hat, obwohl ich es eigentlich nicht wissen wollte. Offiziell hieß es, sie wäre nach Brisbane zu ihrem Verlobten gezogen. Aber die Wahrheit ist, dass sie nicht mehr mit Marc Morton zusammenarbeiten konnte, weil sie eine Affäre mit ihm gehabt und er sie nach ein paar heißen Wochen eiskalt abserviert hat.

Wieder rattere ich meine Sätze herunter und betone den mit den persönlichen Problemen meines Chefs ganz besonders deutlich. *Ich werde mich nicht um seine privaten Angelegenheiten scheren.*

Danach trete ich ein.

Doch kaum befinde ich mich in dem Vorzimmer, das von nun an mein Arbeitsplatz sein wird, erstarre ich vor Schreck. Die Tür zum Büro meines Chefs steht sperrangelweit offen und erlaubt mir einen ungehinderten Blick in den Raum. Und dort steht Marc Morton und ist – splitterfasernackt. Sein Anzug liegt auf dem Stuhl, sein Hemd auf dem Boden, als hätte er es gerade ausgezogen. Der Ärmel zuckt noch leicht. Er hat nicht einmal Schuhe an, gar nichts. Überhaupt nichts.

Und es scheint ihm nicht einmal peinlich zu sein, dass ich ihn in dem Moment so sehe. Denn er tut nichts, um seine Blöße zu verstecken.

Im Gegenteil.

Ungerührt sieht er zu mir. »Gut, dass Sie endlich kommen. Sie können die Sachen in die Reinigung bringen. Und holen Sie dabei gleich neue Unterwäsche für mich. Ich kann keine Unterhosen mehr im Schrank finden.«

Ich stehe wie erstarrt und sehe ihn an. Das Lächeln, das seinen Mund umspielt, als würde er es genießen, mich total durcheinander zu bringen. Seine grünen Augen, die amüsiert funkeln, während ich um meine Fassung ringe. Der Schatten auf seinen Wangen, als hätte er es heute noch nicht geschafft, sich zu rasieren. Als wäre er gerade erst aus dem Bett einer Frau gekommen. *Mein Gott!* Er sieht in natura noch viel besser aus als auf dem Werbefoto. Wieso ist mir das nicht schon beim Bewerbungsgespräch aufgefallen? Und das ist nur sein Gesicht. Das Darunter ist noch viel besser. Marc Morton besitzt breite Schultern und den Oberkörper eines Sportlers. Unter der sonnengebräunten Haut sitzen perfekte Muskeln, ein Brustmuskel zuckt leicht, als ich ihn anstarre. Keine Brustbehaarung, nur eine Spur dunkler Haare, die an seinem Bauchnabel beginnt und hinunter zu seinem ... Oh mein Gott!

Als würde beim Anblick seines männlichen Körperteils mein Organismus aus seinem akuten Schockzustand gerissen, schlucke ich und spüre, dass mir das Blut ins Gesicht schießt. Und wie! Ich habe das Gefühl zu glühen.

»Können Sie das nun für mich erledigen oder nicht?«, fragt er. Und er klingt auch noch belustigt dabei, als würde er sich köstlich über meine Verlegenheit amüsieren.

»Was?«

So langsam erwache ich aus meiner Erstarrung, auch wenn noch nicht alle Hirnbereiche wieder voll funktionsfähig sind.

»Bringen Sie meine Sachen in die Reinigung und besorgen Sie mir frische Unterwäsche«, sagt er ganz langsam, als wäre ich geistig behindert. Oder eine Ausländerin. »Sie sind doch Esther Lindbergh? Erinnere ich mich richtig?«

»Ja, Sie erinnern sich richtig.« Langsam bin ich wieder ich selbst. Ich erwarte, dass er sich abwendet, damit ich Platz habe, seinen Anzug zu nehmen und sein Hemd aufzusammeln, aber er rührt sich keinen Zentimeter von der Stelle.

Hoch erhobenen Hauptes gehe ich in sein Büro und bücke mich, um sein Hemd aufzuheben. Als mein Kopf auf der Ebene seines Unterleibs ist, schiele ich kurz zu seinem beeindruckenden Freund zwischen den Oberschenkeln, nur um mich ganz schnell wieder auf meine Aufgabe zu konzentrieren. Nach dem Hemd hebe ich auch seinen Anzug auf, lege alles über meinen Arm und verlasse danach sein Büro. Er beobachtet mich die ganze Zeit, als würde er einen Zusammenbruch oder etwas ähnlich Dramatisches erwarten. Aber ich gebe mir keine Blöße. Als müsste ich ständig meinem nackten Chef die Sachen hinterherräumen, schließe ich die Tür hinter mir und falle erst in meinen Stuhl, als er mich nicht mehr sehen kann.

Was für ein Arschloch!

Meine Hände zittern, mein Herz rast. Nur langsam wandert das Blut aus meinem Gesicht wieder in die anderen Gefilde meines Körpers, wo es dringender benötigt wird. Will mich dieser Mann bereits an meinem ersten Arbeitstag aus der Fassung bringen? Es hätte ihm doch klar sein müssen, dass ich jeden Moment durch die Tür kommen würde!

Na, das kann ja heiter werden!

Ich falte den Anzug zusammen. Etwas steckt in seiner Hosentasche. Ich nehme es heraus und halte einen Schlüssel in der Hand. Außerdem eine leere Kondomverpackung und eine Packung Kaugummis. Die Kondomverpackung werfe ich mit spitzen Fingern in den Papierkorb. Den Schlüssel und die Kaugummis lege ich an den Rand meines Schreibtisches, wo ich sie sehe, damit ich ihn später darauf hinweisen kann.

Danach nehme ich meine Tasche und will aus dem Raum gehen, um die nächste Reinigung aufzusuchen. Doch das Telefon auf dem Schreibtisch klingelt.

Er ist es.

»Hal...«, sage ich, doch er lässt mich nicht aussprechen.

»Wo ist mein Kaffee?« Er klingt so ungehalten, als hätte ich ihn stundenlang warten lassen.

»Ich wollte gerade Ihren Anzug wegbringen, aber wenn Sie ...«

»Ich will meinen Kaffee. Der Anzug ist doch völlig unwichtig.«

»Aber Sie brauchen auch neue Unterwäsche, deshalb dachte ich ...«

»Es geht auch ohne. Bringen Sie mir endlich den Kaffee.« Er legt auf, ohne dass ich noch einmal Gelegenheit habe, etwas zu sagen. Schon wieder schießt das Blut in meinen Kopf. Aber dieses Mal, weil er mich wie eine dumme Pute behandelt.

Ich schlucke den Ärger hinunter und suche die Kaffeeküche. Ich erinnere mich, dass sie am anderen Ende des Flures liegt. Hastig laufe ich über den weichen Teppich und gieße dort eine Tasse mit dem schwarzen Getränk voll. Da ich nicht weiß, ob er ihn schwarz, weiß oder süß mag, lege ich Zuckerstücke daneben und entdecke sogar ein kleines Sahnekännchen im Kühlschrank. Leider befindet sich hier gerade niemand von den Mitarbeitern, der mir Auskunft über Mortons Trinkgewohnheiten geben könnte. So schnell wie möglich laufe ich zurück und klopfe an seine Tür. Als er »Herein« ruft, trete ich ein und bringe ihm die Tasse. Dieses Mal sitzt er an seinem Schreibtisch und spielt an seinem Handy herum, als hätte er nichts Besseres zu tun. Neben ihm liegt ein Exposé, als würde es darauf warten, dass er sich darum kümmert. Er trägt ein sauberes weißes Hemd und die Hose eines dunkelgrauen Anzugs. Vermutlich ohne Unterhose. Bei dem Gedanken wird mir heiß, ohne dass ich es verhindern kann.

»Da ich nicht weiß, was Sie wollen, habe ich ...« Mehr kann ich nicht sagen, denn er sieht mich entgeistert an.

»Was soll ich denn mit dem Scheiß? Denken Sie, ich trinke dieses Zeugs aus der Kaffeeküche? Ich trinke nur den Kaffee von Fernando.«

»Entschuldigen Sie, das wusste ich nicht.« Ich murmele nur, während mein Gesicht schon wieder rot anläuft.

»Bringen Sie mir Fernandos Kaffee, schwarz und ohne Schnickschnack. Ich mag den Kaffee genauso wie die Frauen: heiß und unverfälscht, sodass es auf der Zunge brennt.«

Ein amüsiertes Grinsen umspielt seinen Mund.

Dieses Mal lasse ich mich jedoch nicht so schnell aus der Fassung bringen.

»Apropos: Sie haben etwas in Ihrer Hosentasche vergessen. Ein bisschen Schnickschnack scheinen Sie also doch zu benötigen.«

Ich kehre ihm den Rücken zu und gehe hoch erhobenen Hauptes aus seinem Büro. Ich kann nicht sehen, was er macht, aber ich höre ein leises Lachen.

Verdammt! Ich denke, ich habe ihm eine Breitseite gegeben, aber er amüsiert sich nur darüber! Was für ein arroganter Bastard!

Langsam dämmert mir, was ich mir mit diesem Job eingebrockt habe. Das wird eine unglaublich harte Zeit bei ihm. Er wird es mir mit Sicherheit nicht leichtmachen. Wenn ich in diesem Büro an seiner Seite überleben will, muss ich mir eine unzerbrechlich harte Schale zulegen.

Kaum bin ich draußen, stehe ich vor dem nächsten Problem. Wer zum Teufel ist Fernando? Und wo bekomme ich dessen Kaffee her?

Ich wollte mir nicht die Blöße geben und Morton danach fragen. Also bleibt mir nichts anderes übrig, als mich an eine Kollegin im Flur zu wenden. Oder an Lucy. Sie ist zwar die Chefsekretärin und für alle anderen Teilhaber ebenfalls zuständig, aber ich hoffe, dass sie mir helfen kann.

Ich laufe wieder den Flur entlang und biege vor der Kaffeeküche rechts ab. Ein noch längerer Gang liegt vor mir. Hastig laufe ich an den Türen lang und hoffe, dass sich Lucys Büro bald zeigt, aber ich habe Pech. Ich lande nur vor der Tür von Rick Asperger, dem zweiten Teilhaber der Firma. Er steht im Rahmen seines Büros, sieht mich verwundert an und nickt mir zur Begrüßung zu.

»Guten Tag. Haben Sie sich verlaufen?« Er wirkt viel freundlicher und netter als Marc Morton. Er lächelt mich sogar an.

»Guten Tag. Ich suche Lucy Kafer«, erwidere ich. *Wieso kann ich nicht für ihn arbeiten? Bitte, darf ich?*

Er hört meine innere Bitte nicht, sondern deutet mit der Hand ans entgegengesetzte Ende des Flures.

»Es kann sein, dass sie gerade in einer Besprechung mit Dean sitzt.«

Dean Millen, der dritte Teilhaber. Dort kann ich sie kaum stören und nach Fernandos Kaffee fragen.

»Sie wissen nicht zufällig, wo Fernando ist?«, frage ich unsicher.

Er lächelt mitleidig. »Sind Sie die neue Assistentin von Marc?«

Ich nicke. »Ja, es ist mein erster Tag heute.«

»Lassen Sie sich nicht verrückt machen. Fernando ist der Junge bei Starbucks, der ihm immer seinen Kaffee reicht. Gehen Sie hin und sagen Sie dem Jungen, er soll das Übliche für Marc bringen. Dann klappt das schon.«

»Schwarz und ohne Schnickschnack?«

Er lacht. »Nicht ganz ohne Schnickschnack, das würde nicht zu Marc Morton passen. Er gibt den Schnickschnack nur nicht zu. Glauben Sie mir.« Er zwinkert mir zu.

Ich danke ihm, haste zum Fahrstuhl und fahre hinunter. Starbucks liegt an der Ecke, auf dem Weg zur U-Bahn. Eine lange Schlange bewegt sich langsam vorwärts auf die Kasse zu. Ungeduldig stelle ich mich an, nachdem ich überprüft habe, ob es tatsächlich einen Jungen mit Namen Fernando gibt. Als ich an der Reihe bin, bestelle ich bei ihm einen Becher für Marc Morton. Er weiß auch wirklich Bescheid und gibt mir einen Kaffee mit einem Hauch Karamell und einem Spritzer Vanille. Tatsächlich mit Schnickschnack.

Morton hätte mich voll auflaufen lassen, wenn ich mich nicht erkundigt hätte.

Wütend gehe ich zurück in sein Büro. Ich klopfe wieder, bevor ich eintrete und den Kaffee auf seinen Schreibtisch stelle. Als er den Becher von Starbucks sieht, lächelt er amüsiert.

»Ohne Schnickschnack, wie Sie es wünschen.« Den spitzen Tonfall kann ich mir nicht verkneifen. Er nippt an dem Becher und nickt. Aber kein Wort des Lobes kommt über seine Lippen. Stattdessen sieht er wieder in sein Telefon, als wäre ich gar nicht vorhanden. Das Exposé liegt immer noch unangetastet neben ihm.

Ich mache auf dem Absatz kehrt und will sein Büro verlassen, als ich seine Stimme noch einmal höre.

»Wenn Sie von der Reinigung wieder da sind, können Sie meine Schuhe putzen. Sie haben in der Nacht etwas gelitten und ich brauche sie heute Abend wieder.«

Ich soll seine Schuhe putzen? Nur mühsam kann ich mich beherrschen, um ihm nicht meine Meinung darüber an den Kopf zu werfen. Aber wenn ich will, dass er mich besser behandelt, muss ich trotzdem etwas sagen.

»Es wäre nett, wenn Sie nicht mit mir umspringen würden, als wäre ich eine Sklavin«, sage ich ruhig und nur leicht zwischen zusammengepressten Zähnen hindurch. »Ich habe studiert und weiß zum Beispiel genau, dass Sie die Idee in dem Exposé, das neben Ihnen liegt, nicht umsetzen werden, weil sie gravierende Fehler enthält. Das ist von hier aus zu erkennen.«

Er sieht auf, als würden ihn meine Worte überhaupt nicht interessieren. »Wenn Sie denken, dass ich Sie nach Ihren Worten für bessere Arbeiten in Betracht ziehe, haben Sie sich getäuscht. Sie können froh sein, dass ich Sie überhaupt eingestellt habe. Kein Arbeitgeber in dieser Stadt fasst Sie auch nur mit der Kneifzange an.«

Er hat recht. Und es macht mich fertig. »Ich weiß, dass ich Mist gebaut habe, aber ich bin keine Betrügerin.«

»Das hat das Gericht anders gesehen. Sie wurden verurteilt.«

Ich schlucke. Es war klar, dass diese Diskussion kommen würde und ich habe sie im Geist schon unzählige Male geführt. Aber es ist etwas anderes, wenn ich sie von Angesicht zu Angesicht machen muss. Ich hätte gern schon die Chance gehabt, mich im Bewerbungsgespräch rechtfertigen zu können, aber bisher bin ich nie so weit gekommen. Alle anderen Firmen haben schon meine schriftliche Bewerbung unter fadenscheinigen Gründen abgelehnt. Nur Marc Morton ist es egal gewesen. Ich habe gehofft, er hätte nichts von meinem Dilemma gehört, weil auch im Bewerbungsgespräch niemand darüber gesprochen hat, aber das war wohl ein Irrtum. Er hat es sich aufgehoben, um mich später demütigen zu können.

»Ich habe einen Fehler gemacht, indem ich einem Mann vertraut habe«, sage ich.

»Philipp Thorne, ich habe von ihm gehört. Er war Ihr Liebhaber?«

Auch das weiß er also. »Ja, wir haben zusammengearbeitet. Aber ich habe aus meinen Fehlern gelernt.« Ich beiße mir auf die Unterlippe. Philipp hat zwei Millionen seiner Firma veruntreut und die Beweise seines Tuns vernichtet, als sein Boss ihm auf die Schliche kam. Leider sah es aus, als hätte ich ihm dabei geholfen, obwohl ich nichts dergleichen getan habe. Mein einziger Fehler war gewesen, dass ich davon gewusst und ihn nicht verraten habe, weil ich ihn liebte. Philipp hat jedoch nichts getan, um die Sache geradezurücken. Letzten Endes wurde ich gefeuert und wegen Vernichtung von Beweisen zu einem halben Jahr auf

Bewährung verurteilt, während er mit einem Freispruch davonkam. Ich bin ein riesiger Idiot gewesen. So etwas wird mir nicht noch einmal passieren. Ganz gewiss nicht.

Marc Morton lächelt ein seltsames Lächeln, als würde er mir kein Wort glauben. Es ist mir aber auch egal, ob er mir glaubt oder nicht. Hauptsache, ich habe den Job, auch wenn er mies bezahlt wird und er mich quält. Ich brauche jeden Cent. Und ich brauche die Anstellung in meinem Lebenslauf, weil ich hoffe, dass ein Job bei MAM meinen Ruf etwas verbessern wird, damit ich später bessere Jobs bekomme.

»Ich gehe zur Reinigung«, sage ich und wende mich ab, um hinauszugehen.

»Und vergessen Sie nicht, danach meine Schuhe zu putzen«, ruft er mir hinterher.

Ich verkneife mir eine bittere Erwiderung und schließe die Tür hinter mir.

ICH ÜBERLEBE DEN Tag mehr schlecht als recht. Sobald ich eine Aufgabe erledigt habe, kommt Morton mit der nächsten. Und meistens ist diese noch demütigender als die vorherige. Ich muss eine Packung Kondome kaufen, seinen Kumpel auf den Bahamas nach dem Wetter dort fragen, Blumen an seine Mutter schicken und eine WhatsApp-Nachricht an seine Bekanntschaft von vergangener Nacht senden, um sie loszuwerden. Nicht einmal das will er selbst machen.

Als endlich Feierabend ist, klopfe ich an seine Bürotür.

Er sitzt noch immer an seinem Schreibtisch und tippt eifrig in sein Handy.

»Ist noch etwas? Ich würde sonst gehen«, sage ich.

Er sieht kurz auf. »Bringen Sie mir morgen gleich den richtigen Kaffee mit, wenn Sie ins Büro kommen«, erwidert er, als ob ich nicht schon selbst auf die Idee gekommen wäre. »Und ziehen Sie eine Bluse an, die zum Rock passt. Die Kombi, die Sie heute tragen, beleidigt schon die ganze Zeit meine Augen.« Danach widmet er sich wieder seiner Nachricht.

Ich schnappe nach Luft. Ich hätte nicht gedacht, dass er es selbst in den letzten Minuten des Arbeitstages noch schafft, mich zu beleidigen.

»Danke, Ihnen wünsche ich auch einen schönen Feierabend«, entgegne ich und schließe die Tür. Draußen muss ich erst einmal tief durchatmen. Dieser Mann bekommt es hin, dass ich die Wände hochgehe. Aber ich brauche den Job. Verdammt!

Außer, ich gehe wieder den anderen Weg.

Ich habe vor ein paar Monaten einen Nebenjob angefangen, bei dem nicht nach meiner Verurteilung gefragt wird. Noch habe ich mich nur hin und wieder auf die Nebentätigkeit eingelassen, aber vielleicht sollte ich es ausbauen, um nicht nur von einem Idioten wie Marc Morton abhängig zu sein.

Ich verlasse das Gebäude und laufe aber nicht zur U-Bahn, sondern nur zwei Straßen weiter. In einem hellen Bürohochhaus mit mehreren Firmenschildern fahre ich in den sechsten Stock. »Agentur Paulsen« steht auf einem seriösen goldenen Schild neben der Tür im rechten Flur. Es ist jedoch keine herkömmliche Agentur, sondern ein Escort-Service. Der Teppich ist nicht halb so tief wie bei MAM und auch nicht sonderlich weich, aber er dämpft genauso gut die Schritte.

Ich klingele. Nur einen Moment später höre ich ein Klicken und schaue zur Kamera in der Ecke über der Tür. Kurz darauf ertönt der Türsummer.

Leila, eine hübsche Rothaarige kommt mir entgegen. »Stella, schön dass du mal wieder da bist. Ich denke, sie hat Zeit für dich.«

Stella. Das ist nicht mein richtiger Name. Mein echter Name ist Esther Lindbergh, aber hier benutzen alle nur ihre künstlichen Namen, um ihre Identität zu verbergen. Nur Anita Paulsen, die Chefin, kennt unser wahres Ich.

Leila geht zu einer braunen Holztür und klopft. Als ein munteres »Herein« ertönt, steckt sie ihren Kopf hinein und kündigt mich an. Dann darf ich eintreten.

Anita Paulsen ist eine Frau um die fünfzig mit kurzen, dunklen Haaren und warmen, braunen Augen. Sie sieht über ihre Lesebrille hinweg zu mir.

»Hi Stella, was führt dich her?«

»Ich ... ich wollte nach einem neuen Auftrag fragen.«

Zurückhaltend setze ich mich auf den Stuhl gegenüber ihres Schreibtischs. Der Sessel ist riesig und bequem, damit sich die, die darin sitzen, nicht wie unwillkommene Bittsteller fühlen. Aber das macht die Sache für mich nicht besser.

»Was möchtest du? Nur Begleitung oder mehr?«

Ich habe bisher vier Jobs bei der Agentur Paulsen gehabt. Einmal bin ich mit einem amerikanischen Geschäftsmann, der allein nach Sydney gekommen ist, in die Oper gegangen. Er hat mich nett ausgeführt und sich gern mit mir über Musik unterhalten, aber mehr ist nicht passiert. Ein Job ohne Sex. Auch der zweite ist ohne gewesen. Da habe ich einen australischen Politiker zu einem offiziellen Bankett begleitet, da er nicht ohne Frau an seiner

Seite erscheinen wollte. Er ist schwul und noch nicht so weit, seine sexuelle Orientierung offen zuzugeben. Der dritte Job ist bei einer Party gewesen. Ein Möchtegern-Promi gab ein riesiges Fest und wollte den Anschein erwecken, ganz viele Frauen zu kennen, um damit neue Freunde zu gewinnen. Dabei musste ich ein wenig flirten und auch knutschen, aber ich konnte mir den Mann dafür aussuchen und es hat Spaß gemacht. Der vierte Job war erst vorigen Monat gewesen. Ein Japaner wollte eine Stadtführung, bei der er die verruchtesten Clubs und unanständigsten Ecken kennenlernen wollte. Ich hatte ein paar Tage vorher alle zwielichtigen Etablissements ausfindig gemacht, die ich in Sydney finden konnte, und sie ihm an dem Abend gezeigt. Dabei hat er sich in eines der Girls in einem Club verliebt und mich sitzenlassen.

»Ich bin mir nicht sicher«, sage ich und verziehe unschlüssig den Mund.

»Es gibt nur wenige Kunden, die nur eine Begleitung wollen, ohne nachher auch noch mehr zu verlangen. Ich bekomme nicht sonderlich viele Anfragen in diese Richtung.«

»Ich weiß.« Ich zögere immer noch. Ich habe schon mehrere Männer in meinem Leben gehabt und Sex hat mir auch schon immer viel Spaß gemacht. Aber es ist etwas anderes, Sex mit einem wildfremden Mann zu haben, den ich noch nie zuvor gesehen habe. Von dem ich nichts weiß, möglicherweise nicht einmal seinen richtigen Namen.

»Ich kann dich verstehen, Stella. Viele Mädchen zögern am Anfang. Aber ich garantiere dir, dass ich keinen Kunden zulasse, den ich nicht vorher geprüft habe. Und du kannst ihn immer ablehnen, wenn du nicht willst.«

»Kann ich ihn mir vorher ansehen wie in einer Kartei?«

Sie lacht leise. »Nein, das geht nicht. Aber ich sage dir über ihn, was ich weiß. Hier zum Beispiel habe ich einen Mann aus Perth, der verheiratet ist und drei Kinder hat. Er liebt seine Familie, aber jedes Mal, wenn er in Sydney ist, verbringt er die Nacht mit einem Mädchen von mir. Er braucht das Gefühl, eine andere Frau haben zu können, damit er zu Hause nicht durchdreht. Alle Mädchen haben mir gesagt, dass er nett und zuvorkommend ist. Kein Überflieger im Bett, eher Durchschnitt. Er kommt nächste Woche wieder her.« Sie sieht mich aufmunternd an. »Er würde dir aus der Hand fressen. Er steht auf clevere, gebildete Frauen, mit denen er sich unterhalten kann.«

Ich überlege noch einen Moment. »Wie viel würde ich dabei verdienen?«

»Hundert Dollar die Stunde. Das ist dein reiner Gewinn, der Anteil der Agentur ist dabei schon abgezogen.«

Das ist viel Geld. Wenn er die ganze Nacht mit mir zusammen sein will, würde ich mit achthundert Dollar nach Hause gehen. Das ist mehr, als ich bei Marc Morton in einer Woche verdiene.

»Okay«, sage ich nach einem letzten Augenblick der Überlegung. Was die anderen können, kann ich auch. Es ist nur Sex mit einem netten Mann, der Zuneigung braucht. Mehr nicht. Seitdem ich mit Philipp Schluss gemacht habe, bin ich vorsichtig, was meine Freunde und Liebhaber betrifft. Ich möchte nicht schon wieder ausgenutzt und dann weggeworfen werden. Aber ich brauche Sex ebenfalls, wenn ich nicht ständig neue Batterien für meinen Vibrator kaufen will. Außerdem ist dieses Arrangement immer noch besser, als Marc Morton die Schuhe putzen zu müssen.

»Gut. Ich trage dich ein und schicke ihm ein Foto von dir. Er wird begeistert sein.«

Ich nicke. »Gibst du mir noch die genauen Angaben zum Treffpunkt?«

»Ich schicke sie dir, sobald ich sie habe.«

»Alles klar.«

Ich stehe auf. »Danke für die Geduld mit mir.«

Sie lächelt und sieht mich wieder mit ihrem typischen Blick über der Lesebrille an. »Kein Problem, Stella. Du bist nicht die Erste, die Ermutigung braucht. Du wirst sehen, danach geht es immer besser.«

»Ganz sicher.« Ich reiche ihr zum Abschied die Hand und verlasse ihr Büro. Ich plaudere noch ein wenig mit Leila, bevor ich wieder hinausgehe und den Bus ansteuere. Ein Ibis stolziert vor mir auf und ab, als würde er patrouillieren und darauf warten, dass ich etwas zu essen fallen lasse. Aber er hat schlechte Karten. Ich habe selbst Hunger, weil ich vor lauter Stress während meines ersten Arbeitstages nicht zum Essen gekommen bin.

Als endlich der Bus kommt, steige ich ein und fahre über die Harbour Bridge nach Norden. Wie jeden Tag steige ich in Mosman aus und gehe zu einem weißen Gebäude, nur zwei Straßen von der Bucht entfernt. Es ist ein langgezogener Altbau mit vielen Fenstern, von denen die meisten geschlossen sind.

»Hallo Esther«, begrüßt mich eine freundliche Schwester mit braunen Haaren, die sie in zwei Zöpfen trägt. Sie ist um die sechzig, aber noch ist in ihrem Flechtwerk kaum Grau zu sehen.

»Guten Abend, Nellie. Wie geht es ihr?«

»Nicht sonderlich gut. Heute früh war sie etwas klarer. Es kommt und geht, du weißt ja, wie es ist.« Sie macht ein bedauerndes Gesicht und geht mit mir in den ersten Stock. Dort befindet sich am Ende eines Ganges ein gemütlicher

Aufenthaltsraum. Etwa zwanzig Personen sitzen darin, spielen Karten oder »Mensch ärgere dich nicht«. Ein älterer Mann klimpert auf der Gitarre und singt dazu. Es klingt sogar ganz hübsch. Vier Leute sind Besucher, bei den anderen handelt es sich um Insassen des Heims. Ich gehe zu einer älteren Frau, die auf dem Sofa sitzt und sich monoton mit einer anderen Frau in ihrem Alter unterhält.

»Hi Mom«, sage ich, als ich zu ihr trete.

Sie sieht auf und betrachtet mich, als wüsste sie nicht, wen sie vor sich hat. »Wer sind Sie?«

»Ich bin's, deine Tochter Esther.«

»Meine Tochter heißt Dorothea.«

Mit leerem Blick wendet sie sich ab, als wäre ich eine Erscheinung, von der sie überhaupt nichts hält.

Ich schlucke.

Ich weiß schon lange, dass sie Alzheimer hat, die früh einsetzende Demenz. Aber es trifft mich immer wieder, dass sie sich zwar an meine Schwester erinnert, aber nicht an mich. Doro lebt schon seit Jahren in Kalifornien und kommt nur zu Weihnachten und Silvester nach Sydney. Ich hingegen besuche meine Mutter fast täglich.

»Du hast auch eine jüngere Tochter, das bin ich. Esther.«

Sie überlegt einen Moment. Hoffnung kriecht in mein Herz, dass sie mich doch noch erkennt. Doch die zarte Hoffnung wird sofort zerschmettert.

»Esther?«, fragt sie mit einem verächtlichen Schnauben. »Esther ist arrogant. Sie redet aufgeblasen, als wäre sie etwas Besseres, bloß weil sie studiert hat. Eingebildete Zicke.«

Die Kränkung lässt meinen Kopf heiß werden und meine Hände kalt. »Mom, ich bin nicht eingebildet, auch wenn ich studiert habe.«

»Esther ist eine Klugscheißerin, niemand mag sie.« Sie schüttelt den Kopf und tut so, als wäre ich gar nicht mehr da. Sie widmet sich wieder ihrer Gesprächspartnerin und redet mit ihr in einem leisen, fast monotonen Ton über die beste Art, Geranien zu züchten. Offenbar findet sie das Thema viel spannender als mich.

Mein Kopf glüht immer noch, als hätte sie mit ihren Worten eine Heizung in mir angezündet. Als sie noch klar war, hat sie mir oft vorgeworfen, ich würde mich für etwas Besseres halten, weil ich Worte wie *dividieren* und *Kontamination* benutzte. Worte, die ich beim Studium oder von anderen Studenten gelernt hatte. Dabei habe ich die Fremdworte nicht einmal mit Absicht gesagt, sie waren einfach rausgerutscht, weil sie an der Uni völlig normal waren. Aber meine Mutter, die eine einfache Verkäuferin gewesen ist, haben sie offenbar gestört.

Ich hole mir einen Stuhl und setze mich zu ihr, ohne sie zu unterbrechen. Im Stillen hoffe ich, dass sie heute doch noch etwas klarer wird und mich erkennt, aber ich habe nicht so viel Glück. Als das Abendprogramm beginnt, steht sie auf und lässt mich links liegen, als wäre ich ein unnützes Möbelstück.

»Gute Nacht, Mom«, sage ich und lasse sie ziehen. Es hat keinen Sinn, mich erneut bei ihr in Erinnerung zu bringen. Es würde sie nur gegen mich aufbringen. Sie reagiert allergisch darauf, wenn sie Dinge tun soll, auf die sie keine Lust hat.

Ich gehe zu Nellie, die den kurzen Wortwechsel zwischen mir und meiner Mutter verfolgt hat. »Du darfst es nicht persönlich nehmen«, tröstet sie mich.

»Ich weiß. Trotzdem tut es weh.«

Sie nickt und streicht über meinen Arm. »Wenn du willst, melden wir sie wieder bei der Musiktherapie an.«

Ich zucke innerlich zusammen. Die Therapie kostet vierhundert Dollar mehr im Monat. Ich habe so schon Mühe, das Geld für das Heim aufzutreiben. Meine Mutter hat nur vor der Geburt von uns Kindern als Verkäuferin gearbeitet und sich danach immer auf meinen Vater verlassen. Als sich die ersten Symptome ihrer Krankheit zeigten, rannte Dad jedoch auf und davon und suchte sich eine jüngere Frau. Er ließ meine Mutter mit einem minimalen Einkommen zurück, das gerade mal ihre Grundbedürfnisse deckte. Das Geld für ein Heim war nicht drin. Für mich stellte sich die Frage, sie zu Hause zu pflegen und dabei von der Sozialhilfe abhängig zu sein, weil ich nicht arbeiten gehen konnte; oder sie in ein Heim zu geben, wo sie professionelle Pflege bekommen konnte. Ich entschied mich für das Heim und bat auch meine Schwester um Unterstützung. Doch Doros Mann war Setdesigner beim Film und besaß kein regelmäßiges Einkommen. Und nach Doros zweitem Kind schaffte sie es finanziell nicht, mich zu unterstützen. Das bedeutet, dass seitdem die ganze Last der Pflege auf meinen Schultern ruht.

»Erkennt sie mich, wenn sie die Therapie macht?«, frage ich leise, obwohl ich die Antwort schon weiß.

»Das kann niemand garantieren. Aber die Chancen steigen. Durch die Musik werden tiefsitzende Erinnerungen angeregt und andere Hirnareale stimuliert. Man weiß nie, was dabei herauskommt, aber bisher wurden teilweise großartige Erfolge erzielt. Ich habe es mit eigenen Augen gesehen.«

»Okay, dann macht sie die Therapie.«

Nellie legt wieder ihre Hand auf meinen Arm. »Wenn du willst, können wir auch eine Ratenzahlung vereinbaren.«

Ich lächele schief. »Ich weiß nicht, was es nützen soll. Wenn jetzt kein Geld da ist, ist es später auch nicht vorhanden. Da besteht nur die Gefahr, dass ich es für andere Dinge ausgebe.«

»Ich verstehe. Ich sage Bescheid, wann die erste Stunde stattfindet. Damit du dabei sein kannst, falls sie sich erinnert.«

»Danke.«

Ich verabschiede mich von ihr und fahre nach Hause. Als ich in der U-Bahnstation stehe und auf die Bahn warte, lächelt von der Wand gegenüber wieder Marc Morton, als würde er mich verhöhnen. Sein freundliches Lächeln, das Vertrauen wecken soll, wirkt wie geheuchelt auf mich. Morgen erwartet mich ein neuer Tag in meiner persönlichen Hölle, die sich sein Büro nennt. Ich bin inzwischen so müde, dass ich schon fast lachen muss über diesen Tag. Konnte der noch schlimmer sein?

Seine schrecklichen Aufträge und natürlich der Empfang, als er splitterfasernackt vor mir stand und ich einen perfekten Blick auf seine Männlichkeit bekam. Auf seinen athletischen Körper, den runden Hintern und das ...

Ich verschlucke mich fast an meiner Spucke, als mir plötzlich das Muttermal an seiner Hüfte einfällt. Ich habe es vorhin nicht bewusst wahrgenommen, nur jetzt, bei der Erinnerung an seine Nacktheit fällt es mir auf.

Dort war ein Muttermal in der Form eines Apfels!

Ich bin mir ganz sicher, es gesehen zu haben.

Kann dieser Tag noch schlimmer werden? Ja, kann er!

Ich habe dieses Muttermal schon einmal gesehen. Und zwar vor mehreren Jahren, als ich während meines Studiums einen One-Night-Stand mit einem unbekannten Mann hatte. Ich bin betrunken gewesen, er auch. Sein Haar war länger, und er hat damals einen Bart getragen, sodass die Hälfte seines Gesichts verdeckt gewesen ist.

Ich habe in jener Nacht nicht nach seinem Namen gefragt – und er nicht nach meinem. Wir sind einfach nur heiß aufeinander gewesen.

Er hatte exakt dasselbe Mal an seiner Hüfte. Ich weiß es noch so genau, weil ich es mit dem Handy fotografiert habe.

Fieberhaft suche ich in den alten Fotos in der Cloud nach dem einen Bild. Und da ist es. Das Muttermal auf leicht gebräunter Haut. Es ist wie der Apfel geformt, den Marc Morton auf seiner Hüfte hat.

Als ob das Schicksal mir eine Nase zeigen will, ist dieser Mann von meinem One-Night-Stand jetzt mein Chef.

Und ich weiß, dass von heute an nur eine Frage durch meinen Kopf spuken wird: Weiß er auch, wer ich bin?

EIN MÄRCHENHAFTES ANGEBOT

ICH HABE EINE unruhige Nacht. Immer wieder wache ich auf, weil ich in meinem Kopf das Lachen meines Chefs höre, der sich über mich amüsiert, weil ich einen Fehler gemacht habe. Drei Uhr gebe ich auf, weiterschlafen zu wollen. Ich stehe wie gerädert auf und gehe in die Küche. Ich erwarte eigentlich, dort allein zu sein, aber Uma, meine Mitbewohnerin, sitzt schon am Tisch und wirkt nicht gerade munter und gut gelaunt. Sie ist groß und schlank und hat eine perfekte Figur. Aber sie isst wie ein Scheunendrescher, viel mehr als ich. Sie kann sich glücklich schätzen, dass das viele Essen bei ihr nicht anschlägt. Ihr brünettes Haar ist ungekämmt und wirkt zerwühlt, als hätte sie sich stundenlang im Bett gewälzt. Eine Tasse Tee steht vor ihr. Tee ist bei ihr immer ein schlechtes Zeichen.

»Was ist dir denn über die Leber gelaufen?« Ich gieße mir nur heißes Wasser ein. Das ist das Signal bei mir, dass etwas nicht in Ordnung ist. Reines heißes Wasser zu trinken, bedeutet bei mir, dass Gefahr im Verzug ist.

»Es ist schrecklich«, seufzt sie und schüttelt gleichzeitig den Kopf. Ich habe gelernt, ihre Aussagen meist nicht so ernst zu nehmen. Uma ist Schauspielerin und tendiert zu Übertreibungen. Wenn sie Hunger hat, tut sie so, als wäre sie kurz vor dem Hungertod. Hat sie einen Mückenstich, könnte man meinen, sie muss gleich in die Notaufnahme. Und wenn sie Tee trinkt und seufzt, heißt das vermutlich, dass sie heute noch nicht auf dem Klo war. Deshalb bleibe ich relativ unbeeindruckt und setze mich zu ihr.

»Bei mir auch.« Ich seufze ebenfalls. Das kann ich genauso gut wie sie.

»Stell dir vor, ich habe die Rolle in *Tanz mit mir*«, sagt sie wie beiläufig und nippt an ihrem Tee.

»Aber das ist doch hervorragend! Du wolltest die Rolle doch unbedingt! Warum ist es plötzlich schrecklich?«

Sie seufzt wieder, dieses Mal lauter und tiefer, als würde sie in den Wehen liegen.

»Weil Sean auch mitspielen wird.«

Oh! Damit hat sie wirklich Grund zum Seufzen, eigentlich sogar zum Stöhnen. Sean ist ihr Ex, der sie vor einem halben Jahr verlassen hat. Er hat sich in eine andere Schauspielerin verliebt, mit der er in einem Film gespielt hat. »Müsst ihr gleichzeitig zum Set? Vielleicht könnt ihr euch aus dem Weg gehen.«

»Nein, leider nicht. Wir spielen ein Paar.«

»Oh, verdammt.« Das ist wirklich nicht gut. Ich erinnere mich noch sehr genau an das Drama nach dieser Trennung. Uma war extrem verliebt in Sean gewesen, und als er sie sitzenließ, habe ich wochenlang ihr gebrochenes Herz heilen müssen. Es hat mich unzählige Schokoladeneispackungen, Saunabesuche und Kosmetiksitzungen gekostet, um sie aufzubauen. Es wäre entsetzlich, wenn meine Mühen durch sein Auftauchen in dieser Serie zunichtegemacht würden.

»Ich muss stark sein«, sagt Uma und klingt alles andere als stark dabei. Eher wie ein Vogelküken, das zu früh aus dem Nest gefallen ist.

»Ist er noch mit der anderen zusammen?«

»Ja. Ich habe ihn sofort gegoogelt. Sie sind ein Paar und waren am Wochenende zusammen auf einer Gala.«

»Grauenhaft. Das heißt, du brauchst auch einen Freund, damit das Gleichgewicht hergestellt ist.«

»Aber ich habe keinen.« Nicht mehr viel, dann bricht sie in Tränen aus und ich werde wieder Schokoladeneis besorgen müssen. Mitten in der Nacht. Uma kann sehr fordernd sein, wenn es um ihr Seelenheil geht. Ich weiß, wovon ich spreche.

»Wir finden einen, keine Sorge.«

Sie schnieft und ich suche fieberhaft nach etwas, was sie ablenkt, damit sie nicht auf die Idee von Schokoladeneis kommt.

»Stell dir vor, ich habe einen alten One-Night-Stand von mir getroffen und muss nun für ihn arbeiten«, sage ich und versuche ein Lachen, um sie zu zerstreuen. Aber es gelingt mir nur ansatzweise. Der Schreck über die Erkenntnis mit dem Muttermal sitzt mir noch zu tief in den Gliedern.

»Ich dachte, du hast bei MAM angefangen?« Es funktioniert trotzdem. Sie ist für einen Moment abgelenkt.

»Ja. Marc Morton von MAM war mein Lover in jener Nacht. Ich habe es vorhin nur durch Zufall entdeckt.«

Sie starrt mich an, als würde sie mir kein Wort glauben. »Was ist denn das für ein Zufall, bei dem du so etwas herausfindest?«

»Er war nackt, als ich heute früh in sein Büro kam. Da habe ich das Muttermal wiedererkannt.« Ich zucke mit den

Schultern, als wäre es völlig normal, dass der Chef am ersten Arbeitstag im Adamskostüm vor seiner Assistentin steht.

Sie blinzelt irritiert. »Hast du irgendetwas genommen? Die Pillen, die ich dir mal gegen deine Verspannungen gegeben habe, können Halluzinationen hervorrufen. Nimmst du sie noch?«

»Ich habe nicht halluziniert«, knurre ich. »Er hat die Nacht bei einer Frau verbracht und seinen Anzug und das Hemd ausgezogen, damit ich alles in die Reinigung bringe. Und er wollte, dass ich ihm neue Unterwäsche besorge. Und seine Schuhe putze.«

»Das ist nicht wahr!«

»Doch, ist es.« Ich seufze wieder. Immerhin besitzt Uma das Feingefühl, mein Elend anzuerkennen, auch wenn sie ebenfalls tief im Dreck steckt.

»Du brauchst einen anderen Job«, sagt sie im Brustton der Überzeugung.

»Ich weiß. Aber ich habe keinen anderen. Ich bin froh, dass er mich überhaupt genommen hat.«

»Was ist mit der Escort-Agentur?«

»Ich habe einen neuen Auftrag für nächste Woche.«

»Gut, das ist gut. Der Sex wird dich ablenken. Es wäre gut, wenn du einen Stammkunden hättest, der stinkreich ist. Das wäre perfekt.«

»Ich weiß, aber so etwas gibt es nur im Film. Wie bei Pretty Woman.«

»Ach, so eine Rolle wäre toll. Aber ich muss mit Sean zusammenarbeiten.« Damit wären wir wieder bei ihr. Ihr wird ihr eigenes Elend bewusst und wir seufzen gemeinsam. Nun könnte ich auch eine Packung Schokoladeneis gebrauchen.

In dem Moment öffnet sich erneut die Küchentür und Jeremy tritt ein. Er bewohnt das dritte Zimmer dieser Wohnung. Er ist klein und kompakt, als hätte die Natur versucht, alles Wichtige auf so wenig Platz wie möglich unterzubringen. Seine Haare haben das undefinierbare Braun, das an einen Straßenköter erinnert. Dafür sind seine Augen besonders intensiv und auffällig, fast schwarz und feurig. Verschlafen sieht er uns an. »Ich habe Geräusche gehört. Verpasse ich ein WG-Meeting? Was beschließt ihr gerade?«

»Dass Männer scheiße sind«, sagen Uma und ich wie aus einem Mund.

»Dem schließe ich mich an. Will möchte seine Frau nicht verlassen.« Er seufzt ebenfalls.

Will ist seit etwa drei Monaten Jeremys Lover, aber nicht offiziell. Jeremy arbeitet wie ich als Escort, und zwar für den männlichen Teil der Bevölkerung, der mit Frauen nichts am Hut hat. Jeremy hat mich auch erst auf die Idee gebracht, es in diesem Nebenjob zu versuchen. Will war einer seiner Kunden und die beiden verstanden sich auf Anhieb. Das Problem ist, dass Will glücklich verheiratet ist und es offenbar auch bleiben will.

»Du brauchst einen anderen Freund«, sage ich.

»Wie ich«, fügt Uma hinzu.

»Und ich«, sage ich, obwohl mir ein Freund in meiner Situation nicht sonderlich helfen würde. Ich brauche einen anderen Job. Oder einen anderen Chef.

»Wer braucht den nicht.« Er gießt sich ebenfalls heißes Wasser ein. Er würzt es allerdings mit Gin, den er aus dem Kühlschrank holt, wo er seine Vorräte aufbewahrt. Dann setzt er sich zu uns. »Wer geht das Schoko-Eis holen?«

Ich starre ihn an, Uma ebenfalls. »Der, der fragt.«

Jeremy stöhnt, doch er steht tatsächlich auf und geht hinaus.

»Denkst du, er weiß es auch?«, fragt mich Uma, als Jeremy den Raum verlassen hat.

»Was? Dass du mit Sean ...«

»Nein. Weiß dein Boss, dass er dich schon mal unter sich hatte?«

»Oh Gott!« Ihre Worte provozieren ein Bild in meinem Kopf, das ich lieber nicht dort hätte. »Ich weiß es nicht.«

Ich versuche, mich in Marc Mortons Lage zu versetzen. Wenn er es wüsste, würde er mich so behandeln, wie er mich behandelt hat?

Vermutlich. Allerdings würde er mich auch so behandeln, wenn er es nicht weiß.

»Bist du fertig mit Nachdenken?«

Es hat offenbar eine Weile gedauert, bis ich zu dem Ergebnis gekommen bin, dass ich aus seinem Verhalten nichts ableiten kann.

»Ich weiß es wirklich nicht.«

»Du musst es herausfinden, um dir weitere peinliche Momente zu ersparen.«

»Ja, das denke ich auch.«

Wir überlegen daraufhin, wo sie einen Freund für sich auftreiben kann, um ihn ihrem Ex präsentieren zu können. Aber die Ergebnisse sind unbefriedigend. Sie werden auch nicht besser, als Jeremy zurückkehrt und wir uns über das Eis hermachen.

Als es sieben Uhr wird, muss ich mich für die Arbeit fertigmachen, während die beiden zurück ins Bett kriechen.

MARC MORTON IST NICHT in seinem Büro, als ich eintreffe und Fernandos Kaffee an seinen Arbeitsplatz stelle. Also bleibt mir glücklicherweise eine unangenehme Konfrontation erst einmal erspart.

Doch als ich an meinen Schreibtisch gehe, bleibe ich wie angewurzelt stehen. Drei weiße Blusen liegen dort, noch eingeschweißt, als würden sie auf mich warten. Ratlos lege ich sie zur Seite, setze mich an meinen Schreibtisch und arbeite alle Aufgaben ab, die noch von gestern übriggeblieben sind. Ich erledige Mortons private Post, auf die er keine Lust hat, und bestelle neue Socken für ihn. Ich erkundige mich auch in der Reinigung nach seinen Sachen. Am Nachmittag kann ich alles abholen. Als ich die besten Plätze in der Oper für ihn reserviere, kommt er herein. Er sieht verdammt gut aus. Heute trägt er einen dunkelgrauen, fein gestreiften Anzug und ein makelloses Hemd. Der oberste Hemdknopf ist offen.

»Guten Morgen, Mr. Morton«, grüße ich ihn und suche in seinem Gesicht nach Merkmalen, die mich an meinen damaligen Lover erinnern. Waren seine Augen damals schon so grün? Ja, waren sie. Seine Lippen so voll und sanft geschwungen? Ich kann mich nicht erinnern, aber es ist durchaus möglich. Sie waren jedoch von einem dichten Bart verdeckt. Ich erinnere mich auch wieder an sein dunkles Haar. Es ist jetzt kürzer, aber noch genauso voll und unruhig wie damals.

Und ich suche nach einem Zeichen, dass er weiß, wer ich bin. Aber sein Gesicht ist passiv und wirkt fast gelangweilt.

»Haben Sie die Blusen gefunden?«, fragt er, ohne meinen Gruß zu erwidern.

»Ja. Was soll ich damit anstellen? Für wen sind die?«

»Für Sie! Wie es aussieht, haben Sie keinen Geschmack oder nicht genügend Sachen in Ihrem Schrank. Daher habe ich das Einkaufen für Sie übernommen.«

Mir bleibt vor Schreck und Schock der Mund offenstehen. »Das ...« So schnell wie möglich versuche ich mich zu fangen, um nicht wie eine Idiotin dazustehen. »Ich brauche Ihre Blusen nicht! Ich kann mir selbst welche kaufen.«

»Aber Sie haben es nicht getan. Heute ist Ihre Bluse weiß, aber man sieht, dass da mal ein Fleck war.« Er deutet mit dem Finger auf die Stelle, auf die gestern mein Marmeladenbrot gelandet ist.

»Ich werde sie noch einmal waschen. Dann ist nichts mehr zu sehen.«

»Ich möchte, dass Sie die Blusen tragen, die ich Ihnen besorgt habe. Sie sind ein Geschenk für Ihren Einstieg bei MAM.« Mit einem vergnügten Grinsen wendet er sich ab, um in sein Büro zu gehen.

»Das werde ich nicht!«, protestiere ich, doch er überhört meine Weigerung geflissentlich.

»Haben Sie die Karten bekommen?«, fragt er und dreht sich noch einmal zu mir um. Das Thema mit den Blusen scheint für ihn abgehakt zu sein.

Ich versuche mich zu sammeln. Was er kann, kann ich auch. Professionell nicke ich.

»Ja, die besten Plätze in der Loge.«

»Buchen Sie auch noch Plätze im Restaurant.« Er nennt das beste Lokal in Sydney.

»Das erledige ich sofort.«

»Und rufen Sie den Rektor der Uni an. Ich werde den Vortrag halten.« Danach verschwindet er endlich in seinem Büro.

Ich nehme die Blusen und will sie in den Müll werfen, einfach nur, um ein Zeichen zu setzen, als mir seine letzten Worte bewusst werden. Ich soll den Rektor der Uni anrufen. Welchen Rektor? Den von der Uni, an der wir studiert haben? Oder welchen meint er? Warum sagt er nicht genau, wie der Rektor heißt und an welcher Uni er arbeitet? Geht er davon aus, dass ich Bescheid weiß, weil es *unsere* Uni ist?

Bedeutet das, dass ihm bewusst ist, wen er vor sich hat?

Oder bezieht er sich auf eine postalische Anfrage von einem Uni-Rektor, von der ich wissen sollte?

Fieberhaft durchsuche ich seine Mails, aber da ist keine Anfrage von einer Uni.

Ich fasse mir ein Herz und gehe zu seiner Tür, um zu klopfen.

»Herein!«

»Welche Uni meinen Sie?«, frage ich. »Ich habe in der Korrespondenz nichts finden können.«

Einen Augenblick lang sieht er mich wortlos an, als würde er in meinem Gesicht lesen wollen, was ich denke. Aber ich gebe mir Mühe, mir nichts anmerken zu lassen.

»Sie können keine Korrespondenz finden, weil es keine gibt. Er hat mich neulich bei einem Treffen persönlich angesprochen. University of Sydney.«

Ich nicke und ziehe den Kopf wieder ein. Das ist wirklich unsere Uni.

Weiß er es oder weiß er es nicht, dass wir zusammen studiert haben? Er könnte es in meinen Bewerbungsunterlagen gesehen haben.

Weiß er, dass wir mal eine Nacht miteinander verbracht haben?

Mir wird plötzlich heiß. Allerdings gibt es jährlich etwa hundert Absolventen dieser Uni. Und es ist gut möglich, dass er mich längst vergessen hat. Er hat sicher jede Woche eine neue Frau an seiner Seite. Was heißt, jede Woche? Täglich!

Es sieht nicht so als, als ob er es wüsste. Sonst hätte er mir auch nicht die Blusen besorgt. Das ging unter die Gürtellinie und das würde er nicht tun.

Oder doch?!

Ich rufe den Rektor an und stelle mich als Mortons neue Assistentin vor. Als ich meinen Namen nenne, erkennt er mich sofort. Ich muss ein paar peinliche Minuten über mich ergehen lassen, in denen er mich nach meiner Karriere fragt, obwohl er genau weiß, wie es mir ergangen ist.

»Die Sache ist äußerst unangenehm für Sie«, sagt er schließlich. »Es tut mir leid um Sie. Morton hingegen war immer ein lausiger Student, aber heute ist er ein hervorragender Geschäftsmann. Auch wenn er polarisiert und nicht jedermann mit ihm und seinen Geschäftspraktiken umgehen kann.«

Bei mir ist es umgedreht. Ich war immer eine hervorragende Studentin, fleißig und mit sehr guten Noten. Aber der Alltag und das Geschäftsleben haben mich gebrochen.

»Mr. Morton möchte den Vortrag sehr gerne halten«, sage ich, um das Gespräch auf mein wahres Anliegen zu lenken.

»Das ist fein, sehr fein. Sagen Sie ihm, ich freue mich darauf, ihn wieder hier zu sehen.«

Ich verabschiede mich und lege auf. Wieder klopfe ich an Marc Mortons Bürotür, warte das »Herein« jedoch nicht ab.

»Mr. Westin freut sich auf Ihren Besuch«, sage ich.

Er lächelt und sieht von seinem Handy auf. »Das kann ich mir vorstellen. Er freut sich über jeden, der einen Vortrag hält.«

Ich erinnere mich gut an das runde Gesicht des Rektors, das immer zufrieden strahlte, wenn eine Koryphäe eine Rede hielt. Egal, worum es ging. Er liebte es, wenn seine Uni durch Gastvorträge aufgewertet wurde. Und am liebsten hatte er es, wenn Redner aus Amerika kamen.

Ich beschließe, einen kleinen Vorstoß bei Marc Morton zu wagen, damit er weiß, dass ich den Rektor kenne. »Dabei sind Sie gar kein Amerikaner!«

Einen langen Augenblick sieht er mich wortlos an. Danach zieht er die Augenbrauen nach oben. »Wie kommen Sie darauf?«

»Westin hat Redner aus Amerika am liebsten. Aus irgendeinem Grund hält er die für kompetenter als den Rest der Welt.«

Er lächelt ein eigenartiges Lächeln. »Sie kennen ihn?«

Er weiß nicht, wer ich bin! Offenbar hat er auch in meinen Unterlagen nicht gelesen, dass ich an der gleichen Uni studiert habe wie er. Vermutlich war ich ihm nicht wichtig genug, um sich die Bewerbung überhaupt anzusehen.

»Nur flüchtig. Aber egal, er wird die genauen Daten noch per Mail schicken.«

»Perfekt.« Er lächelt mich einen langen Moment an, einen verdammt langen Moment, in dem sich mein Herzschlag eigenartig beschleunigt. Danach schaut er wieder in sein Handy.

Ich ziehe den Kopf ein und gehe zurück an meinen Schreibtisch. Was zum Teufel war das? Wieso hat er so gelächelt? Hat es mir gegolten oder jemand anderem, an den er gerade gedacht hat?

Ich fluche innerlich. Ich muss aufhören, über ihn nachzudenken. Er ist ein Mistkerl, der sich einen Spaß daraus macht, mich zu quälen. Ich bedeute ihm gar nichts. Und selbst wenn er wüsste, dass ich schon einmal in seinem Bett war, würde es nicht die geringste Rolle spielen.

Ich will mich wieder an meine Arbeit machen, als mein Telefon klingelt. Es ist Anita Paulsen von der Escort-Agentur.

Ich weiß nicht, ob ich den Anruf an meinem Arbeitsplatz annehmen darf, deshalb gehe ich lieber hinaus aufs Klo. Außerdem will ich nicht, dass Marc Morton mitbekommt, was ich nach Feierabend treibe.

»Ich habe einen neuen Auftrag für dich«, sagt Anita. »Er würde dich aber schon heute treffen wollen. Kannst du?«

»Wer ist er?«

»Er ist neu in meiner Kartei, aber ich habe mich nach ihm erkundigt. Er ist ein Engländer, der sich hin und wieder in Australien aufhält. Mein Kontakt in London bestätigt seine Geschichte. Er ist wohlhabend und unauffällig, das heißt, keine perversen Neigungen. Er möchte allerdings anonym bleiben, mehr kann ich dir also nicht sagen. Er hat dich für drei Stunden angefordert und zahlt dir das Doppelte, wenn du so kurzfristig kannst.«

Sechshundert Dollar für drei Stunden mit einem Mann? Das klingt, als müsste ich nicht lange überlegen.

»Was will er?«

»Er will, dass du ihm den Abend in seinem Hotelzimmer angenehm vertreibst. Also Sex.«

Ich zögere einen Moment, dann sage ich zu. »Okay.«

»Gut. Ich mache den Termin verbindlich fest.«

»Ja.«

Mein Herz klopft wieder schneller. Mein erster Auftrag in einem Hotelzimmer. Was, wenn er nicht zufrieden ist mit dem, was ich ihm bieten kann? Ob es mir auch Spaß machen wird? Daran darf ich gar nicht denken. Das Wichtigste sind die sechshundert Dollar. Damit wäre die Musiktherapie meiner Mutter schon für einen Monat finanziert.

Ich kehre zu meinem Arbeitsplatz zurück, wo Marc Morton ungeduldig in der Tür steht.

»Wo waren Sie? Ich habe einen Auftrag für Sie!«, schnauzt er mich an.

»Entschuldigung, ich war auf der Toilette.«

»Gehen Sie aufs Klo, wenn ich Sie nicht brauche. Und besorgen Sie mir eine Torte. Jetzt sofort.«

Ich verkneife mir eine Frage, wofür er die Torte braucht, und lasse mir nur die Maße für das süße Ding geben. Danach geht er in sein Büro zurück, ich kümmere mich um die Torte und den Rest der Aufträge, die mein Chef für mich hat.

AM ABEND FAHRE ich sofort nach Hause. Heute kann ich meine Mutter nicht besuchen, und ich hoffe, dass es nicht ausgerechnet einer ihrer klaren Tage ist, an denen sie mich erkennen würde. Vorsichtshalber rufe ich Nellie an, um mich nach Mom zu erkundigen.

»Sie redet den ganzen Tag über Doro«, sagt sie leise, als würde sie sich dafür entschuldigen wollen. »Mehr ist nicht da. Einmal hat sie nach einer Esther gefragt, aber sie kann auch eine Insassin meinen, die genau wie du heißt.«

»Doro war immer ihre Lieblingstochter. Danke, Nellie.«

Ich lege auf und spüre schon wieder diesen Stich im Herzen.

Eifersucht.

Und Sehnsucht nach jemandem, der mich liebt. Manchmal habe ich das Gefühl, dass ich es nicht wert bin, geliebt zu werden, wenn mich nicht einmal meine Mutter genug liebt, um sich an mich erinnern zu wollen. Ich weiß, dass sie krank ist und ihr Gehirn nach und nach zerstört wird, aber trotzdem tut es weh, dass sie immer nur von meiner Schwester spricht und nicht von mir.

Schnell schiebe ich die unangenehmen Gefühle und den Schmerz zur Seite und springe unter die Dusche. Ich habe Glück, das Apartment ist leer. Meine beiden Mitbewohner sind meistens zu anderen Zeiten unterwegs als ich. Uma ist abends oft im Theater, wo sie eine kleine Nebenrolle spielt. Und Jeremy arbeitet an den Abenden und in den Nächten als Escort. Morgens, wenn ich zur Arbeit muss, schlafen beide noch. Dadurch gibt es wenigstens keine Schlangen vor dem Badezimmer.

Als ich aus der Dusche steige, suche ich im Kleiderschrank mein schönstes und aufregendstes Kleid. Es ist schwarz und rasant kurz. Die Schultern sind frei, nur zwei dünne Träger halten es. Dazu ziehe ich schwarze High Heels an, deren Absätze silbern funkeln. Ohrringe aus Weißgold mit glitzernden Diamanten, ein hübsches Kettchen mit einem Diamanten und ein passendes Armband vervollständigen mein Outfit. Den Schmuck hat mir Philipp zu meinem fünfundzwanzigsten Geburtstag geschenkt, vermutlich von dem Geld, das er gestohlen hat. Zwei Jahre später wurde ich verurteilt.

Als meine Haare trocken sind, schminke ich mich mit schwarzem Kajal und Mascara. Dazu kommt roter Lippenstift. Ich schüttele mein blondes Haar zurecht und trete vor den Spiegel.

Ich sehe anders aus als normalerweise im Büro und im Alltag. Sexy. Verführerisch. Erotisch. Das Kleid umschmeichelt meinen Körper, die High Heels lassen meine Beine lang und schlank wirken.

Zum Schluss lege ich Parfüm auf, aber nur ganz dezent. Die meisten Männer mögen nur einen zarten Duft. Und ich stecke eine Packung Kondome ein. Ohne läuft nichts.

Danach rufe ich ein Taxi und lasse mich zum vereinbarten Treffpunkt fahren. Vorsichtshalber schaue ich in der Nachricht nach, die mir Anita geschickt hat. Ein Restaurant am Hafen nannte sie mir. Ein etwas ungewöhnlicher Treffpunkt, aber es gibt viele Hotels in der Nähe.

Als ich das Restaurant ansteuere, verspüre ich ein aufgeregtes Grummeln im Bauch. Ich habe keine Ahnung, was mich heute erwartet. Wie sich das Treffen entwickeln wird, ob ich den Kunden mag und ihn befriedigen kann.

Doch kaum sehe ich den Mann, der vor dem Lokal auf mich wartet, verwandelt sich die Aufregung in Freude. Er sieht gut aus, ist jung und athletisch. Ich habe einen Älteren erwartet, keinen Adonis wie ihn. Als er mich sieht, kommt er mir entgegen.

»Miss Stella?«, fragt er mich.

»Ja, die bin ich. Nenn mich einfach nur Stella.«

»Stella, ich bringe dich zu meinem Auftraggeber. Er hat mich beauftragt, dich hier abzuholen.«

Also ist der Adonis gar nicht mein Date für heute Nacht. Zu früh gefreut. Das aufgeregte Grummeln kehrt in meinen Bauch zurück, als er mich zu einer schwarzen Limousine führt, die auf dem Parkplatz steht.

Ich steige ein und warte, dass er den Wagen startet.

»Wie ist er so, der Auftraggeber?«

Mein Fahrer lächelt. »Er bezahlt mich gut dafür, dass ich seine Geheimnisse bewahre.«

Das klingt, als wäre von seiner Seite wenig Hilfe zu erwarten.

»Er ist Engländer?«

»Du wirst ihn gleich kennenlernen. Hab Geduld.«

Geduld! Keines meiner liebsten Worte.

»Und wie heißt du?«

»Lancelot.«

»Wie aus der Sage?«

»Ja, genau wie der Kerl aus der Sage.«

»Hat er nicht die Frau von König Artus verführt?«

»Das ist gut möglich, aber ich habe nichts getan.« Er lächelt mich an und für einen Augenblick wünsche ich mir, er würde sich doch als mein Liebhaber für diesen Abend entpuppen, aber es ist leider nur ein Wunsch. Er fährt uns zu einem der teuersten Hotels in Sydney und öffnet die Tür, damit ich aussteigen kann.

Er geht mit mir ins Gebäude und wir fahren in den fünfundzwanzigsten Stock. Dort bringt er mich zum Zimmer 2577. Vor der Tür hält er an und holt eine Augenbinde aus seiner Jackentasche.

»Entschuldige, aber mein Auftraggeber hat mich angewiesen, sie dir anzulegen.«

»Warum?«

»Tut mir leid, aber er möchte anonym bleiben. Er besteht darauf.«

Das aufgeregte Grummeln wandelt sich in ein mulmiges Gefühl. »Das war nicht abgemacht.«

»Mrs. Paulsen weiß Bescheid, ich habe mit ihr darüber gesprochen.«

»Das hat sie mir aber nicht gesagt. Sie hat gesagt, er macht keine perversen Dinge.«

»Anonymität hat auch nichts mit Perversion zu tun.«

Er hat recht. Sie hat wirklich gesagt, dass er Wert auf Anonymität legt. Ich verhalte mich albern.

»Okay.«

Er legt mir die Augenbinde an und prüft, ob ich etwas sehen kann. Aber es ist alles schwarz vor mir. Ich sehe nichts mehr. Nicht einmal ein kleiner Schlitz ist da, durch den Licht an meine Augen dringen könnte.

Ich höre, wie Lancelot an die Tür klopft und sie sich von innen öffnet. Dann werde ich hineingeführt. Weicher Teppich unter meinen hohen Absätzen. Die Luft ist angenehm kühl. Es duftet nach teurem Bettzeug.

»Ich warte unten«, höre ich Lancelots Stimme. Anschließend geht er hinaus und schließt die Tür hinter sich.

»Hallo Stella«, sagt eine leise, ruhige, männliche Stimme mit englischem Akzent. Sie ist kühl und fast ein bisschen unpersönlich. »Ich hoffe, du fühlst dich nicht unwohl mit der Augenbinde.«

»Es geht so. Mir wäre es lieber, ich könnte etwas sehen.«

»Das ist leider unmöglich.« Ein Hauch Bedauern ist zu hören.

»Warum? Bist du so hässlich?«

Er lacht leise. Das Lachen ist ganz anders als seine Stimme. Viel persönlicher und fast warm. Es kriecht in meinen Körper und nimmt der Angst ein wenig von ihrer Macht.

»Hässlich? Das hat mir noch niemand gesagt. Nein, das ist es nicht.«

»Was dann?«

»Du bist neugierig, Stella.«

Die Klimaanlage schaltet sich plötzlich ein. Ich zucke zusammen, der Träger meines Kleides rutscht von meiner Schulter.

Ich will ihn hochschieben, aber seine Stimme hält mich zurück.

»Lass ihn unten. Du brauchst ihn sowieso gleich nicht mehr.«

Seine Stimme ist auf einmal näher als vorher. Ich lecke nervös meine Lippen und versuche ruhig zu bleiben. Ich kann ihn jetzt riechen. Leder, ein Hauch von Whisky, ein teures Aftershave.

»Was soll ich tun?«, frage ich und muss mir Mühe geben, nicht heiser zu klingen.

Er antwortet nicht, sondern führt mich am Ellbogen ein paar Schritte zu meiner Rechten, wo sich das Bett befindet.

»Stella. Soll das eine Anspielung auf die Sterne sein, nach denen du greifst?«, fragt er mit seiner leisen, kühlen Stimme hinter mir. Ich kann seinen Körper an meinem Rücken spüren. »Haben Nutten auch Träume, außer den vom schnellen Reichtum?«

»Ich bin keine Nutte.«

Ich kann förmlich hören, dass er lächelt. »Warum nicht?«

Ich beiße mir auf die Lippen. Weil ich mir meine Kunden aussuchen kann und weil ich nicht auf der Straße stehe. Aber ich habe das Gefühl, dass es ihn gar nicht interessiert. Ich spüre seine Hand an meiner Schulter.

»Stella«, flüstert er in mein Ohr. Ich habe plötzlich eine Gänsehaut.

»Du kannst mich nennen, wie du möchtest, wenn dir mein Name nicht gefällt.«

»Er gefällt mir. Ich mag Frauen, die nach den Sternen greifen.«

Sein Atem wärmt meinen Hals, seine Fingerspitzen streicheln sanft über die Haut meiner Schulter. Er streift auch den anderen Träger ab.

Er klingt nicht wie ein alternder Typ mit Glatze. Ich kann auch keinen dicken Bauch spüren. Er klingt jung. Und er riecht jung. Er riecht unglaublich gut. Ich habe das Gefühl, als wären meine Sinne, die nicht für das Sehen verantwortlich sind, geschärft. Als würden meine restlichen Sinne die Arbeit der Augen übernehmen und versuchen, so viel wie möglich über den Raum und den Fremden herauszufinden. Ich vernehme ein Knacksen in der Klimaanlage, als sie sich wieder ausschaltet. Die Laute eines Fernsehers in einem anderen Zimmer. Ein keuchender Gast mit einem schweren Koffer im Flur und das Klappern vom Zimmerservice.

Und ich rieche seinen Duft. Seife mit Patchouli und ein dezentes Aftershave mit angenehmen Noten, die perfekt zusammenpassen. In meinem Kopf ergeben sie das Bild des Mannes, den ich jetzt gern sehen würde.

»Und wie lautet dein Name?«, frage ich. »Wonach greifst du?«

»Nenn mich Mr. King.«

King? Ein König? Er scheint eitel zu sein. Das ist gut zu wissen, falls ich es gegen ihn verwenden muss.

»Oder wie auch immer du mich nennen willst«, fügt er hinzu. Ich kann das Lächeln in seiner Stimme hören.

Vielleicht ist er gar nicht eitel, sondern spielt nur mit mir.

»Wie wäre es mit Arthur? Immerhin heißt dein Knappe Lancelot.«

Er lacht wieder leise, sodass sein heißer Atem über meine Haut streicht. Ich hätte dieses Gefühl gern mehr genossen, doch seine Hand wandert in meinen Rücken und zieht am Reißverschluss meines Kleides. Ich halte die Luft an, als das Kleidungsstück mit einem leisen Geräusch auf den Boden fällt und zu meinen Füßen liegenbleibt.

»Dann nenn mich Arthur. Aus deinem Mund klingt jeder Name gut.«

Die Gänsehaut ist zurück, als er mit der Hand über meine nackte Haut an der Hüfte streift. Und danach über meinen Po zu meinen Oberschenkeln.

»Mein Mund kann auch andere Dinge tun«, sage ich mit verführerischer Stimme, um herauszufinden, wie er tickt. Ob er Humor hat oder lieber gleich zur Sache kommen will. Spielt er mit mir, weil er Spaß an der Verführung hat? Oder braucht er einen besonderen Kick, um scharf zu werden?

Er umfasst von hinten mein Kinn und streicht mit dem Daumen über meine Unterlippe. Ich taste nach seinem Arm und fühle den teuren Stoff seines Anzugs. Darunter kühle Manschettenknöpfe aus einem schweren Material. Vermutlich aus Gold. Sobald ich seine Hand gefunden habe, schiebe ich seinen Finger in meinen Mund und sauge daran. Meine Zunge umspielt seine Haut, den kurzen Fingernagel. Er hat weiche Finger ohne Hornhaut. Ein Mann, der den ganzen Tag am Schreibtisch sitzt. Der viele Hände schüttelt und Befehle gibt.

Er stöhnt leise und zieht den Finger aus meinem Mund. Seine Hände umfassen meine Taille. Ich spüre seine Lippen auf der Haut direkt über meinem rechten Schulterblatt.

In diesem Moment erwacht mein Körper. Arthur ist nicht wie die meisten Männer, die sofort nach den Brüsten oder an den Hintern greifen würden. Er ist anders. Ruhig. Besonnen. Als würde er sich mit mir besonders viel Zeit lassen und das Beste für das Dessert aufheben.

Seine Finger graben sich in meine Hüfte und ziehen meinen Körper an den seinen. Ich kann eine Spur von Härte in seiner Hose spüren. Seine Hände wandern über meinen Bauch, während er sich seinen Weg über meinen Rücken küsst.

Meine Brustwarzen erwachen unter dem Stoff meines BHs aus ihrer Lethargie und ein angenehmer Schauer durchflutet meinen Körper.

»Du bist wunderschön«, sagt er leise.

Ich habe keine Ahnung, ob er recht hat. Mir wurde immer gesagt, dass ich ein hübsches Kind gewesen sei und später eine schöne junge Frau. Aber jedes Mal, wenn ich in den Spiegel sehe, sehe ich zu große Augen und eine Nase, die etwas zu spitz ist. Mein Mund ist in meinen Augen eine Spur zu breit, mein Hals zu lang, um harmonisch zu wirken. Und trotzdem wird mir immer wieder gesagt, dass ich schön sei. Warum fällt es so schwer zu glauben?

»Beschreibe, wie du aussiehst«, flüstere ich.

»Das würde dich nur langweilen.« Sein britischer Akzent umschmeichelt mein Ohr, als würde er mich ablenken wollen von dem, was seine Hände tun. Sie greifen unter die Seitenbänder meines Tangas und ziehen ihn ganz langsam aus. Sein Finger gleitet von hinten zwischen meine Beine und in mich hinein, langsam und ruhig, als würde er jeden Zentimeter genießen. Danach folgt ein zweiter Finger. Sie gleiten in meiner Feuchtigkeit ein und aus, fast zärtlich und genießerisch.

Er ist mit Sicherheit nicht ausgehungert. Oder er kann seinen Hunger gut verbergen.

Arthur ist verdammt gut. Ich merke, wie mein Körper auf ihn reagiert und noch mehr Feuchtigkeit produziert. Ich habe das Gefühl, als wüsste er genau, welche Knöpfe er bei einer Frau drücken muss, damit sie in Fahrt kommt. Dabei versteckt er sein Können so geschickt, dass sie es gar nicht merkt.

»Du langweilst mich nicht«, erwidere ich.

Seine Finger verlassen meine Feuchtigkeit, und der Duft meiner Erregung vermischt sich mit meinem Parfüm. Ich fühle mich plötzlich leer, und als er einen Schritt zurücktritt, sogar einsam. Doch dann öffnen seine Hände meinen BH. Die kühle Luft lässt meine Nippel noch härter werden.

Seine Hände umfassen meine Brüste, streicheln und massieren sie, bevor er meine Brustwarzen zwischen Daumen und Zeigefinger nimmt und sanft zusammendrückt.

Ich seufze laut. Leider etwas zu laut. Er merkt, dass meine Erregung nicht ganz echt ist. Dabei bin ich tatsächlich erregt. Ich bin nur eigentlich von Natur aus eine stille Genießerin, meine Ruhe hat meine Freunde in der Vergangenheit jedoch oft verunsichert. Sie wollten, dass ich meine Lust auf sie laut in die Welt posaune.

»Spiel mir kein Theater vor. Sei du selbst«, flüstert er in mein Ohr. Er dreht mich um, sodass ich ihm ins Gesicht sehen würde, wenn ich sehen könnte.

Seine Wärme hüllt mich ein. Sein Atem duftet nach Pfefferminz und Vanille und er trifft mich genau an der Stirn. Das bedeutet, dass er mindestens zehn Zentimeter größer ist als ich, also über einsachtzig. Ich streiche über seinen Anzug, um herauszufinden, wie er gebaut ist. Breite Schultern, starke Muskeln unter der Kleidung. Definitiv kein Bauch. Auch kein Bart.

Weiche Hände, athletischer Körper, sexy Stimme. Es hätte schlimmer kommen können bei dem ersten Kunden, mit dem ich ins Bett steige.

»Warum lächelst du?«, fragt er.

Für einen Moment habe ich vergessen, dass er mich trotzdem beobachten kann, auch wenn ich ihn nicht sehen kann.

Ich will ihm nicht sagen, dass ich noch ziemlich neu im Job bin. Das wäre zu peinlich. Ich muss ihm irgendetwas erzählen, was er hören will.

»Ich bin nicht hier, um über mich zu reden. Ich bin für dich hier.«

»Leg dich hin«, antwortet er. Seine Stimme, die es trotz ihres leisen Klangs gewohnt zu sein scheint, Befehle zu geben, jagt einen Schauer über meine Haut. »Der Smalltalk ist vorbei.«

Ich fühle nach dem Bett hinter mir und finde das Fußende, auf dem ich mich niederlasse. Danach taste ich nach der Mitte des Bettes und krieche dahin. Ich gebe mir Mühe, so grazil und sexy wie möglich dabei zu wirken, auch wenn ich mir vorkomme wie eine blinde Ente.

Ich wünschte, er könnte meine Augen sehen. Männer lieben normalerweise meine Augen und reden von der Tür zu meiner Seele. Und ich habe mir heute extra viel Mühe mit dem Kajal und dem Mascara gegeben. Aber die Augenbinde verdeckt alles. Wenigstens sieht er meine Lippen und den roten Lippenstift. Kussecht, damit er sich keine Gedanken machen muss, wie er ihn von seinem Hemdkragen bekommt.

Seine Hände streichen über das Innere meiner Schenkel, während er sie auseinanderdrückt und zu mir aufs Bett klettert. Er nimmt meine Hände, hält sie über meinem Kopf zusammen und drückt sie in die Kissen. Seine warme, feuchte Zunge umkreist meine linke Brustwarze. Seine Hand gleitet in die Feuchtigkeit zwischen meinen Schenkeln. Seine Finger dringen erneut in mich ein, zuerst einer, dann zwei und dann noch ein dritter. Lust und Verlangen durchfluten mich, und ich hätte nicht gedacht, dass sie vollkommen echt sind und nicht gespielt. Ich stöhne leise. Jede Bewegung seiner Hand sendet einen Impuls durch meinen Körper und lässt mich vergessen, dass dieses Treffen eigentlich nur für ihn ist, für seine Bedürfnisse. Sein Verlangen. Seine Befriedigung. Meine Lust sollte zweitrangig sein.

»Ich will dich schmecken«, sage ich mit mühsam beherrschter Stimme. »Zieh dich aus, Arthur. Ich will, dass du dich genauso gut fühlst wie ich mich.«

Ich setze mich auf und spüre, dass er zurückweicht. Meine Hände folgen ihm und umfassen seine Hüfte. Ich öffne seinen Gürtel und die Hose, bevor ich seinen Schwanz aus seinem seidenen Gefängnis befreie.

Ich kann ihn nicht sehen, aber ich spüre, wie groß und gerade er ist. Und hart wie Stein. Er fühlt sich perfekt an. Ich umfasse ihn vorsichtig und gleite mit der Hand auf und ab. Sein Atem wird schneller. Ich stelle mich auf alle Viere und beuge mich zu seiner Spitze herab. Purer Samt. Meine Zunge kreiselt seine volle Länge auf und ab, bevor ich ihn so tief wie möglich in meinen Mund nehme. Er greift in meine Haare und bewegt sich in mir auf und ab. Ein paar Tropfen seiner salzigen Flüssigkeit benetzen meine Kehle, während seine Hände nach meinem Hintern greifen. Er mag also Hinterteile. Auch das ist gut zu wissen.

Arthur stöhnt. Sein Schwanz ist noch größer und härter geworden und scheint nur darauf zu warten, sich entladen zu dürfen. Da bewegt er seine Hüften und zieht sich aus meinem Mund heraus. Das Signal für mich, dass es ernst wird.

Ich lege mich wieder auf das Bett und platziere die Hände über meinen Kopf, als würde ich sehnsüchtig darauf warten, dass er mich endlich nimmt.

Doch er lässt sich Zeit.

»Ich möchte dir ein Angebot machen, Stella«, sagt er mit rauer Stimme. Sein britischer Akzent ist stärker als vorher.

»Was für ein Angebot?«

»Wenn du mir tausendundeine Nacht zur Verfügung stehst, erfülle ich dir deinen sehnlichsten Wunsch. Der Wunsch, nach dessen Sternen du greifst.«

Ich halte sein Angebot für einen Witz und lächele. »Und wenn ich mir eine Yacht für mehrere Millionen wünsche?«

»Ich bin mir sicher, dass eine Yacht nicht das ist, was du dir wünschst. Aber selbst wenn es so wäre, würdest du die Yacht bekommen.«

Er klingt ernst. Als wäre sein Angebot wirklich ehrlich.

Alarmiert setze ich mich auf. »Das ist ein Witz, oder?«

»Lache ich?«

Ich bin für einen Moment sprachlos.

»Das geht nicht«, sage ich schließlich. »Ich muss meinem Job nachgehen. Und tausend Nächte sind mehr als zweieinhalb Jahre!«

»Für jede Nacht bekommst du tausend Dollar. Und am Ende die Erfüllung deines Wunsches.«

Ich kann immer noch nicht glauben, dass er es ernst meint. Aber er lacht immer noch nicht.

»Warum? Warum ich?«

»Wie schon gesagt, ich mag Frauen, die nach den Sternen greifen. Hast du einen Traum, den du verwirklicht sehen willst?«

Seit meiner Verurteilung wünsche ich mir nichts sehnlicher als meine eigene Firma zu leiten. Keine Personalabteilungen anderer Unternehmen mehr, die mir unpersönliche Absagen schicken. Keinen Boss, der mich herumschikaniert. Meine eigene Firma, das wäre mein Traum. Aber die Erfüllung dieses Traumes ist weiter entfernt als eine andere Galaxie.

»Ich ... es geht nicht.«

»Warum nicht? Ekelst du dich vor mir?«

»Nein! Ganz sicher nicht! Du bist sehr angenehm.«

»Angenehm.« Er lacht wieder leise. Ein erneuter Schauer rieselt durch meinen Körper. Es wäre eine lange Zeit mit ihm, aber ich hätte ausgesorgt. Tausend Dollar pro Nacht? Das wäre unfassbar viel Geld. Ich könnte meinen beschissenen Job bei Marc Morton kündigen und meine Mutter in ein besseres Heim bringen. Ich könnte mir sogar mein eigenes Apartment leisten. Und ich könnte mir ein Auto kaufen. Es gibt so viele Sätze, die mit »Ich könnte« beginnen, die ich mit Hilfe des Geldes endlich zu Ende bringen könnte. Das Arrangement mit Arthur wäre die Lösung all meiner Probleme.

»Warum tausendundeine Nacht? Wie im Märchen?«

»Weil es gut klingt.«

Er lacht abermals. Vielleicht will er mich doch nur auf den Arm nehmen.

»Es ist albern. Ich glaube dir kein Wort.«

»Okay, ich gebe es zu, das mit tausendundeine Nacht klingt zu melodramatisch. Mach zwei Jahre daraus. Oder ein Jahr. Ich will dich ein Jahr lang jede Nacht. Anschließend bist du wieder frei und kannst machen, was du willst.«

»Und der Wunsch?«

»Den erfülle ich dir trotzdem.«

»Ich muss darüber nachdenken«, sage ich und lege mich wieder hin.

»Lancelot wird dir später seine Nummer geben, bei ihm kannst du dich melden, wenn du dich entschieden hast.«

Die Matratze schaukelt leicht, als er sich in Position bringt. Ich vernehme das Knistern einer Kondompackung. Danach platziert er meine Füße auf seinen Schultern, einen nach dem anderen. Nur einen Augenblick später spüre ich den Druck seines Schwanzes an meinem Eingang. Und dann dringt er endlich in voller Länge in mich ein.

ENTSCHEIDUNGSFREUDE SIEHT ANDERS AUS

ICH BIN WIE verzaubert. Als ich nach den drei Stunden mit Arthur nach Hause gehe, fühle ich mich, als hätte ich unter einem Bann gestanden, der meinen Verstand ausgeschaltet und ein völlig anderes Zentrum in meinem Hirn zum Leben erweckt hat. Ich habe vorher bereits Sex gehabt, aber das mit Arthur oder wie auch immer sein Name ist, war etwas ganz anderes. Vielleicht lag es daran, dass ich nichts sehen konnte. Dass ich mich auf meine anderen Sinne verlassen musste. Oder er war so gut und die Chemie zwischen uns stimmte einfach perfekt. Obwohl ich ihn nicht kannte und das erste Mal mit ihm zusammen war, fühlte ich mich nicht fremd mit ihm. Und der Sex war nicht gekünstelt oder steif, sondern harmonisch. Ich habe ihm vertraut und mich von ihm führen lassen, und er hat mich nicht enttäuscht. Im Gegenteil. Ich weiß nicht, was das Besondere daran war. Ich weiß nur, dass ich ernsthaft darüber nachdenke, sein Angebot anzunehmen.

Warum nicht? Was habe ich zu verlieren? Nichts. Die Bezahlung ist mehr als großzügig, wenn er mir wirklich tausend Dollar pro Nacht bietet. Der einzige Haken an der

Sache ist der, dass ich nur zu gern wüsste, wer er wirklich ist und wie er aussieht. Und warum er sich versteckt. Ist er verheiratet? Ein Mann mit Macht, der nicht erkannt werden möchte? Ein Promi, der Angst vor der Öffentlichkeit hat? Oder ist er entstellt?

Ich rätsele den Rest der Nacht, komme aber zu keinem Ergebnis. Da er so viel Geld hat, vermute ich, dass er ein Star oder ein Politiker ist, der nicht erkannt werden möchte. Vielleicht sollte ich ihm das nächste Mal klarmachen, dass er mir vertrauen kann.

Das nächste Mal. Also will ich ihn wirklich wiedersehen?

Ich habe mich noch nicht entschieden.

Es fällt mir dieses Mal leichter, aufzustehen und zur Arbeit zu fahren. Und als ich das missgelaunte Gesicht meines Chefs sehe, versuche ich es zu ignorieren.

»Ein Geschäftspartner hat sich kurzfristig für heute angesagt«, sagt Marc Morton, als ich ihm seinen Kaffee bringe. »Bereiten Sie alles vor. Er trinkt nur Jasmintee, und zwar nur den aus der Region Kian Hun. Sie finden das Zeug in einem Bioladen in Narrabeen.«

Mir klappt die Kinnlade nach unten. »Dahin muss ich eine Stunde mit dem Bus fahren.«

»Wissen Sie nicht, wie das geht? Was soll die Frage? Und bringen Sie ein paar Knabbereien mit, Erdnüsse oder Paranüsse, die sind noch besser.«

»Okay.«

Ich will ihn noch fragen, wo der Bioladen liegt, zu dem ich fahren soll, aber er hat sich schon wieder abgewendet und tippt etwas in seinen Computer. Verfasst er einen Brief? Seit wann schreibt er seine Post selbst? Es muss etwas Wichtiges sein, was ich nicht sehen soll.

»Noch was?«, fragt er ungehalten, als ich mich nicht vom Fleck rühre.

»Nein, ich bin schon unterwegs.«

Ich verlasse das Gebäude und nehme ein Taxi, weil ich denke, dass es schneller ist als der Bus. Der Fahrer kennt sogar die Adresse des Bioladens. Dort besorge ich alles, was mein Boss will, und ich erlaube mir, sowohl Erdnüsse als auch Paranüsse zu kaufen. Die Rechnungen hebe ich natürlich sorgsam auf.

Als ich zurück ins Büro komme, telefoniert er und bemerkt mich nicht. Ich bringe meine Einkäufe in die Kaffeeküche, wo Jennifer Fognini gerade Kaffee trinkt. Sie sitzt im Büro neben mir und ist eine lustige, freundliche Person, mit der ich mich gut verstehe. Jedenfalls die drei Mal, die ich sie getroffen habe. Sie trinkt sehr viel Kaffee, weshalb sie oft in der Kaffeeküche ist. Und später sieht man sie auf der Toilette.

»Guten Morgen, du siehst gut aus«, zwitschert sie, als sie für einen Moment die Kaffeetasse absetzt.

»Danke. Du auch.« Sie hat lange dunkle Haare und braune Augen, die sie mit viel Make-up dramatisch betont. Ihre Lippen schmückt pinker Lippenstift. Wenn ich es nicht besser wüsste, würde ich denken, sie versucht einen Mann zu verführen. Einen besonderen? Ich habe sie noch nicht gefragt, so gut kennen wir uns doch noch nicht.

»Wie ist er heute drauf?« Sie meint Marc Morton.

»Schlecht gelaunt. Schlechter als gestern. Es kommt gleich Besuch, der ihm zu schaffen macht.«

»Musstest du Jasmintee holen?«

»Ja.«

»Dann solltest du lieber eine Pause machen und einen Kaffee trinken gehen, wenn der Besuch kommt.«

»Was meinst du damit?«

»Deine Vorgängerin hat diese Besuche immer gehasst, mehr weiß ich auch nicht. Und sie hat versucht, zu dem Zeitpunkt nicht im Büro zu sein. Und ich hoffe, du hast den richtigen Jasmintee erwischt, denn ...«

Sie sieht das Label des Tees, den ich gekauft habe, und zieht warnend die Augenbrauen nach oben. »Das ist er nicht. Marc dreht durch, wenn du nicht den richtigen Tee bringst.«

»Aber er hat gesagt, ich soll ihn aus dem Bioladen in Narrabeen holen. Dort war ich und habe ihn gekauft.«

»In welchem Laden? In dem an der Hauptstraße oder an der Lagune?«

»An der Hauptstraße.«

»Das ist das falsche Geschäft. Wenn die Kerle diesen Tee trinken, gibt es Ärger.«

»Shit.« Ich fluche noch mehr Schimpfworte.

»Wann kommen sie?«

»Keine Ahnung. Den genauen Zeitpunkt hat er nicht genannt.«

»Vermutlich kommen sie wieder zu spät. Ich glaube, du solltest noch mal losfahren und den richtigen Tee besorgen. Ich schwöre dir, es wird unschön, wenn es der falsche ist.«

»Verdammter Drecksmist!« Hastig renne ich aus der Kaffeeküche und wieder hinunter zur Straße, um mir das nächste Taxi zu rufen. Dieses Mal googele ich unterwegs alle Bioläden in Narrabeen. Es gibt drei. In den zwei, die ich noch nicht besucht habe, kaufe ich alle Sorten von Jasmintee, um auf jeden Fall den richtigen zu erwischen.

Als ich wieder im Büro erscheine, steht Marc Morton mit eiskalter Miene in der Tür zu meinem Büro.

»Wieso sind Sie hier? Haben Sie nicht getan, was ich Ihnen gesagt habe?« Seine Stimme könnte das Wasser im Blumentopf am Fenster gefrieren lassen.

»Ich war schon in Narrabeen. Ich habe den Tee besorgt.«

»Ich hoffe für Sie, es ist der richtige.« Er beugt sich vor und zischt mich an. »Ich habe Sie vor vier Stunden losgeschickt, ich kann erwarten, dass Sie mir bringen, was ich brauche, auch wenn ich Sie in die Hölle jage, um Feuer zu holen.«

»Ich hatte zuerst den falschen Tee erwischt und musste noch einmal zurück. Es tut mir leid. Ich habe jetzt alle Sorten, die es gibt.« Ich rede um mein Leben. Ich mache nicht einmal Pausen, wo ein Punkt steht. »Ich hoffe, es ist die richtige Sorte dabei. Sie sehen, es sind acht Sorten Jasmintee, welcher ist der richtige? Suchen Sie sich einen aus!« Ich halte ihm die Tüte mit meinen Einkäufen hin. »Nehmen Sie sich, was Sie brauchen!«

Er sieht jedoch nicht hinein, sondern starrt mich an. »Wenn ich nicht so dringend eine Assistentin bräuchte, würde ich Sie jetzt feuern. Bringen Sie mir jetzt noch Seidenservietten aus der Warringah Mall.« Er klingt so eisig, dass ich eine Gänsehaut bekomme.

»Aus der Warringah Mall? Sie hätten mich anrufen können. Die lag auf dem Weg.«

»Ich will sie aber jetzt. Also holen Sie mir die Servietten.«

»Und was ist mit dem Tee? Soll ich ihn kochen?«

Er antwortet nicht, sondern lässt mich stehen und geht in sein Büro, wo er die Tür zuknallt. Mit zitternden Fingern gehe ich wieder in die Kaffeeküche und weiß immer noch nicht, welches die richtige Sorte Tee ist. Ich laufe in den

Flur, um zu Jennifer zu gehen und sie um Rat zu fragen, als der Fahrstuhl leise klingelt. Danach öffnet sich die Tür und drei Männer treten in den Flur. Asiaten. Der erste ist klein und geht mir nur bis zur Brust. Er ist um die fünfzig und trägt einen schwarzen Anzug, der nach einer Sonderanfertigung aussieht. Das Material wirkt extrem teuer. Edle Seide. Seine Schuhe sind aus schwarzem Leder, das besonders weich wirkt. Hinter ihm laufen zwei jüngere Männer. Sie sind so groß wie ich und sehr muskulös. Der eine sieht sich im Flur aufmerksam um und starrt mich einen Moment an, als würde er abschätzen, ob ich gefährlich bin. Er scheint mich als harmlos einzustufen und lässt mich links liegen, um dem Kleinen zu folgen. In dem Moment verrutscht sein Jackett, sodass ich die Waffe sehen kann, die in seinem Hosenbund steckt. Nun entdecke ich auch bei dem anderen eine Beule an der Hüfte. Die Kerle sind bewaffnet. Warum? Wer sind sie? Und was wollen sie von Marc Morton?

Wortlos steuern sie das Büro meines Chefs an und treten ein, ohne anzuklopfen.

Hastig öffne ich Jennifers Büro, aber es ist leer. Sie ist nicht da.

Ich renne aufs Klo, dort ist sie ebenfalls nicht. Auch in die Kaffeeküche ist sie zwischenzeitlich nicht gekommen.

Soll ich die Servietten holen oder den Tee kochen? Ich entscheide mich dafür, den Tee anzurichten. Der scheint wichtiger zu sein. Immerhin muss Marc seinen Gästen etwas anbieten.

Umständlich versuche ich, in dem Berg meiner Einkäufe den richtigen Tee zu finden. Die Tees sehen für mich alle gleich aus. Sie riechen auch gleich. Was ist der Unterschied? Welches ist der richtige?

Ich nehme mein Telefon und versuche herauszufiltern, welches die bekanntesten Sorten sind. Denn wenn es die in jedem Bioladen gibt, sind sie nicht die gewünschte Sorte. Ich kann sechs von acht Sorten ausschließen, die bekommt man an jeder Ecke. Es sind nur noch zwei übrig, die infrage kommen.

Zügig koche ich Wasser und nehme zwei Kannen aus dem Schrank. Ich gieße beide Sorten auf und gehe mit beiden Kannen, ein paar Papierservietten aus dem Schrank und mehreren Tassen auf dem Tablett in das Büro von Marc Morton.

Der kleine Asiate sitzt auf der Couch vor dem Fenster, Marc steht vor ihm und scheint ihm etwas zu erklären. Die beiden Kerle mit den Waffen stehen hinter dem Kleinen und mustern mich mit wachem Blick.

»Entschuldigen Sie bitte die Verzögerung«, sage ich und stelle das Tablett auf den Tisch vor der Couch. »Ich habe noch eine weitere Sorte Jasmintee gebracht, für den Fall, dass Sie mal etwas anderes probieren wollen.«

Der Asiate zieht die Stirn in Falten.

»Esther«, sagt Marc leise. Es klingt warnend. »Sie sollten zurück an Ihren Schreibtisch gehen.«

»Ich kann Ihre Gäste doch nicht unbewirtet lassen.« Ich setze mein freundlichstes Lächeln auf, das mir meine Mitbewohnerin Uma beigebracht hat. Sie kennt vierzehn verschiedene Arten von Lächeln, die sie je nach Bedarf aufsetzen kann. Sie ist darin wirklich gut, kein Wunder, dass es mit der Rolle in der Serie geklappt hat.

Ich gieße zuerst den Tee aus Kanne eins ein. Ich habe keine Ahnung, ob es der richtige ist. Der kleine Asiate schnuppert nur kurz daran. Doch kaum hat er einen Hauch davon gerochen, zieht er ein angewidertes Gesicht und kippt die Flüssigkeit aus der Tasse auf den Boden.

Zuerst stehe ich wie erstarrt. Danach tue ich so, als wäre sein Verhalten bei uns völlig normal, und gieße ihm den anderen Tee in eine zweite Tasse. Dieses Mal gefällt ihm der Duft des Getränks. Er nickt mir zu.

Ich schiele zu der Pfütze auf dem Boden und beschließe, eine Serviette zu nehmen und das Schlimmste wegzuwischen. Den Rest erledige ich, als ich die Nüsse zum Knabbern bringe.

Marc steht die ganze Zeit mit zusammengepressten Lippen da, als würde es ihn innerlich in Rage bringen, dass ich das tue. Aber ich ignoriere ihn.

»So, jetzt überlasse ich Sie ganz Ihrem Gespräch«, sage ich und gehe mit der Kanne mit dem falschen Jasmintee hinaus. An meinem Platz angekommen, muss ich mich erst einmal setzen und lasse mich in meinen Stuhl fallen. Ich nehme sogar einen Schluck von dem Jasmintee, um meine Nerven zu beruhigen. Ich finde, er schmeckt sehr gut und eigentlich genauso wie der andere. Aber ich bin keine Jasmintee-Expertin. Der Asiate offenbar schon.

Ich möchte zu gern wissen, worüber im Büro meines Chefs jetzt gesprochen wird. Ob es um Investitionen in Milliardenhöhe geht. Aber sie sprechen sehr leise, ich kann nicht einmal einzelne Wortfetzen ausmachen.

Neugier bringt die Katze um, heißt es.

Neugier wird auch einmal mein Ende sein.

Um mehr über den Deal mit dem Asiaten herauszufinden, öffne ich in meinem Computer den Kalender von Marc Morton. In den allgemeinen Kalender hat er den heutigen Besuch nicht eingetragen, den hätte ich gesehen. Aber vielleicht steht er im privaten. Doch auch dort steht nichts. Offenbar haben sich die Kerle ganz kurzfristig angekündigt.

Heimlich rufe ich die Anrufliste von Mortons Telefon auf meinem Computer auf. Da sein Telefon mit dem Netzwerk verbunden ist, wenn er im Büro ist, habe ich Zugriff auf seine Dateien. Ein gewisser Chen hat am Morgen vor meinem Eintreffen angerufen. Das wird der Besucher sein. Leider ist Chen in Asien ein genauso häufiger Name wie Miller oder Smith im englischsprachigen Raum. Die Erkenntnis wird mich nicht weiterbringen.

Trotzdem suche ich in den Akten im Computer nach Chen. Ich finde einen Ordner, der diesen Namen trägt, und öffne ihn.

Mehrere Excel-Dateien befinden sich darin, in denen alle Unternehmen von Mr. Chen mit seiner Buchhaltung aufgeführt sind. Offenbar besitzt er mehrere Reinigungen in Sydney, einen Bootsverleih, einige Apartments und eine Autovermietung. Ich überfliege die Zahlen und kann auf den ersten Blick keinen Fehler feststellen. Doch etwas stört mich daran. Vielleicht ist es mein Misstrauen den bewaffneten Männern gegenüber. Oder weil ich in meinem Leben schon viele solcher Listen gesehen habe.

Sie sind zu sauber. Die Investitionen sind zu korrekt. Natürlich kauft eine Autovermietung Autos auf. Aber nicht zu Preisen über dem Marktwert. Normalerweise achten Geschäftsmänner darauf, Schnäppchen zu machen, um mehr zu verdienen. Hier sieht es fast so aus, als würde der Asiate Wert darauflegen, so viel wie möglich Geld auszugeben.

Und eine Reinigung kauft normalerweise keine Kunstwerke, um sie in ihrem Geschäft aufzuhängen. Und sie investiert auch nicht in eine Flotte von Limousinen.

Mir fällt dazu nur eine Sache ein, die einen Geschäftsmann zu solchem Verhalten veranlassen würde. Er will Geld unter die Leute bringen, das nicht sauber ist.

Geldwäsche.

Ich schiebe die Tasse mit dem restlichen Jasmintee weit von mir, als wäre das Getränk plötzlich giftig. Kann es sein, dass Marc Morton für den Asiaten Geld wäscht?

Ich habe das Gefühl, dass die Luft in meinem Büro auf einmal zu dick ist, um sie atmen zu können. Ich stehe auf und gehe auf und ab, um mich zu beruhigen. Ich kann mich irren. Es kann alles ganz legal und normal sein und Chen ist einfach nur ein schlechter Geschäftsmann. Meine Fantasie spielt mir sicherlich einen Streich. Es kann aber auch sein, dass mein Boss bis zum Hals in illegalen Dingen steckt. Und dass ich schon wieder kurz davorstehe, mir eine Verurteilung wegen Mitwisserschaft einzufangen.

Ich muss mit jemandem sprechen, der Marc Morton besser kennt und die Sache beurteilen kann. Ich muss wissen, ob ich mich in ein Hornissennest gesetzt habe, bevor ich gestochen werde.

Ich verlasse mein Büro und gehe zum Büro von Rick Asperger. Er ist der andere Teilhaber der Firma am Ende des zweiten Flurs.

Ich klopfe und warte, bis ich ein »Herein« höre. Danach trete ich ein.

Asperger sitzt an seinem Schreibtisch und sieht mich freundlich lächelnd an.

»Sie sind die Assistentin von Marc. Ich erinnere mich an Sie. Haben Sie Fernandos Kaffee entdeckt?«

»Ja, es war der richtige Tipp, danke schön.«

»Was kann ich heute für Sie tun?«

Ich habe keine Ahnung, wie ich mich ausdrücken soll, ohne wie eine Idiotin zu wirken.

»Ich bin mir nicht ganz sicher, aber ich bin über eine Akte gestolpert, die irgendwie seltsam aussieht. Ich habe das Gefühl, jemand hat nicht genau recherchiert. Wissen Sie etwas darüber?«

Verwundert runzelt er die Stirn. »Welche Akte? Was ist Ihnen denn aufgefallen?«

Ich beschließe, etwas mutiger zu werden. »Ich glaube, sie heißt Chen. Oder Yang. Irgendetwas Asiatisches. Ist Ihnen der Name schon einmal untergekommen?«

Für einen Moment huscht etwas über sein Gesicht, das ich nicht genau deuten kann. Angst? Ablehnung? Unwillen?

»Das ist ein ziemlich häufiger Name. Was ist Ihnen aufgefallen?«

»Ich habe das Gefühl, dass Mr. Chen mehr sparen könnte, wenn er wollte. Er scheint zu viel Geld zu verlieren.« Abwartend mustere ich sein Gesicht und warte auf eine Reaktion.

»Ich bin mir sicher, Mr. Chen weiß genau, was er tut«, erwidert er. Er klingt auf einmal kühler als vorher. Das Sympathische, Mitfühlende ist aus seiner Stimme verschwunden. »Und Mr. Morton weiß es ebenfalls. Die beiden arbeiten gut zusammen, Sie sollten sich nicht in deren Angelegenheiten einmischen. Ich könnte mir vorstellen, dass Mr. Chen nicht sonderlich glücklich darüber wäre, wenn seine Geschäftsbeziehung belastet würde. Er ist da sehr empfindlich. Und wir freuen uns auch nicht, wenn Sie dazwischenfunken. Also kümmern Sie sich gefälligst nur darum, Mr. Morton den richtigen Kaffee zu bringen. Das ist Ihre Aufgabe. Alles andere geht Sie nichts an.«

Das war ein Schlag ins Gesicht. Mit der Faust.

»Danke für die Auskunft«, erwidere ich und gebe mir Mühe, nach dieser Demütigung nicht knallrot anzulaufen.

»Schließen Sie die Tür hinter sich.«

Ich gehorche und hole tief Luft, als ich wieder im Flur stehe. Ich fürchte, ich habe recht mit meiner Vermutung. Und Asperger weiß Bescheid. Die ganze Firma weiß, was hier läuft.

Ich müsste zur Polizei gehen. Aber dann wüssten Morton und Asperger genau, wer sie verraten hat. Ich würde nie wieder ruhig schlafen können, weil jeden Moment Chens Männer vor mir auftauchen und mich umbringen könnten.

Dieser Job war ein Fehler, ein ganz großer Irrtum.

Ich gehe zurück in mein Büro und schließe die Ordner von Mr. Chen im Computer. Danach kümmere ich mich um meine Arbeit und versuche, nicht mehr an die eigenartigen Besucher zu denken, was allerdings sehr schwierig ist. Immer wieder wandern meine Gedanken zu ihnen und zu ihren dubiosen Geschäften.

Sie verlassen das Büro von Marc Morton etwa eine Stunde später. Der kleine Chinese nickt mir im Vorübergehen zu, als wäre er zufrieden mit meiner Arbeit.

Marc ignoriert mich, als wäre ich eine Stubenfliege.

Er schließt sich in sein Büro ein und ist für den Rest des Tages nicht mehr für mich zu sprechen. Ich muss mehrere Anrufe von Kunden, den seiner Mutter und die von drei Exfreundinnen abwimmeln. Als endlich Zeit ist, nach Hause zu gehen, klopfe ich an seine Tür. Aber er bittet mich nicht herein. Als ich die Tür öffnen will, ist sie noch immer verschlossen.

Ich gehe nach Hause, ohne ihn noch einmal gesprochen zu haben.

Uma liegt auf dem Sofa und sieht sich eine Folge einer Serie an, die ich noch nie im Fernsehen gesehen habe. »Das ist er«, sagt sie, ohne aufzuschauen, und hält die Aufzeichnung an.

Auf dem Bildschirm ist ein junger Mann mit atemberaubend blauen Augen zu sehen. Er sieht fantastisch aus und flirtet mit der Kamera, als wäre sie seine Liebste.

Ich kenne Sean von den Fotos, die Uma mir mal gezeigt hat. Persönlich gesehen habe ich ihn noch nicht. Uma zog mit mir zusammen, nachdem die Beziehung zu ihm in die Brüche gegangen war.

»Er sieht verdammt gut aus«, sage ich, obwohl das nicht sonderlich viel über den Mann aussagt.

»Ich weiß.« Sie klingt weinerlich. »Wir hatten heute schon eine Probe zusammen. Er hat sich nicht verändert. Er macht mich verrückt!«

»Wie hat er sich denn verhalten?«

»Nett. Das ist ja das Problem!« Sie setzt sich auf und sieht zu mir. »Er ist unglaublich nett. Er hat mir die Tür aufgehalten und mir sein Drehbuch gegeben, als meins runterfiel. Und er lächelt mich an, als wäre nie etwas Schlimmes vorgefallen zwischen uns. Ich hasse ihn!«

Ich setze mich zu ihr und tätschele ihre Hand. »Hass ist gut. Irgendwann wandelt sich dieses Gefühl dann in Gleichgültigkeit. Gleichgültigkeit solltest du anstreben, das ist das beste Gefühl, das man seinem Ex gegenüber haben kann. Gleichgültigkeit ist super.«

Ich denke an Marc Morton, der auch mal mein Liebhaber war. Ist er mir gleichgültig?

Fast.

Seitdem ich weiß, dass er mit Kriminellen unter einer Decke steckt, fällt es mir leichter.

»Und weswegen bist du so mies drauf?« Uma schnieft hörbar und sieht mich aus roten Augen an. Offenbar hat sie geweint, bevor ich ins Zimmer kam.

»Du kannst ruhig weiterweinen«, weiche ich aus. »Bei mir ist alles okay so weit.«

»Das ist es nicht. Ich kann es bis hierher riechen. Und du weichst aus. Was ist passiert?«

Ich kann ihr nicht sagen, was ich herausgefunden habe. Ich weiß ja nicht einmal selbst, was ich wirklich herausgefunden habe.

»Ich habe das Gefühl, dass Marc Morton dunkle Seiten hat, die ich nicht weiter kennenlernen möchte«, sage ich leise.

»Was für Seiten? Quält er dich noch mehr? Hat er sich wieder vor dir ausgezogen?«

»Er schickt mich ans andere Ende der Stadt, um etwas zu kaufen. Und er hat seltsame Klienten, die Tee auf den Boden gießen und Waffen tragen.«

»Oh scheiße. Das klingt nicht gut.«

»Nein, das klingt überhaupt nicht gut. Ich bin zum anderen Teilhaber der Firma gegangen, aber der hat mir nur gedroht. Ich habe das Gefühl, die ganze Firma arbeitet nicht ganz sauber.«

»Du kannst es dir nicht leisten, schon wieder verurteilt zu werden. Dieses Mal wanderst du ganz sicher in den Knast.«

Ich stöhne laut auf. »Das darf auf keinen Fall passieren.«

»Du musst kündigen, und zwar sofort. Gleich morgen gehst du zu dem Mann und knallst ihm deine Kündigung auf den Schreibtisch.«

»Aber ich brauche das Geld. Und den Job. Ich hoffe, dass ich durch die Stelle bei MAM an Ansehen in der Branche gewinne, damit mich die anderen Firmen wieder einstellen.«

»Hast du nicht noch was anderes, was dir genügend Geld bringt?«

Was mein Einkommen betrifft, habe ich das Angebot von Arthur. Es kommt mir auf einmal noch lukrativer und reizvoller vor.

»Doch, da wäre etwas. Es hilft mir aber nicht bei meinem Ruf.«

»Dein Ruf wird nicht besser, wenn du für einen Kriminellen arbeitest. Und das ist Morton mit Sicherheit, wenn Kerle mit Kanonen in sein Büro kommen. Lass diesen Morton sausen. Ich bin sowieso sauer auf ihn, weil er nicht weiß, wer du wirklich bist. Wenn ein Mann eine Frau, mit der er im Bett war, nicht wiedererkennt, ist das ein ganz mieses Zeichen.«

Ich lächele schief. »In meinem Fall ist es von Vorteil. Es wäre sonst noch unangenehmer, mit ihm zu arbeiten.«

»Vielleicht hast du recht. Soll ich dir bei der Kündigung helfen oder schaffst du es alleine?«

»Danke, ich schaffe sie allein.«

Uma hat recht. Die Stelle bei MAM hilft mir nicht, wenn dort dunkle Geschäfte ablaufen. Seufzend stehe ich auf und gehe in mein Zimmer, wo ich den Computer einschalte und die Kündigung schreibe. Ich überlege, danach noch Lancelot anzurufen und ihm meine Entscheidung mitzuteilen, aber ich habe nicht mehr genügend Kraft dafür. Ich beschließe, es morgen zu tun. Sobald meine Kündigung auf dem Tisch von Marc Morton liegt.

DAS KLEINGEDRUCKTE

ICH GEBE MIR Mühe, besonders sachlich und ruhig zu sein, als ich am nächsten Tag zu meinem Boss ins Büro gehe. In der einen Hand halte ich seinen Kaffee, in der anderen meine Kündigung. Leider zittert die Hand mit dem Kaffee ein wenig, aber ich hoffe, dass er es nicht sieht. Die mit der Kündigung halte ich hinter meinem Rücken versteckt, damit er nicht sofort Lunte riecht. Außerdem hoffe ich, dass ich einen guten Grund finde, es mir doch noch anders zu überlegen. Ich brauche den Job, das Geld und die Reputation, die damit verbunden ist. Solange die Machenschaften der Firma wirklich sauber sind.

»Guten Morgen, Mr. Morton«, sage ich und stelle den Kaffee auf seinen Schreibtisch. Er sieht heute wieder besonders gut aus und trägt einen dunkelblauen Anzug, der seine grünen Augen leuchten lässt.

»Guten Morgen«, erwidert er. Ich erwarte noch eine Gemeinheit oder einen Befehl, der mich ins Klärwerk oder an einen ähnlich unangenehmen Ort schickt. Aber es kommt nichts. Er liest die Zeitung und sieht sogar kurz auf, um zu lächeln. Das Handy liegt unangetastet neben der Tastatur.

Was hat er? Wieso nörgelt oder meckert er nicht? Warum gibt er mir keinen fiesen Befehl? Ist er krank und hofft auf Mitleid? Oder weiß er, dass sein letztes Stündlein geschlagen hat und die Asiaten ihn umbringen werden, sodass er hofft, dass ich auf seine Beerdigung komme, damit wenigstens eine Person anwesend ist?

Unsicher bleibe ich neben seinem Schreibtisch stehen.

»Haben Sie noch etwas auf dem Herzen?«, fragt er freundlich und sieht erneut lächelnd auf.

Wenn ich nicht genau wüsste, dass er ein Arschloch ist, würde ich ihn jetzt für einen netten Chef halten. Aber er ist einfach nur ein guter Schauspieler. Uma kann sich ähnlich verstellen.

»Ich ...« Ich breche ab. Soll ich ihm wirklich meine Kündigung überreichen und den Job aufgeben? Im Geiste habe ich heute Nacht mehrmals geübt. Ich weiß genau, wie es geht. Den Arm mit dem Schreiben ausstrecken und ihm vor die Nase legen. Dazu will ich sagen: »Es tut mir leid, aber ich kann nicht mehr länger für Sie arbeiten. Auf Wiedersehen, Mr. Morton und alles Gute für Ihre Zukunft.« Danach eine Drehung und einen eleganten Abgang durch die Tür.

Aber er ist so nett! Vielleicht habe ich ihm die ganze Zeit unrecht getan und er ist gar kein so schlechter Boss? Und die Asiaten? Vielleicht handelt es sich um einen hochkarätigen Politiker, der sich vor Feinden schützen muss.

»Wollen Sie den Klatschteil der Zeitung?«, fragt er und reißt mich aus meinen Zweifeln. Seine grünen Augen funkeln amüsiert. »Den können Sie haben.«

Er macht tatsächlich Anstalten, mir ein paar Blätter der Zeitung zu geben.

»Nein, ich lese keine Klatschseiten, nur den Wirtschaftsteil«, erwidere ich.

»Ich auch, den kann ich Ihnen erst geben, wenn ich ihn ausgelesen habe.«

Was ist mit dem Mann los?

»Ich will ihn nicht.« Mein Arm mit dem Schreiben zuckt. Aber ich finde noch nicht den Mut.

»Dann können Sie ja endlich mein Büro verlassen und Ihrer Arbeit nachgehen«, sagt er süffisant. »Ich brauche neue Golfschläger. Vereinbaren Sie einen Termin mit Sookie Darling, sie weiß, welche Größe ich habe.« Er zwinkert mir zu. »Überall. Große Größe.«

Das war eindeutig anzüglich. Arroganter Bastard.

Jetzt.

Mein Arm schnellt vor und ich reiche ihm das Schreiben. »Ich kündige.«

Okay, das ist nicht das, was ich geübt habe, aber ähnlich.

Er zieht die Augenbrauen hoch, als hätte ich etwas total Dämliches gesagt.

»So schnell geben Sie schon auf? Gefällt es Ihnen nicht in der Firma?«

»Ich ... ich habe andere Verpflichtungen«, stottere ich. Auch nicht so lässig, wie ich es geübt habe.

Er sieht das Schreiben nicht einmal an, sondern verzieht den Mund zu einem Lächeln.

»Ich hoffe, Sie glauben nicht, dass Sie jetzt nach Hause gehen können«, sagt er. Er klingt kühl. »In Ihrem Vertrag steht, dass Sie erst zum Ende des ersten Monats gehen können. Sie haben gerade erst angefangen, der Monat ist noch lange nicht vorbei.«

Ich schlucke. Das Kleingedruckte des Vertrages habe ich mir gar nicht genau durchgelesen. Ich war viel zu glücklich, überhaupt einen Job gefunden zu haben.

»Aber ich ...« Ich bringe den Satz nicht zu Ende. Es hat keinen Sinn. Seine Augen funkeln so kalt wie Eis. »Bitte akzeptieren Sie meine Kündigung zum Ende des Monats«, sage ich leise.

Er antwortet nicht, sondern lässt mich links liegen und schaut in seine Zeitung.

Ich warte noch eine Sekunde, aber als er immer noch nichts sagt, verlasse ich sein Büro und atme draußen tief durch. Und ich ahne, dass Marc Morton alles daransetzen wird, die letzten Wochen in seinem Büro so unangenehm wie möglich für mich zu machen.

Aber da muss ich jetzt durch. Nach drei Wochen bin ich raus hier und Marc Morton kann eine andere Assistentin quälen. Und hoffentlich erwischt ihn vorher die Polizei und deckt seine Machenschaften mit den Asiaten auf.

Mit finsterer Miene suche ich in Marcs Datei nach Sookie Darling, damit sie ihm die richtigen Golfschläger besorgt. Sie ist aber nicht so leicht zu finden. Ich gehe die gesamte Liste der Personen durch, die in irgendeiner Form für Marc Morton arbeiten. Schließlich entdecke ich eine Sookie Hanson. In der Hoffnung, dass sie die richtige Person ist, rufe ich sie an. Sie ist es tatsächlich. Als ich sie nach dem Namen frage, lacht sie. Darling war wohl Marcs Spitzname für sie, als sie eine kurze Affäre mit ihm hatte. Inzwischen ist sie verheiratet. Ich weiß nicht, warum mich das Wissen um ihre Ehe etwas beruhigt. Es sollte mir völlig egal sein, was die Ex-Geliebten meines Chefs tun oder nicht tun. Selbst wenn mein Boss auch mal für eine kurze Nacht mein Lover gewesen ist. Es geht mich nichts an.

Ich ärgere mich über mich selbst, als sich die Tür öffnet und Marc Morton mit der Zeitung aus seinem Büro kommt.

»Ich bin bei einer Besprechung mit Asperger und Millen«, sagt er kurz und legt die Zeitung auf meinen Schreibtisch. Die Seiten mit den Wirtschaftsnachrichten liegen oben. »Den Klatschteil habe ich schon weggeworfen.« Danach geht er hinaus und knallt die Tür hinter sich zu.

Ich runzele erstaunt die Stirn. Gibt er mir tatsächlich seine Zeitung? Das wäre ja doch nett von ihm. Wenigstens ein bisschen.

Ich kann mir ein Lächeln nicht verkneifen. Was eine Kündigung doch ausmachen kann!

Ich erledige noch ein paar E-Mails, dann beginne ich, die Zeitung zu lesen. Welche Firma kurz vor der Insolvenz steht, welche Startups Erfolg versprechen, für wie viele Millionen Firmen aufgekauft und wieder verkauft werden. Es ist eine interessante Woche in der Welt, jede Menge wirtschaftliche Aktivitäten. Das meiste betrifft mich nicht, aber es interessiert mich trotzdem. Als ich auf der letzten Seite angekommen bin, fällt mein Blick auf die Lokalnachrichten. Besonders auf die Schlagzeile in der Mitte der Seite. Eine junge Frau ist von der Harbour Bridge gesprungen und dabei ums Leben gekommen. Die Polizei geht von einem Selbstmord aus. Sie ist in meinem Alter.

Ich verspüre ein unangenehmes Gefühl. Warum bringt sich eine Frau in meinem Alter um? Ich lese den Rest des Artikels und spüre eine Gänsehaut über meinen Rücken laufen, als ich den Namen der Toten lese: Thea Appleyard.

Ich habe den Namen gerade erst gelesen. Ich kann mich allerdings nicht genau erinnern, wo.

Rasch blättere ich wieder den Wirtschaftsteil durch, aber dort ist er nicht. Schließlich durchforste ich die Datei in Mortons Computer. Und da finde ich ihn: Thea Appleyard hat bei MAM gearbeitet.

Ich grabe etwas tiefer und finde die Daten zu ihr. Sie war im vorigen Jahr zehn Monate lang die persönliche Assistentin von Marc Morton und hat gekündigt, weil sie ein besseres Angebot hatte. Sie war eine meiner Vorgängerinnen.

Wusste sie von den Asiaten und den dunklen Geschäften, die Marc Morton mutmaßlich mit ihnen treibt?

Auf einmal erwachen in mir Zweifel an ihrem Selbstmord. Was, wenn sie geschubst wurde, weil sie zu viel wusste?

Ein unangenehmes Gefühl kriecht durch meinen Körper.

Angst.

Was, wenn sie auch mich umbringen, weil ich von ihren Aktivitäten weiß? Immerhin bin ich zu Asperger gegangen und habe ihn danach gefragt. Wenn er es ihnen erzählt, haben sie mich auf dem Kieker.

Ich versuche, die schrecklichen Gedanken zur Seite zu schieben. Immerhin weiß ich noch nicht einmal, was Marc Morton wirklich mit den Asiaten besprochen hat. Vielleicht ist der kleine Typ ein wichtiger Mann gewesen, der Bodyguards braucht, weil er zu reich oder zu berühmt oder zu bedeutend ist. Dass die Kerle bewaffnet waren, macht sie noch lange nicht zu Gangstern. Und dass die Bücher zu sauber sind, macht sie nicht zu Betrügern und Geldwäschern. Es kann durchaus sein, dass alles mit rechten

Dingen zugeht. Und die Drohung von Asperger kann ich falsch verstanden haben.

Es muss gar nichts bedeuten.

Ich atme tief ein und aus und lese den Artikel über die tote Thea Appleyard noch einmal. Es kommen jedoch keine neuen Fakten hinzu und dieselben Fragen brennen weiterhin in mir. Wurde sie verfolgt? Hat sie Dinge gewusst, die sie nicht wissen durfte? Waren Zeugen in der Nähe, als sie sich tötete? Das alles beantwortet der Artikel nicht. Ich müsste die Polizei dazu befragen, aber das würde Misstrauen wecken und ich müsste von meinem Verdacht erzählen. Und dann würde Asperger Wind davon bekommen, anschließend Chen. Und mein Leben würde am seidenen Faden hängen.

Die Polizei kann ich also nicht fragen.

Wen dann?

Mir fällt niemand ein. Ich muss die Tatsachen so hinnehmen, ohne etwas unternehmen zu können. Ich lege den Kopf in meine Hände und stöhne leise. Dieser Job entwickelt sich immer mehr zu einem Albtraum. Kann ich nicht einfach aufwachen und alles ist vorbei?

Ich schüttele und kneife mich, aber es ändert sich nichts an meiner Situation. Ich liege nicht plötzlich im Bett, recke und strecke mich, weil ich aus einem bösen Traum erwacht bin. Ich sitze immer noch im Vorzimmer von Marc Morton und fürchte mich vor seiner Rückkehr.

Als in diesem Augenblick mein Handy klingelt, zucke ich erschrocken zusammen. Der Klang hallt in der Stille des Büros und in meinen trostlosen Gedanken wie ein Glockenschlag.

Es ist Uma.

»Esther, ich brauche deine Hilfe«, ruft sie in den Hörer. Sie klingt aufgebracht. »Es ist wichtig. Ich hoffe, du hast Zeit heute nach der Arbeit. Bitte, es ist dringend! Es geht um Leben und Tod! Bitte, lass mich nicht hängen.«

Alarmiert sitze ich noch ein bisschen gerader. »Worum geht es denn?«

»Sean will mit mir eine Drehbuchbesprechung machen. Das ist doch eine Falle! Er will mir mit Sicherheit seine Freundin vorstellen und mir sagen, dass er sie heiraten will. Ich kann dort nicht alleine auftauchen, das überlebe ich nicht. Kannst du nicht meine Geliebte spielen?«

»Deine Geliebte? Aber er weiß doch, dass du nicht lesbisch bist. Du warst mal seine Freundin!«

»Ich kann das Ufer gewechselt haben.«

»Denkst du, das nimmt er dir ab?«

»Sei nicht so negativ! Ich brauche Hilfe! Und einen männlichen Freund finde ich auf die Schnelle nicht. Du bist meine einzige Hoffnung.«

Ich schließe für einen Augenblick die Augen. Ich habe momentan eigentlich andere Probleme, aber ich kann Uma auch nicht so einfach hängenlassen. Es wäre ja nur für eine Drehbuchbesprechung.

»Ich wollte eigentlich heute meine Mom besuchen, aber ich kann es auch morgen tun. Okay, ich bin da. Aber keine Zungenküsse!«

Sie lacht erleichtert. »Nein, keine Zungenküsse. Das würde ihn sowieso überfordern und vermutlich auch zu sehr erregen. Das wäre kontraproduktiv.«

»Wir sehen uns später.«

»Danke, Esther. Ich schulde dir etwas.«

»Und wie! Die Rechnung folgt.«

Sie lacht, ich auch. Danach legen wir auf. Der Anruf hat die Spannung in mir etwas gelöst und ich finde den Mut, den nächsten Anruf zu tätigen.

Eine helle Männerstimme meldet sich. Lancelot.

»Hi, hier ist Stella. Ich möchte Bescheid sagen, dass ich das Angebot annehme.«

Meine Entscheidung scheint ihn nicht im Geringsten zu interessieren, denn seine Stimme verändert sich nicht. Sie klingt unbeteiligt und emotionslos.

»Ich werde die Information weitergeben und mich gegebenenfalls wieder melden.«

»Gegebenenfalls? Ich bin davon ausgegangen, dass die Sache klargeht.«

»Ich kann dazu nichts weiter sagen, Stella.«

»Natürlich nicht.« Enttäuscht lehne ich mich zurück. Ich habe gedacht, er würde mir gleich sagen, wie es nun weitergeht, aber offenbar läuft es nicht so. Ich muss abwarten, bis er sich wieder meldet.

Ich verabschiede mich von ihm und versuche, mich auf die Arbeit zu konzentrieren. Zum Glück dauert die Besprechung mit Asperger sehr lange, sodass ich die ganze Zeit meine Ruhe habe. Marc Morton kehrt erst am späten Nachmittag zurück, kurz bevor ich Feierabend mache. Ich überlege, ob ich ihn auf den Tod seiner ehemaligen Assistentin hinweise, aber ich tue es nicht. Einerseits ist er extrem schlecht gelaunt, weshalb ich lieber meinen Mund halte. Andererseits geht es mich nichts an. Ich muss nur noch wenige Wochen durchhalten, dann bin ich weg hier und Marc Morton kann machen, was er will. Ohne mich. In der Zwischenzeit will ich mich nicht unnötig in die Nesseln setzen.

Als der Feierabend da ist, frage ich ihn, ob er meine Dienste noch benötigt. Er sieht nicht auf, sondern schreibt fieberhaft einen langen Text in seinen Computer.

»Nein, verschwinden Sie«, sagt er abgelenkt.

Ich ziehe den Kopf wieder ein und gehe aus dem Raum. Wenn ich ehrlich bin, muss ich zugeben, dass es mich wurmt, von ihm so kalt abgespeist zu werden. War ich damals wirklich so unbedeutend, dass er sich nicht an mich erinnert? Es kratzt an meinem Ego. Aber wir waren damals betrunken und vielleicht war er sogar high. Viele Studenten haben Marihuana geraucht oder irgendwelche Pillen geschluckt, um besser drauf zu sein. Kein Grund, jetzt beleidigt zu sein. Und wenn mir nicht dieses Mal auf seiner Hüfte aufgefallen wäre, hätte ich ihn ebenfalls nicht erkannt. Ich sollte also ganz ruhig sein.

Trotzdem ärgert es mich. Ich kann es einfach nicht abstellen.

Ich verlasse das Gebäude und gehe zur U-Bahn. Gerade als ich die Treppen hinunterlaufe, erhalte ich eine SMS von Lancelot.

LANCELOT: Heute Abend, 21 Uhr. Four Seasons.

Mein Herz schlägt schneller. Das neue Date mit Arthur. Ein Lächeln huscht über mein Gesicht. Ich hätte nicht gedacht, dass ich mich so freuen würde, von ihm zu hören.

Ich versuche mich schnell wieder auf den Boden der Tatsachen runterzubringen. Es ist nur ein Job. Arthur ist lediglich ein Kunde. Und trotzdem bleibt während der ganzen Fahrt das Lächeln auf meinen Lippen. Ich denke an seine Hände, an seine Nähe, und schon kriecht ein sehnsüchtiges Verlangen durch meinen Körper. Das Lächeln weicht auch nicht, als ich mit Uma in das Café gehe, in dem sie mit ihrem Ex Sean verabredet ist. Die ganze Zeit redet sie davon, wie sie ihn und seine Neue kalt behandeln will. Aber ich höre nur ihre Stimme und lasse den Inhalt ihrer Aussagen kaum bis zu meinem Verstand vordringen. Der ist damit beschäftigt, sich den Abend mit Arthur vorzustellen.

Als wir durch die Tür gehen und Uma Sean sieht, spüre ich, wie sie sich versteift. Und sie greift nach meiner Hand. Zuerst denke ich, sie braucht Unterstützung, und erwidere den Druck ihrer Hand, um ihr Mut zu geben. Doch dann nimmt sie mich in den Arm, als wären wir ein Pärchen.

Sie will die Sache also wirklich durchziehen.

Ich knurre innerlich, lasse sie aber gewähren. Es ist ein Notfall.

Sean sitzt allein an einem Fenstertisch, der nur für zwei gedacht ist. Von seiner Neuen ist weit und breit keine Spur zu sehen. Er steht auf, als wir zu ihm an den Tisch treten.

»Hi«, sagt Uma cool und schiebt mich nach vorn. »Das ist Esther, meine Freundin.«

Sean wirkt etwas irritiert, als er mir die Hand reicht. »Hallo Esther. Ich bin Sean.«

Ich weiß, hätte ich gern gesagt, ich habe dich schon im Fernsehen gesehen. Und noch mehr von dir gehört. Aber ich verkneife es mir. Er sieht auch in natura gut aus: hellblaue Augen, hellbraune Haare und ein umwerfendes Lächeln, nur dass es jetzt unsicher wirkt. Er scheint längst nicht so souverän zu sein, wie er im Fernsehen wirkt. Das macht ihn in meinen Augen sehr sympathisch. Auch als er unsicher auf Uma zugeht und ihr ein Küsschen auf die Wange drückt.

Ich hole einen Stuhl vom Nachbartisch und setze mich, obwohl ich mich völlig fehl am Platze fühle. Aber zum

Glück habe ich gute Laune, weil ich mich auf mein Date mit Arthur freue, das macht die Situation viel erträglicher.

»Tut so, als wäre ich gar nicht da«, sage ich lächelnd und hole mein Telefon aus der Tasche, um meine Nachrichten durchzugehen.

»Danke, dass du gekommen bist«, sagt Sean zu Uma. Ich muss nicht hinsehen, um zu wissen, dass er sie anlächelt.

»Was willst du denn besprechen?« Uma hingegen klingt kühl, auch da muss ich nicht hinsehen. Sie würde sich lieber die Stirn mit einer toten Katze tätowieren lassen, als Sean anzulächeln.

»Ich hatte gehofft, wir könnten unsere Szene in Ruhe durchgehen, weil ich nicht weiß, ob du sie so verstehst wie ich.«

»Was gibt es denn daran anders zu verstehen? Peter, der Typ, den du spielst, will mich als seine falsche Freundin ausgeben, damit er sich an die Frau ranmachen kann, auf die er wirklich scharf ist. Das ist eindeutig.«

»Na ja, ich denke, er liebt beide Frauen und steckt in der Zwickmühle. Das weiß sie aber nicht. Daher will ich das jetzt mit dir besprechen.«

Ich spitze nun doch die Ohren. Seans Stimme wirkt angespannt, als würde er nicht nur über die Rolle sprechen, sondern über sich. Es klingt, als würde er ihr sagen wollen, dass er sie nicht vergessen hat.

Uma zuckt in gespieltem Desinteresse die Schultern. »Wir werden leider nicht so schnell erfahren, was dabei rauskommt, das haben die Drehbuchautoren noch nicht geschrieben. Wenn sie schlechte Laune haben, lassen sie mich bei einem Unfall sterben. Oder dich. Oder du wirst schwul. Also ist es unwichtig, was du dazu denkst. Er will mich als seine falsche Freundin engagieren, das reicht.«

Sie hat offenbar nicht verstanden, was er meint.

Ich überlege, ob ich mich einmischen soll, aber ich warte noch ein bisschen ab.

»Vielleicht mag sie ihn gar nicht mehr«, sagt er unsicher und schielt zu mir. Den Blick sehe ich aus dem Augenwinkel, während ich auf meiner Facebookseite durch die langweiligen Nachrichten scrolle.

»Das kann auch sein. Wie auch immer, wir sollten endlich anfangen. Ich habe nicht den ganzen Abend Zeit. Ich habe noch etwas vor.« Nun sieht auch sie zu mir. Ich vertiefe mich ganz intensiv in die langweiligen Nachrichten und tue so, als würde ich sie interessiert lesen und nichts um mich herum wahrnehmen.

»Also, ich würde Peter gern etwas Nachdenkliches geben. Und einen liebevollen Zug. Er mag dich. Also den Charakter, den du spielst. Er mag sie sehr, aber er weiß, dass er sie verletzt hat und ...«

»Er hat sie nicht verletzt, er hat sie doch gerade erst kennengelernt.« Uma unterbricht ihn rüde. Sie schnallt offenbar gar nichts.

»Aber er könnte sie vorher verletzt haben, weil er eine andere auch liebt. Oder weil sie denkt, dass er eine andere liebt. Es ist kompliziert.«

»Ich finde es sehr simpel. Ich weiß gar nicht, wo dein Problem liegt. Ich ...«

Nun lege ich doch mein Telefon zur Seite und stehe auf. »Ich muss mal aufs Klo. Uma, wärst du so nett mitzukommen und mir zu helfen?«

Sean sieht mich entsetzt an. Uma auch, um ehrlich zu sein. Okay, vielleicht war das nicht gerade geschickt ausgedrückt, aber nun ist es zu spät.

»Ich brauche deinen Lippenstift«, füge ich schnell hinzu.

Uma will ihre Tasche öffnen und mir ihren Lippenstift reichen, aber ich schüttele den Kopf und mache eine energische Bewegung Richtung Klotür. Sie ist heute wirklich etwas schwer von Begriff, aber irgendwann rafft sie es doch und steht auf, um mit mir auf die Toilette zu gehen.

»Er redet nicht über die Rolle«, sage ich ihr, als wir endlich unsere Ruhe haben. »Er redet über sich und dich. Er mag dich noch.«

»Das ist Quatsch. Er spricht über diesen Typen, den er spielt. Er ...«

»Nein, das tut er nicht. Er hat gesagt, er liebt dich noch. Und wie du siehst, ist er alleine hier und hat noch kein Wort über die andere gesagt. Er will mit dir in Ruhe reden. Deshalb werde ich mich jetzt verabschieden.«

»Was? Du bist als meine Geliebte hier. Du kannst nicht gehen!«

»Doch, das kann ich. Ich bin überflüssig. Hast du nicht gesehen, dass er an einem Zweiertisch sitzt, wo euch niemand stören kann? Hör ihm zu. Und sag ihm wenigstens, dass du bi bist und dich bei deiner sexuellen Orientierung noch nicht endgültig entschieden hast.«

Sie schluckt. »Denkst du wirklich?«

»Ja, ich bin mir ganz sicher.«

Nachdenklich starrt sie die Wand an, als würden hundert Szenarien dieses Abends durch ihren Kopf gehen. Danach schiebt sie mich zur Seite und starrt in den Spiegel. Sie kämmt ihre Haare mit fünf Fingern und plustert sie auf, was sie verführerischer aussehen lässt. Dann legt sie den Lippenstift auf, den sie mir gerade noch leihen wollte.

»Wie sehe ich aus?«

»Sexy.« Ich lächele sie an. »Mach ihn fertig. Er mag dich noch.«

Sie holt tief Luft. »Danke.« Sie gibt der Luft vor mir ein Küsschen und lächelt. »Puh, und schon habe ich Lampenfieber.«

»Hals- und Beinbruch«, wünsche ich ihr, bevor ich sie zurück an den Tisch gehen lasse. Kurz darauf folge ich ihr. »Viel Erfolg bei der Besprechung. Ich habe noch ein Date«, sage ich und verabschiede mich von Sean. Er wirkt erleichtert, als ich gehe.

»Bis später«, erwidert Uma mit vor Aufregung roten Wangen.

Ich verlasse das Café und schaue auf die Uhr. Ich habe noch genügend Zeit, mich zu duschen und umzuziehen.

DAS ELIXIER DER MÄCHTIGEN

DIE AUGENBINDE LÄSST wieder einmal kein Licht durch. Nichts. Ich würde so gern einen Blick auf Arthur erhaschen, wenn er in das Hotelzimmer kommt, aber ich sehe gar nichts.

Er ist noch nicht da. Ich liege auf der weichen Matratze, in der ich fast versinke, und warte auf ihn. Mein Rücken lehnt an einem Berg von Kissen im Zentrum des Bettes. Meine Finger spielen nervös mit den Fransen der Decke auf dem Bett.

Und dann höre ich die Tür. Sie öffnet sich mit einem leisen Knacken, danach ertönen Schritte.

»Stella.« Seine sexy Stimme mit dem britischen Akzent jagt einen feinen Schauer über meinen Körper. Das Lächeln darin verursacht ein leichtes Kribbeln in meinem Unterleib. »Ich hoffe, du musstest nicht zu lange auf mich warten.«

»Kein Problem«, sage ich und winke ab. Da ich die Geste nicht sehen kann, kommt sie mir jedoch seltsam vor und ich lasse meinen Arm schnell wieder sinken. »Manche Dinge sind es wert, dass man darauf wartet.«

Ich höre, wie sein Anzug raschelt, als er zu mir kommt. Das Bett bewegt sich unter mir und ich spüre, wie es um mich herum wärmer wird.

»Da muss ich dir recht geben.«

Seine warme Hand legt sich auf mein Bein. Diese einfache Berührung lässt meine Nerven vor Vorfreude schwingen.

»Wie war dein Tag, Arthur?«, frage ich, um meine Erregung zu verbergen.

»Ich habe oft an dich gedacht«, sagt er in der Nähe meines Ohres. Und dann spüre ich seinen Kuss. Hungrig. Verführerisch.

Hitze durchflutet mich, als ich ihn zurückküsse und unsere Zungen miteinander spielen. Doch seine Lippen verlassen meinen Mund und wandern weiter nach unten, über meinen Hals bis zu meiner Schulter. Ich trage heute ein anderes Kleid, ein rotes Teil, das die linke Schulter freilässt. Es scheint ihm zu gefallen, denn seine Küsse werden heißer. Sein Bartschatten kratzt über meine Haut. Da ich ihn nicht sehen und seine Bewegungen nicht erahnen kann, fühlt sich die Berührung unglaublich erotisch an. Seine Finger streicheln über meinen Nacken und spielen mit meinen Haaren, bis er eine Handvoll Haare nimmt und meinen Kopf nach hinten zieht. Seine heißen Küsse und das raue Kratzen seiner Bartstoppeln ergeben eine erregende Mischung, die eine Gänsehaut auf meinen Armen entstehen und meine Knie weich werden lässt. Das Ziehen an meinen Haaren jagt einen Rausch von Hormonen durch meine Adern. Ich vergesse, dass er mich dafür bezahlt, für ihn da zu sein. Ich habe wieder einmal das Gefühl, von meinen Empfindungen überwältigt zu werden. Er zieht meinen Kopf noch weiter nach hinten und küsst mich hinter dem Ohr. Dann streicht er leicht über meinen Rücken. Die Berührung seiner Finger jagt ein Prickeln bis in die letzte Zelle meines sehnsüchtigen Körpers. Es fühlt sich an, als könnte ich nicht mehr atmen. Zwischen meinen Beinen pocht es.

Arthur öffnet den Reißverschluss meines Kleides. Instinktiv versuche ich, ihm dabei zu helfen, sich ebenfalls auszuziehen. Zuerst das Hemd, das ich zur Seite fallen lasse. Danach gleiten meine Finger über seine Bauchmuskeln, bis ich den Knopf seiner Hose finde. Ungeduldig öffne ich die Hose, und als ich seine Erektion in der Hand halte, drücke ich ihn in die Kissen, um sie zu küssen. Meine Zunge gleitet über die weiche Spitze und ich nehme ihn in den Mund, Zentimeter für Zentimeter.

Er seufzt. Und als meine harten Brustwarzen bei jeder Bewegung über seinen Oberschenkel streifen, greift er in meine Haare, um mich zu führen. Seine Hüften bewegen sich auf und ab.

»Stella«, stöhnt er, seine Stimme angespannt und voller Verlangen. Ich spüre, wie er sich hinsetzt und mich zu sich zieht. Ich drehe mich um, als er sich hinlegt.

Seine Zunge gleitet zwischen meine Beine und lässt mich seufzen. Seine Finger graben sich in mein Hinterteil, während er mich noch näher an sich heranzieht. Seine Zunge gleitet wieder und wieder durch meine Feuchtigkeit, saugt an meinem empfindlichsten Punkt und umkreist ihn. Ich spüre die ersten Anzeichen eines Orgasmus nahen und versuche, an unangenehme Dinge zu denken, um mich von dem wunderschönen Gefühl abzulenken. Ich will nicht zu schnell kommen, damit er nicht merkt, wie sehr es mich erregt, mit ihm zusammen zu sein. Er ist nur ein Kunde, mehr nicht.

Doch ich halte es nicht lange aus. Eine heiße Welle von Lust kündigt sich an.

Bevor es so weit ist, richte ich mich auf und klettere von ihm herunter. Noch einen Moment länger und er würde mich auf einen unglaublichen Gipfel jagen, von dem ich mich nicht so schnell erholen würde. Er ist einfach zu gut. Ich nehme seine harte Erektion in meine Hand und suche mit den Lippen seinen Mund.

»Lass mich nicht länger warten«, flüstere ich. Ich will ihn in mir spüren. Mit den Händen suche ich die Matratze und lege mich hin, ein seidenes Kissen unter meinem Kopf. Ich vergesse sogar völlig, mich sexy hinzudrapieren. Ich spüre nur dieses Verlangen, von ihm ausgefüllt zu werden. Ich spreize meine Beine, als das Geräusch des Kondompapiers in der Stille des Hotelzimmers erklingt. Nur einen Moment später spüre ich seine heiße Härte in der Feuchtigkeit meiner Mitte auf und ab gleiten, wieder und wieder, als würde er mich nur necken. Und auf einmal, als ich es am wenigsten erwarte, dringt er in mich ein.

Ich stöhne auf, während seine Hände meinen Hintern umfassen und nach oben heben, um noch tiefer stoßen zu können. Er bewegt sich schneller und härter als beim letzten Mal, und die Reibung verursacht einen wunderbar süßen Schmerz, der mich erneut an den Rand des Gipfels bringt. Nur noch wenige Augenblicke, dann ist es so weit.

Und dieses Mal muss ich es zulassen. Ich kann nicht anders.

Meine Schenkel drücken sich gegen seine Hüften und zittern leicht, als die Muskeln langsam ermüden. Ich komme nicht mehr gegen die Flut an, die über mir zusammenschlagen will. Seine Lippen berühren leicht sie meinen, bevor er mich wieder hart küsst und mit jedem heftigen

Stoß tiefer in die Matratze hineindrückt. Ich gehöre ihm. Und ich liebe jede Sekunde davon. Ich schaukele bei seinen Stößen, meine Finger graben sich in seinen Oberarm. Ich spüre, dass er sich aufrichtet, meine Hände nimmt und über meinem Kopf festhält. Ein Zeichen, dass er die absolute Kontrolle hat. Und nur einen Augenblick später rammt er wieder in mich hinein, noch tiefer, noch härter. Und ich könnte schwören, dass er in mir noch weiterwächst.

In diesem Moment kann ich nicht mehr. Ich muss den Orgasmus geschehen lassen. Ich schreie meine Lust in die Welt hinaus, und der Schrei ist echt. Nicht übertrieben, nicht einmal kontrolliert. Ich war bisher immer eine stille Genießerin, aber diese zweite Nacht mit Arthur ändert alles. Dieser Mann scheint in mir einen verborgenen Instinkt zu wecken, ein tiefes Bedürfnis, von dem ich nicht wusste, dass es in mir schlummert.

Als wir das erste Mal zusammen gewesen sind, habe ich noch versucht, eine gute Figur zu machen und ihn nicht zu enttäuschen. Und er war vorsichtig, als wüsste er nicht, wie viel er von mir erwarten kann. Doch heute ist es anders. Als hätte mein Anruf ihm einen Grund gegeben, nicht mehr zögern zu müssen und sein wahres Verlangen zu zeigen. Und ich bin bereit, mich auf ein Abenteuer mit ihm einzulassen. Ein Erlebnis, an dem ich nur mit verbundenen Augen teilnehmen kann, was mich jedoch total gefangen nimmt. Bisher ist das Abenteuer atemberaubend. Ich hatte keine Ahnung, dass sich Sex so gut anfühlen kann. Und ich hatte keine Ahnung, dass ich den besten Sex mit einem Mann haben würde, dessen Gesicht ich noch nicht einmal gesehen habe.

Ich zittere unter ihm, als ich langsam wieder runterkomme und zurück auf die Erde finde. Er gleitet von mir herunter und legt sich neben mich. Das Kondom raschelt, bevor das Geräusch leise irgendwo auf dem Boden des Hotelzimmers verklingt.

»Wirst du mir irgendwann mal dein Gesicht zeigen?«, frage ich, immer noch ein wenig atemlos, und drehe mich auf die Seite zu ihm.

»Es ist besser, wenn du es nicht siehst«, erwidert er. »Also nein.«

Ich verziehe den Mund. »Ein langes Jahr und du willst mir die Freude nicht einmal tun?«

»Vielleicht wäre es keine Freude für dich. Ich will dir die Enttäuschung ersparen.«

»Also bist du doch ein hässliches Monster.«

Er lacht leise. »Willst du mich reizen, Stella? Denkst du, ich gebe so nach?«

»Nein, dafür bist du nicht einfach genug gestrickt.«

Er lacht wieder. »Nein, ganz bestimmt nicht.«

Er ist klug. Und er hat Humor. Eine Kombination, die mir auch im wahren Leben gefallen würde, wenn er nicht mein Kunde wäre.

»Kannst du mir wenigstens deine Haarfarbe verraten? Oder deine Augenfarbe? Hast du Grübchen? Ich liebe Grübchen.«

»Du bist wirklich süß, Stella, wenn du versuchst, mich zu Antworten zu drängen. Aber glaub mir, es ist besser für dich, wenn du so wenig wie möglich über mich weißt.«

Er klingt plötzlich ernst. Ein unangenehmes Gefühl beschleicht mich.

Wer ist er?

Als hätte er meine plötzliche Angst erraten, nimmt er meine Hand und führt sie an sein Gesicht. »Ich will dich nicht ängstigen«, flüstert er. »Genieße unser Arrangement, wie es ist. Und zerstöre es nicht, indem du denkst, du musst etwas sehen, was völlig nebensächlich ist.«

Meine Hand liegt an seiner Wange. Heißt das, er erlaubt mir, ihn zu fühlen?

Ich lege meine beiden Hände auf sein Gesicht und versuche, ihn zu ertasten. Er besitzt feine Wangenknochen und eine gerade Nase, ein starkes Kinn und wunderschöne Lippen.

»Du bist sehr attraktiv«, flüstere ich. »Kein Monster.«

Unter meinen Fingern spüre ich sein Lächeln.

»Das habe ich auch nicht behauptet.«

Meine Finger gleiten über seinen Hals zu seinen Ohren. Er fühlt sich perfekt an. Keine Narbe oder fehlende Körperteile.

Da nimmt er meine Hände und drückt sie wieder über meinem Kopf in die Kissen.

»Genug gesehen«, flüstert er. »Und nun verrate mir, wovor du Angst hast. Ich habe sie in deinem Gesicht gesehen.«

»Angst? Ich habe keine Angst.«

Ich überlege, ob ich ihm trauen kann. Ich weiß nichts über ihn, gar nichts. Er könnte ein Spion sein, ein Politiker, ein Verbrecher, alles Mögliche. Auf der anderen Seite könnte ich anhand seiner Reaktionen mehr über ihn erfahren.

»Mein Chef ist ein Gangster«, gebe ich schließlich leise zu.

»Anita Paulsen?« Er klingt erstaunt. »Das überrascht mich.«

Ich beiße mir auf die Zunge. Das war dumm. Natürlich denkt er, dass ich nur diesen Job als Escort habe. Dass ich noch ein normales Leben lebe, spielt für unsere Beziehung überhaupt keine Rolle.

»Nein, nicht Anita Paulsen. Ich habe noch einen Nebenjob, um den Anschein eines normalen Lebens zu erwecken. Dieser Chef arbeitet nicht sauber, fürchte ich.«

»Wer ist er?«

Angewidert rümpfe ich die Nase. »Ein Idiot. Der schrecklichste Mann in Sydney. Vielleicht auf der ganzen Welt. Er ist unhöflich, gemein und ein Narzisst.«

Er lacht leise. Ich liebe dieses Lachen. Es klingt schon so vertraut, obwohl es erst das zweite Treffen mit ihm ist.

»Der klingt wirklich schlimm. Du solltest dir einen anderen Nebenjob suchen.«

»Das habe ich vor. Ich habe schon gekündigt. Aber eigentlich hauptsächlich, weil ich das Gefühl habe, er hat sich mit ein paar Verbrechern eingelassen. Gestern waren sie da und hatten Waffen unter der Jacke. Welcher normale Mann, der nichts verbrochen hat, lässt sich von zwei Bodyguards mit Waffen bewachen?«

»Politiker? Filmstars?«

»In dem Fall hätte er das Treffen mehr an die große Glocke gehängt und nicht so heimlich ablaufen lassen. Meine Vorgängerin hat immer das Gebäude verlassen, wenn dieser Besucher kam. Außerdem stimmen die Bücher des Mannes nicht. Und nun hat sich die ehemalige Assistentin meines Chefs angeblich umgebracht. Ich denke, die Geschichte mit dem Selbstmord ist möglicherweise gar nicht wahr. Vielleicht wurde sie ermordet, weil sie zu viel über diesen Besucher wusste.«

Er schweigt lange. Ich bekomme Angst, dass er gegangen ist und mich allein zurückgelassen hat. Doch ich spüre seine Hand an meiner Wange.

»Willst du mehr Geld für diese Stunden mit mir?«

Ich schnappe nach Luft. »Du zahlst tausend Dollar, das ist mehr als genug.«

»Also kündige den Job. Du brauchst ihn nicht. Geh dort nie wieder hin.«

»Ich habe schon gekündigt, aber ich muss dableiben, bis der erste Monat rum ist. Erst dann darf ich gehen.«

»Lass dich krankschreiben.«

»Vielleicht verklagt er mich deswegen, das kann ich mir nicht leisten.«

Er schweigt wieder lange.

»Wie heißt diese Assistentin, die sich angeblich umgebracht hat?«

»Thea Appleyard.«

»Ich kümmere mich darum«, sagt er plötzlich und richtet sich auf. »Lass dich krankschreiben und gehe nicht mehr dahin.«

»Das geht nicht. Wenn er mich verklagt ...«

»... sagst du mir Bescheid. Ich übernehme die Kosten. Du gehst dort nicht mehr hin. Haben wir uns verstanden?«

Er klingt entschlossen. Machtvoll.

»Okay.« Ich nicke und höre, dass er sich anzieht.

»Ich sage dir Bescheid, wann und wo wir uns morgen treffen.«

»Ja.«

Ich spüre noch einmal seine Wärme, als er sich mir nähert und mir einen Kuss gibt. Dann entfernen sich seine Schritte. Die Tür des Hotelzimmers öffnet und schließt sich. Danach bin ich allein.

Ich nehme die Augenbinde ab und lege mich auf das Bett, um blinzelnd an die Decke zu starren. Eine Nachttischlampe brennt und beleuchtet das Zimmer mit einem weichen Licht. Aber ich sehe alles verschwommen, meine Augen gewöhnen sich nur langsam an das Licht und dass sie sehen dürfen. Als die Bilder endlich klar und deutlich werden, stehe ich auf und ziehe mich an. Ich könnte die Nacht hier in diesem schicken Hotel verbringen, aber ich will nach Hause. Ich muss etwas über Arthur herausfinden.

Ich habe keine Ahnung, wonach ich suchen soll. Ein Brite in Australien? Das ergibt zu viele Suchergebnisse. Es gibt unzählige Engländer, die nach Australien kommen und hier arbeiten oder leben. Und die, die nur zu Besuch kommen, sind noch viel mehr. Ich brauche mehr Angaben über Arthur. Ich schätze sein Alter auf Ende zwanzig. Wenn er lacht, klingt er jung und unbeschwert. Er besitzt viel Geld, sonst könnte er nicht tausend Dollar pro Nacht bezahlen. Außerdem scheint er Macht und Einfluss zu haben. Vielleicht ist er selbst Politiker? Oder ein Filmstar? Bei Letzterem würde mir seine Stimme sicherlich bekannt vorkommen. Den Klang von Russell Crowe würde ich unter Millionen von anderen Männern erkennen. Auf der anderen Seite spricht er immer sehr leise, sodass ich den wahren Klang seiner Stimme gar nicht wirklich kenne.

Oder ist er ein Fernsehmoderator? Ein Unternehmer? Ein Erbe? Ein Forscher?

Ich sehe die tausend Dollar an, die er mir gegeben hat. Zehn Hundertdollarscheine. Neu.

Folge dem Geld, heißt es immer. Aber es ist schwer zu sagen, woher er es hat. Fortlaufende Seriennummern deuten auf einen Geldautomaten hin. An welchem hat er sie geholt? An dem Automaten im Foyer des Hotels? Aber selbst wenn, würden die mir vom Hotel niemals die Bilder der Überwachungskamera zeigen.

Eine Überweisung auf mein Konto wäre einfacher gewesen. Sie hinterlässt immer elektronische Spuren. Bargeld lässt sich kaum zurückverfolgen.

Ich stehe immer noch bei null.

Ich höre die Tür meines Apartments schlagen. So laut ist nur Jeremy mitten in der Nacht. Und Uma schläft außerdem schon. Ich wollte sie eigentlich sprechen und erfahren, was es Neues mit Sean gibt, als ich nach Hause kam, aber sie lag bereits in ihrem Bett und ich wollte sie nicht stören.

Ich verlasse meinen Computer und gehe in die Küche der Wohnung. Jeremy hat den Kühlschrank geöffnet und sieht hinein.

»Hunger?« Ich setze mich an den Tisch und beobachte, wie er ein paar Scheiben Toastbrot herausholt, außerdem Marmelade und Salami. Und saure Gurken. Wenn ich nicht genau wüsste, dass Jeremy ein Mann ist, würde ich denke, er wäre schwanger.

»Ja, wir waren so beschäftigt, da haben wir völlig das Essen vergessen.« Er setzt sich mir gegenüber an den Tisch und strahlt mich an. So sehen nur Frischverliebte aus.

»Hat Will seine Frau doch verlassen? Das ist toll!«

»Will? Wer ist Will?« Jeremy zieht ein Gesicht. »Nein, der ist noch bei seiner Frau. Und soviel ich weiß, erwartet sie schon wieder ein Kind.« Seine finstere Miene lockert sich jedoch sofort auf und der Sonnenschein kehrt zurück. »Mein Neuer heißt Arnold, ja, wie Schwarzenegger. Und er ist total heiß! Und hat sich schon lange geoutet. Er ist der Hammer!«

Ich kann nicht anders. Bei seiner Begeisterung muss ich lächeln. »Woher kennst du ihn?«

»Er ist ein Kunde.« Er klingt, als wäre es das Normalste auf der Welt.

»Denkst du, er liebt dich auch?«

»Ja, ganz sicher. So wie er mich behandelt, behandelt man nur die, die man liebt.«

Ich denke an meinen Arthur. »Ist Arnold sein richtiger Name?«

Nachdenklich sieht er mich an. »Warum fragst du?«

»Ich weiß nicht, ob es gut ist, sich in einen Kunden zu verlieben.«

Jeremy lächelt. »Es ist insofern gut, weil es den Sex besser macht. Man muss nur aufpassen, dass man sein Herz nicht zu sehr an ihn hängt. Denn es ist durchaus möglich, dass er sich im nächsten Monat schon einen anderen sucht. Oder eine andere in deinem Fall, nehme ich an.«

Ich nicke. Er hat recht.

»Wer ist es?«

Ich erzähle ihm von Arthur, von seinem Vorschlag und von den beiden Treffen mit ihm.

»Er will ein Jahr mit dir? Wer ist er?« Jeremy sieht mich fassungslos an, als hätte ich ihm gesagt, ich hätte mich heute mit einem Mitglied der internationalen Raumstation ISS getroffen. Auf der ISS.

»Ich habe keine Ahnung, wer er ist. Er nennt sich Arthur.«

Skeptisch zieht Jeremy eine Augenbraue nach oben. »Willst du meine ehrliche Meinung wissen?«, fragt er, wartet meine Antwort jedoch nicht ab, sondern fährt sofort fort. »Lass die Finger davon. Entweder ist er pervers und will immer mehr irre Dinge von dir. Oder er spielt ein Spiel mit dir. Kein Kunde bindet sich schon beim ersten Treffen für eine so lange Zeit, außer er führt etwas im Schilde.«

Mir wird plötzlich kalt. Darüber habe ich noch gar nicht nachgedacht. Aber ich fürchte, er hat recht.

Ich will etwas sagen, doch in dem Moment klingelt das Telefon in meinem Zimmer. Anrufe mitten in der Nacht sind kein gutes Zeichen. Alarmiert laufe in hin und nehme ab.

»Tut mir leid, dass ich dich so spät noch stören muss, aber wir haben ein Problem.«

Ich kenne die Stimme. Es ist Nellie aus dem Heim meiner Mutter.

SPONSORED BY ...

»WAS IST PASSIERT?« Die Angst schnürt mir die Kehle zu, als ich mit Nellie spreche. Nellie versucht jedoch, ihrer Stimme einen beruhigenden Klang zu geben.

»Sie läuft manchmal davon. Meistens hält sie sich nur in der Nähe des Heims auf, in einem Laden, oder sie sitzt auf einer Bank. Aber wir haben bereits ihre bekannten Orte abgesucht, dort ist sie nicht.«

»Ich komme.«

Ich ziehe mir eine Jacke über und fahre mit dem Bus zum Heim meiner Mutter in Mosman. Als ich ankomme, begrüßt mich Nellie mit sorgenvoller Miene. »Wir haben sie noch nicht gefunden. Es ist bereits nach Mitternacht, ich denke, wir sollten jetzt die Polizei rufen. Das bedeutet jedoch, dass wir wieder Auflagen bekommen, was die Sicherheit betrifft.«

Ich stöhne leise. Davon hat die Direktorin des Heims bereits gesprochen, nachdem meine Mutter das erste Mal ohne Erlaubnis ausgegangen war. Bisher gilt das Heim als einfaches Sanatorium mit geringen Sicherheitsmaßnahmen, weil die Bewohner unproblematisch zu betreuen sind. Sollte die Polizei jedoch mehr Schutz verlangen, müssten die Sicherheitsmaßnahmen erhöht werden, was wiederum die Kosten der Unterbringung in die Höhe treibt.

»Ich werde sie finden«, verspreche ich Nellie und gehe in die Nacht hinaus. Ich habe allerdings keine Ahnung, wo ich Mom suchen soll. Falls sie den Bus genommen hat, kann sie sonst wo sein. In Palm Beach oder in den Bergen.

»Mom?«, rufe ich vorsichtig in die Nacht, während ich eine ruhige Seitenstraße entlanggehe. Die Leute schlafen alle, es ist schließlich mitten in der Nacht. Nur in wenigen Häusern brennt Licht. In einem Garten ist eine Party in vollem Gange. Musik dringt auf die Straße.

Ich laufe Richtung Bucht, weil ich nicht weiß, wo ich sonst suchen soll. Meine Mutter hat das Wasser immer geliebt. Ich bin keine Wasserratte, auch als Kind nie gewesen. Aber meine Mutter musste früher jedes Wochenende baden gehen, bei Wind und Wetter. Und manchmal sogar in der Woche in der Mittagspause. Ich weiß, dass es sie immer noch zum Meer zieht. In ihren klaren Momenten schwärmt sie oft davon, sodass ich mit ihr zum Strand gehen will. Doch bevor wir so weit sind, ist der Moment vorüber.

»Mom?«, rufe ich am Strand in das Schwarz hinter den Straßenlaternen der Esplanade.

Sie antwortet nicht. Niemand reagiert. Vor mir funkeln die Lichter von Clontarf, hinter mir schimmert das helle Licht des Zentrums. Doch neben mir ist es schwarz. Dort liegt das Meer, das laut rauscht.

Plötzlich höre ich ein Plätschern.

Ich verlasse die Esplanade und gehe in das Schwarz. Sofort versinke ich im Sand und muss die Schuhe ausziehen. Der Sand ist unangenehm kalt, von der Wärme der Sonne, die ihn tagsüber aufgeheizt hat, ist nichts mehr zu spüren. Immerhin gewöhnen sich meine Augen langsam an die Dunkelheit. Der Sand wirkt hell, dahinter liegt das dunkle Meer. Weiße Schaumkronen tanzen auf der Brandung.

Genau dort, wo die Wellen auf den Strand treffen, entdecke ich eine Figur. Sie kommt aus dem Wasser und läuft auf einen dunklen Haufen zu, der auf dem Sand liegt.

»Mom?«, rufe ich vorsichtig.

»Doro?«, antwortet sie.

Ich muss gestehen, ich bin noch nie so froh darüber gewesen, dass sie mich verwechselt. Sie ist es.

Ich renne zu ihr, so gut es der tiefe Sand zulässt. Sie ist splitterfasernackt und steht im Sand, als wäre ein Bad mitten in der Nacht völlig normal. Vielleicht hat sie sich das Verhalten als Nackte von Marc Morton abgeschaut. Oder er sich von ihr, wenn er sie kennen würde.

Ich schiebe schnell den Gedanken an meinen Chef zur Seite und nehme meine Mutter in die Arme.

»Ich bin so froh, dass dir nichts passiert ist. Bitte lauf nicht noch einmal weg, Mom, bitte. Sie werden uns sonst bestrafen und dich höchstwahrscheinlich auf die Straße setzen.«

Sie schiebt mich von sich, als wäre ich giftig. »Du bist nicht Doro.«

»Ich bin Esther, deine andere Tochter.«

»Du klingst auf jeden Fall so geschwollen wie Esther. *Höchstwahrscheinlich.* Wer benutzt denn so ein Wort? Das machen nur eingebildete Leute wie Esther. Sie ist sich zu schade, so wie die einfachen Leute zu reden.«

Ihre Worte versetzen mir einen schmerzhaften Stich ins Herz. »Ich bin mir nicht zu schade, Mom. Ich habe es so gelernt. Und *höchstwahrscheinlich* ist kein ungewöhnliches Wort. Es gehört zum normalen Wortschatz dazu.«

Sie schnaubt verächtlich durch die Nase und bückt sich, um ihre Sachen vor ihren nackten Leib zu halten, als wäre es ihr plötzlich peinlich, dass ich sie so sehe.

»Soll ich mich umdrehen, während du dich anziehst?«, biete ich ihr an.

»Ja.« Sie klingt hart.

Ich drehe ihr wirklich den Rücken zu, damit sie sich in Ruhe anziehen kann. Ich würde ihr gerne helfen, aber ich weiß, dass sie meine Hilfe ablehnen würde.

Als sie fertig ist, gehen wir zusammen über den Sand zur Esplanade.

»Ich kenne den Weg, du musst mich nicht begleiten«, fährt sie mich an.

»Ich weiß, aber ich bin mir nicht so sicher, ob ich alleine zurückfinde«, erwidere ich. Ich kenne den Weg natürlich auch, aber Nellie hat mir verraten, dass es ein guter Trick ist, sich dumm zu stellen, um störrische Menschen dazu zu bringen, mit einer Begleitung zusammen zurückzugehen. Es funktioniert auch bei meiner Mutter. Sie denkt, sie hilft mir, den Weg zu finden. Gemeinsam laufen wir zum Heim, obwohl meine Mutter kurz vorher falsch abbiegen und zur Hauptstraße gehen wollte. Nur weil ich sie darauf hinwies, dass das Gebäude bereits durch die Bäume schimmert, ließ sie sich überzeugen.

Nellie wartet im Foyer auf uns, bei ihr stehen zwei Polizisten.

Mist! Sie hat sie also doch gerufen.

»Da seid ihr ja!«, ruft sie erleichtert. »Wir wollten gerade Verstärkung anfordern.«

»Nein, das ist nicht nötig. Es war nur ein kleiner Abendspaziergang.« Ich versuche, die Sache runterzuspielen, aber an der Miene der Polizisten sehe ich schon, dass sie nicht glücklich über die Tat meiner Mutter sind. Das wird sicherlich ein Nachspiel haben.

Ich fluche leise in mich hinein. Noch höhere Kosten für das Heim kann ich mir nicht leisten.

»Wir setzen uns mit Ihnen in Verbindung«, sagt einer der Polizisten und verabschiedet sich von uns, bevor er mit seinem Kollegen hinaus zum Auto geht und davonfährt.

Nellie nimmt meine Mutter in Empfang und bringt sie mit mir zusammen in ihr Zimmer im zweiten Stock. Dort zieht sie sich wieder aus und legt sich ohne zu murren in ihr Bett. Vorsichtshalber schließt Nellie die Tür zum Flur ab, bevor sie mit mir nach unten geht.

»Ich fürchte, das wird die Polizei nicht so einfach durchgehen lassen. Ich sage dir Bescheid, wenn es Änderungen gibt. Okay? Dann kannst du rechtzeitig Maßnahmen ergreifen.«

Was wohl bedeutet, dass ich für meine Mutter ein anderes Heim finden muss, wenn ich mir das hier nicht mehr leisten kann.

»Danke, Nellie.«

»Oder du fragst deinen Verwandten, ob er nicht auch die Mehrkosten übernimmt. Immerhin bezahlt er schon die Musiktherapie.«

»Welchen Verwandten?« Verdutzt sehe ich sie an. »Ich bezahle die Musiktherapie.«

»Nein, wir haben dir das Geld zurückgebucht. Dein Onkel hat für den Rest des Jahres bar bezahlt. Es ist alles geklärt.«

Ich bin immer noch völlig verdattert. »Ich habe keinen Onkel.«

»Dann ist er ein Vetter, was weiß ich. Jedenfalls war er gestern hier und hat alles übernommen, was an Extrakosten ist.«

»Wie sah er aus?«

»Keine Ahnung. Ich habe ihn nicht gesehen. Er hat direkt mit der Direktorin gesprochen.«

Nun bin ich völlig fassungslos. Wer könnte das sein?

Noch auf dem Weg zum Bus rufe ich Doro in Kalifornien an, ob sie die Zahlungen veranlasst hat oder von einem Onkel oder Cousin weiß. Bei ihr ist helllichter Tag, sie befindet sich mit den Kindern auf dem Spielplatz. Doch sie weiß von nichts. Sie weiß noch nicht einmal, dass es überhaupt eine Musiktherapie für Alzheimer-Patienten gibt. Ich verabschiede mich von ihr und fahre nach Hause, wo ich den Rest der Nacht darüber grübele, wer die Kosten übernommen haben könnte. Aber ich komme zu keinem zufriedenstellenden Ergebnis.

Schließlich stehe ich wie gerädert auf und fahre zur Arbeit. Als ich in der U-Bahn sitze, fallen mir Arthurs Worte wieder ein. Er hat mir gesagt, ich solle mich krankschreiben lassen, um nicht wieder im Büro erscheinen zu müssen. Aber ich schlage seinen Rat in den Wind. Ich kann nicht noch mehr Ärger gebrauchen. Außerdem kenne ich keinen Arzt, der mich so einfach krankschreiben würde.

Ich muss die letzten Wochen irgendwie überstehen.

Marc Morton sitzt auf meinem Schreibtisch, als ich komme.

»Sie sind eine Minute zu spät«, sagt er und sieht anklagend auf seine Rolex.

Klugscheißer.

»Guten Morgen«, knurre ich und versuche, ihm nicht sofort den Hals umzudrehen. »Eine dicke Frau steckte in der Tür der U-Bahn fest, deshalb fuhr sie drei Minuten zu spät ab.«

»Nehmen Sie das nächste Mal eine Bahn früher. Ich brauche Sie.« Er bleibt einfach sitzen, als ich meine Handtasche im Schubfach unterbringe.

»Wofür?«

»Wir bekommen einen neuen Kunden und ich brauche alles, was es über ihn gibt.«

»Okay.« Immerhin muss ich mal keinen Kaffee holen oder Schuhe putzen. »Wer ist es?«

»Constantin Cramer. CEO von Cramer Industries. Er will mehrere Millionen anlegen.«

Von Cramer Industries habe ich schon gehört. Sie stellen Maschinen her, unter anderem für Ölbohrungen im Meer. Der Mann wäre ein Riesenfisch, falls sich Morton ihn angeln kann.

»Was haben Sie vor?«, will ich wissen. »Haben Sie schon Ideen, wie Sie sein Geld vermehren?« Die Neugier ist in mir geweckt. Mein Finanzverstand meldet sich wieder. Er war lange verschüttet, aber endlich meldet er sich wieder zum Leben.

»Welche Ideen hätten Sie?«

Er fragt mich um Rat?

»Wollen Sie ein Exposé von mir?« Ich klinge so überrascht, dass er lächelt.

»So weit wollen wir mal nicht gehen, aber vielleicht haben Sie ja den einen oder anderen Einfall, der mir bisher fehlt.«

»Gerne.«

Zum ersten Mal seit dem Beginn meines Jobs empfinde ich einen Hauch von Sympathie für Marc Morton. Zumindest den Hauch eines Hauchs. Ich will nicht so weit gehen zu sagen, dass ich ihn ein bisschen mag, weil er mich in seine Überlegungen einbezieht. Aber so etwas Ähnliches. Oder ich drücke es mal so aus: Ich finde einen Augenblick lang nicht, dass er ein totales Arschloch ist. Und das ist immerhin etwas. Es steigert meine Laune ungemein. Ich vergesse fast meine Grübeleien über den geheimnisvollen Sponsor meiner Mutter.

»Wo sollen wir anfangen?«

»Am besten, indem wir alles über ihn zusammentragen, was es über ihn zu wissen gibt.«

Ich schaue auf Marc Mortons knackigen Hintern, der sich immer noch auf meinem Schreibtisch befindet.

»Ich kann normalerweise besser arbeiten, wenn mein Schreibtisch leer ist.«

Er grinst und steht auf. »Ich nicht«, erwidert er. »Ich bin am besten, wenn sich jemand auf meinem Schreibtisch befindet, allerdings unter mir.«

Okay, ich nehme alles zurück, was ich eben gedacht habe. Er ist doch ein Arschloch.

Ich würdige seinen oralen Beitrag mit keiner Antwort und stürze mich sofort in die Arbeit. Immerhin lässt er mich in Ruhe meinem Job nachgehen, während er sich in seinem Büro befindet und vermutlich wieder mit seinem Handy beschäftigt ist.

Ich entdecke auch wirklich jede Menge über Constantin Cramer und seine Unternehmungen. In Australien hat er bisher in eine Kosmetikfirma investiert, in alternative Energien und Umweltschutz. In Übersee steckt sein Geld im brasilianischen Bergbau, in Rinderzucht und Fischfang in Argentinien. Außerdem besitzt er Anteile an einer Ölquelle in Alaska. Ich mache mir sogar die Mühe, mehrere Industriezweige nach weiteren Möglichkeiten für Investitionen abzuklopfen. Außerdem versuche ich herauszufinden, warum er zu Morton kommt. Was ich finde, ist allerdings wenig aufbauend. Sein bisheriger Investmentberater ist an Krebs verstorben.

Mit meinen Erkenntnissen gehe ich schließlich zu Marc und lege ihm alles Wichtige auf den Schreibtisch. Danach berichte ich.

Marc hört mir aufmerksam zu, als würde er mich wirklich ernstnehmen.

»Sein Berater ist tot? Ich dachte, Cramer kommt zu mir, weil er denkt, dass ich der Beste bin. So kann man sich täuschen.« Er seufzt theatralisch, aber ich nehme ihm es nicht ab. An seinen Augen kräuseln sich leichte Fältchen, als würde er insgeheim lächeln.

»So ist es, wenn man eiskalt zurück in die Realität geholt wird«, erwidere ich kühl. Er sieht mich mit einem eigenartigen Ausdruck an. Seine Augen lächeln noch, aber der Rest seines Gesichts ist unbeweglich, als würde er mich abschätzen.

»Landen Sie hin und wieder unsanft in der Realität?«, fragt er mich plötzlich.

»Es passiert«, entgegne ich vage. Ich könnte ihm sagen, dass es vor ein paar Tagen an meinem ersten Arbeitstag passiert ist, als er meine Träume von einem schönen Job zunichtegemacht hat. Aber ich verkneife es mir.

»Dabei sehen Sie aus, als würde in Ihrem Leben immer alles angenehm verlaufen.«

Ich verziehe den Mund. »Sie wissen, dass bei mir nichts gut verlaufen ist. Ich wurde verurteilt.«

»Davon mal abgesehen. Sie sind attraktiv, die Männer müssten Ihnen doch nur so nachlaufen. Warum haben Sie sich den Falschen ausgesucht? Einen, der Sie belügt und betrügt?«

Ich halte die Luft an. Er findet mich attraktiv?

»Ich wusste nicht, dass er das machen würde. Meine Glaskugel war zu sehr beschlagen, sodass die Zukunft nicht gut zu erkennen war.«

Er lächelt und schüttelt den Kopf. »Ich dachte immer, Frauen haben ein Gespür dafür, ob ein Mann es ehrlich meint. Meiner Ansicht nach sind es nur die Männer, die belogen und betrogen werden. Aber offenbar täusche ich mich.«

»Ja, Sie täuschen sich. Auch wir werden benutzt und belogen und merken es nicht.«

»Daher noch einmal meine Frage. Warum er?«

Ich zucke nonchalant mit den Schultern. »Ich habe mich in ihn verliebt. Mehr gibt es dazu nicht zu sagen.«

»Was war an ihm so besonders? War er ein Kracher im Bett? Sah er besonders gut aus? Oder konnte er kochen?«

»Wir haben uns beim Job kennengelernt und waren zuerst nur Kollegen. Dann sind wir mal ausgegangen und dabei hat es gefunkt.«

»Und er war ein Kracher im Bett.« Es klingt mehr nach einer Feststellung als nach einer Frage.

»Warum wollen Sie das wissen? Denken Sie, ich plaudere hier aus dem Nähkästchen? Das tue ich nicht.«

»Das ist beruhigend.« Er lächelt erneut. Und für einen Augenblick sehe ich etwas Ungewöhnliches in seinen Augen: Sympathie. Wärme.

Ich bin so verdutzt über diese Gefühlsregung, dass ich ihn anstarre und es nicht merke. Mein Blick wandert von seinen Augen zu seinem Mund, und ich denke daran, dass ich diesen Mund bereits früher einmal heiß geküsst habe. Und dass dieser Mund zwischen meinen Beinen gewesen ist, wo er mich zur Ekstase gebracht hat. Und für einen Moment überlege ich sogar, was wäre, wenn dieser Mund wieder meinen Körper liebkosen würde.

Er sagt kein Wort, sondern sieht mich mit diesem Blick an, in dem die Wärme immer heißer glüht und fast zu einem Feuer wird.

Begehrt er mich?

Oder erinnert er sich an mich?

Weiß er doch, wer ich bin?

Mir wird plötzlich heiß. Über meine Haut zieht ein eigenartiges Prickeln.

Ich öffne den Mund, um ihn zu fragen, ob er sich an die Nacht nach der Strandparty erinnern kann, doch er kommt mir zuvor.

»Haben Sie einen Freund, Esther? War schon jemand nach diesem Loser in Ihrem Bett?«

Ich versuche, die Hitze in mir in den Griff zu bekommen, schließlich nicke ich. »Ja, da ist jemand. Ich mag ihn, aber ich würde ihn nicht als meinen Freund bezeichnen. Dafür kenne ich ihn noch nicht gut genug.« Ich denke an Arthur. Auch er schafft es, dass ich innerhalb kurzer Zeit von null auf heiß fahre. Das hat bisher noch kein Mann geschafft.

Er zuckt mit den Schultern. »Kein Problem. Ich habe auch eine Freundin.«

Erstaunt sehe ich zu ihm und beobachte, wie die Wärme in seinen Augen erlischt und wie sich sein Lächeln in ein Grinsen wandelt. »Jede Nacht eine neue«, fügt er hinzu und lacht.

Idiot.

Ich weiche einen Schritt nach hinten und komme auf das Dienstliche zurück. Die Hitze in meinem Körper kühlt sich ruckzuck ab. Ich werde nicht den Fehler machen, mich auf meinen Chef einzulassen. Und erst recht nicht auf Marc Morton!

»Soll ich Ihnen ein paar Ideen für Investitionen vorschlagen? Wenn Sie wollen, schreibe ich Ihnen doch ein Exposé.«

Er verzieht den Mund zu einem schiefen Lächeln.

»Und schon sind wir wieder beim Geschäft. Sie können schnell hin und her wechseln, Miss Lindbergh. Schreiben Sie mir ein paar Ideen auf und kommen Sie damit zu mir zurück.«

Ich nicke und gehe an meinen Schreibtisch, wo ich versuche, mich auf meine Arbeit zu konzentrieren. Es ist jedoch schwierig, mich von dem soeben Erlebten zu befreien. Was hat dieser Mann, dass er mich so aus der Fassung bringen kann? Ist es unsere gemeinsame Vergangenheit? Oder besitzt er mehr? Eine Ausstrahlung, der ich mich nicht entziehen kann? Etwas, das in mir eine bestimmte Saite zum Klingen bringt?

Ich habe jedoch keine Zeit, über ihn nachzudenken, ich muss mich um meine Aufgabe kümmern. Ich denke an meine Zeit als Finanzberaterin zurück und versuche, mich an die Unterlagen von damals zu erinnern. Das meiste davon darf ich nicht verwenden, weil ich bei meinem Rauswurf eine Vertraulichkeitserklärung unterschreiben musste. Sollten die damaligen Daten mit meinem Namen und meiner neuen Anstellung in Zusammenhang gebracht werden, werde ich auf mehrere Millionen verklagt. Das Risiko kann ich auf keinen Fall eingehen. Allerdings kann ich mir von dort Ideen holen. Doch die Einfälle sprudeln nicht. Mein Kopf hat sich schon zu lange nicht mehr mit dieser Materie befasst.

Schließlich öffne ich die Dateien von Marc Morton, die über das Netzwerk mit meinem Computer verbunden sind. Ich will gerade seine Kundendatei öffnen, als ich eine andere offene Seite entdecke. Und zwar die Webseite vom Heim, in dem meine Mutter untergebracht ist.

Wieso hat er sie auf seinem Computer?

Ich sehe sie mir genauer an und entdecke, dass er die Kontaktdaten der Direktorin markiert hat.

Wofür braucht er sie? Will er einen Verwandten dort unterbringen?

Kann es Zufall sein, dass es ausgerechnet dort sein soll, wo meine Mutter lebt? Oder hat er mit Absicht danach gesucht? Wollte er Erkundigungen über mich einziehen?

Ich glaube schon lange nicht mehr an Zufälle. Jedenfalls nicht an solche.

Wütend stehe ich auf und gehe wieder in sein Büro.

»Haben Sie schon ein paar gute Ideen?«, fragt er vergnügt. Als er meinen Gesichtsausdruck sieht, lacht er verschmitzt. »Wie ich sehe, sind Sie auf Sturm aus und ...«

»Wieso haben Sie in dem Heim angerufen, in dem meine Mutter ist?«, unterbreche ich ihn.

Nun besitzt er die Frechheit, erstaunt zu tun. »Meinen Sie das Heim in Mosman? Dort lebt Ihre Mutter?«

»Spielen Sie mir kein Theater vor! Das kann kein Zufall sein! Was wollten Sie von ihr?«

Er merkt, dass mit mir jetzt nicht gut Kirschen essen ist, und zuckt mit den Schultern. »Ich wollte wissen, wie es Ihrer Mutter geht. Mehr nicht. Ich habe eine Verpflichtung meinen Angestellten gegenüber.«

Ich öffne den Mund, um ihm zu sagen, dass er mich nicht belügen soll, als ich das Gefühl habe, gegen einen Kronleuchter zu rennen.

Er hat die Therapie für meine Mutter bezahlt!

Das ist es! Er ist der geheimnisvolle Onkel!

»Warum haben Sie das getan?«, frage ich atemlos, weil mich die Erkenntnis mitten in den Magen trifft und die Luft aus meinen Lungen jagt.

»Wie schon gesagt, ich fühle mich verpflichtet, zu wissen, was meine Ange...«

»Ich meine, warum Sie die Musiktherapie für meine Mutter bezahlen?«

Er zuckt zurück. Offenbar überrascht es ihn, dass ich davon weiß. Danach zögert er einen Moment und wird ernst. »Weil ich weiß, dass sie es braucht und Sie es sich nicht leisten können.«

Er wirkt ehrlich. Und kühl. So kalt, dass sich die Härchen in meinem Nacken aufstellen.

»Ich kann es mir leisten. Das hätten Sie nicht tun müssen.« Langsam kann ich wieder klar denken. »Ich brauche Ihre Almosen nicht. Es ist demütigend, was Sie tun!«

Verwirrt will ich mich abwenden, doch er hält meine Hand fest und zieht mich an sich heran. Ich bin so verdutzt, dass ich mich nicht wehre. Er ist mir plötzlich ganz nah. Mein Körper berührt den seinen. Sein Atem streift meine Haut.

»Ich will Sie nicht demütigen«, sagt er leise.

Ich bin ihm so nahe, dass ich das Schlagen seines Herzens in seiner Brust fühlen kann. Ich sehe wieder die Wärme in seinen Augen. Und ich entdecke auch Unsicherheit darin. Marc Morton ist offenbar doch nicht so kühl, wie er immer tut. Er hat eine weiche Seite, auch wenn er die gerne verstecken möchte.

Es fällt mir schwer, Luft zu holen. Ich habe auf einmal das Gefühl, dass die Luft in dem Büro zum Schneiden dick ist. »Warum haben Sie es dann getan?«

Es sieht so aus, als würde er mir näherkommen. Als würde er mich küssen wollen. Aber er beugt seinen Mund zu meinem Ohr. »Weil du es brauchst«, flüstert er.

Wieder spüre ich das eigenartige Prickeln in meinem Körper. Dieses Mal noch stärker. Sein Atem streicht heiß über meinen Hals.

»Ich fände es besser, wenn ...« Ich will eigentlich sagen, dass ich es besser fände, wenn er so etwas vorher mit mir besprechen würde. Aber in dem Moment kommt mir ein furchtbarer Gedanke. Er hat in bar bezahlt. Bargeld ist nicht so leicht zurückzuverfolgen. Wie bei Arthur. Nur dass meine Mutter keine Hure ist, sondern eine Frau in einem Heim. Und wer mehrere Monate an Therapie in bar bezahlt, hat etwas zu verstecken.

Oder er will Geld waschen.

»Sie waschen das Geld von diesem Asiaten im Heim meiner Mutter!« Ich bin so entsetzt, dass ich laut werde und ihn hart von mir schiebe. »Sie bringen das Geld unter die Leute, damit es unauffällig ins System geschleust wird. Und niemand fragt in einem Heim für Demenzkranke nach, woher das Geld stammt. Sie benutzen mich und meine kranke Mutter für ihre illegalen Geschäfte!«

Ich sehe ihn so entgeistert an, dass er die Stirn runzelt und den Anstand besitzt, reumütig auszusehen.

»Ich habe zwei Fliegen mit einer Klappe erwischt. Ihre Mutter bekommt ihre Therapie, ohne dass Sie Ihre Ersparnisse angreifen müssen. Und ich kann Mr. Chens Geld loswerden, ohne dass es groß auffällt. Uns beiden ist geholfen.«

Er klingt ganz sachlich, als würde er mir mitteilen, dass der neue Kunde ein Tagesgeldkonto ohne extra Gebühren möchte. Und nicht, als würde er mir gerade berichten, dass er mich für seine illegalen Geschäfte nutzt.

»Sie machen mich zur Mitwisserin, wenn Sie mir das sagen!« Ich schreie fast. »Ich bin schon vorbestraft. Wollen Sie mich ins Gefängnis bringen?«

Er presst die Zähne zusammen. »Ich habe versucht, Sie von Chen fernzuhalten, indem ich Sie mit Aufgaben betraut habe, die so lange dauern sollten, bis er wieder verschwunden ist. Aber Sie mussten ja unbedingt so schnell sein, statt dem Bus ein Taxi nach Narrabeen nehmen und ihm den verdammten Tee ohne Seidenservietten aus dem Einkaufszentrum von Warringah servieren.«

»Das konnte ich doch nicht wissen!«

»Sie haben außerdem sowieso schon gekündigt«, sagt er kurz angebunden. »Und außerdem weiß ich nicht, wovon Sie sprechen. Mr. Chen ist ein ganz normaler Kunde unserer Firma, seine Geschäfte sind ganz legal. Und unsere auch.«

Jetzt leugnet er.

Mir ist auf einmal schlecht. Kotzübel.

Ich muss raus und renne aufs Klo, wo ich mich übergebe.

Wenn Marc Morton vorhat, mich gänzlich fertigzumachen, so ist er nicht mehr weit davon entfernt. Meine Beine zittern, als ich mich aufrichte und zum Waschbecken gehe. Mein Gesicht ist ganz blass. Meine Augen rot.

Ich habe plötzlich Sehnsucht nach Arthur. Ich sehne mich nach den ruhigen Minuten mit ihm, wo mich mein übriges Leben nicht berühren kann. Wo ich Stella bin und nicht Esther. Wo ich begehrt und nicht gequält werde. Wo ich mich endlich wieder glücklich fühle.

Merkwürdigerweise fühle ich mich bei Marc Morton mehr wie eine Hure als bei Arthur.

Ich kann förmlich Arthurs Hände auf meinem Körper fühlen, seine heißen Küsse auf meiner Haut spüren. Ich wünsche mir, ich könnte jetzt in seinen Armen liegen und den ganzen Ärger mit Marc Morton vergessen. Ich kann nur hoffen, dass er mich heute Abend erneut sehen will. Dann würde dieser schreckliche Tag wenigstens noch einen Sinn bekommen.

Langsam beruhige ich mich wieder. Der Gedanke an Arthur hat einen tröstenden Einfluss auf mich. Ich spüle meinen Mund aus, als sich die Tür öffnet.

»Sie können sich für den Rest des Tages frei nehmen«, sagt Marc Morton mit ruhiger Stimme, als hätte ihn das alles nicht im Geringsten aufgeregt. »Ich brauche Sie morgen ebenfalls nicht.«

Ich sehe ihn im Spiegel an. Er wirkt nicht geknickt oder reumütig, nur etwas weniger aufgeblasen als sonst.

»Okay«, erwidere ich leise und wische einen Wassertropfen weg, der über mein Kinn läuft. Jede Stunde ohne ihn ist eine gute Stunde.

Er beobachtet mich im Spiegel, ich sehe ihn ebenfalls an. Es ist fast ein bisschen wie ein Kräftemessen: Wer zuerst wegsieht, verliert. Und ich bin so wütend auf ihn, dass ich nicht vorhabe, als Erste einzuknicken.

Doch er hält den Blick ebenfalls lange. Sehr lange. Und ich habe das Gefühl, dass ihm noch etwas auf der Zunge liegt. Aber er sagt nichts, sondern senkt schließlich den Kopf, danach schließt er die Tür hinter sich.

Ich beuge mich zum Waschbecken hinab und nehme einen Schluck Wasser.

Immerhin ist er beim Blickkontakt zuerst eingebrochen. Ein kleiner Sieg für mich.

Aber der Preis ist verdammt hoch.

BESESSEN

UMA IST IM WOHNZIMMER, als ich nach Hause komme. Sie sitzt auf der Couch und liest in ihrem Drehbuch. Sie sieht nicht auf, als ich zu ihr gehe.

»Wie war denn das Treffen mit Sean, nachdem ich gegangen bin?«, frage ich und setze mich zu ihr. Auf dem Couchtisch liegt eine Packung Pralinen, von der ich mir eine nehme und sie in den Mund stecke. »Du hast mir noch gar nicht erzählt, wie es gelaufen ist.«

»Es war interessant.« Sie sieht immer noch nicht auf.

»Interessant? Was soll das denn heißen?«

»Das frage ich dich.« Endlich legt sie das Drehbuch zur Seite und sieht mich an. Ihr Blick ist seltsam sachlich.

Erstaunt zucke ich mit den Schultern. »Ich kann dazu nichts sagen. Ich bin gegangen. Was ist passiert?«

»Genau, du bist gegangen, obwohl ich dich gebeten habe, mir in dieser schweren Stunde zur Seite zu stehen. Es war, wie ich erwartet habe. Er hat nur von seiner neuen Freundin gesprochen.«

»Wirklich? Es hat aber gar nicht so gewirkt, als würde er über sie reden wollen. Ich hatte eher das Gefühl, er wollte sich mit dir versöhnen. Zumindest wollte er dir klarmachen, dass er dich noch liebt.«

»Er wollte meine Zustimmung, sie lieben zu dürfen.«

»Was? Was soll das denn?« Ich bin ehrlich überrascht, dass Sean so etwas gesagt haben soll. Auf mich hatte er den Eindruck eines Mannes gemacht, der mit sich im Unreinen ist, weil er zwei Frauen liebt und sich entscheiden muss.

»Er hat gesagt, er liebt sie und will, dass ich damit einverstanden bin.«

»Und bist du es?«

»Natürlich nicht! Ich bin aufgesprungen und habe ihm gesagt, er kann mich mal!«

»Das ist gut, denke ich.« Nachdenklich stecke ich mir noch eine Praline in den Mund. »Allerdings verstehe ich sein Verhalten nicht.«

»Verstehen wir die Männer? Nein. Niemals. Sie sind viel zu kompliziert und verkorkst und sowieso nicht zurechnungsfähig.«

Sie greift ebenfalls in die Pralinenschachtel und steckt sich gleich drei Schokoladenstücke auf einmal in den Mund.

»Wie seid ihr verblieben?«

»Gar nicht. Ich habe ihn sitzen gelassen und bin davongerauscht. Vorher habe ich ihm noch gesagt, dass ich wegen ihm nicht mehr auf Männer stehe und jetzt Frauen bevorzuge. Das war vielleicht ein bisschen hart, er hat jedenfalls sehr entsetzt ausgesehen. Aber da muss er jetzt durch.«

Ich kann mir sein entgeistertes Gesicht sehr gut vorstellen und muss kichern. Uma lächelt ebenfalls, erst schief, doch dann richtig. Und schließlich lachen wir beide herzlich.

»Das wird seine Männlichkeit in den Grundfesten erschüttert haben«, sage ich atemlos und wische eine Lachträne aus meinen Augen.

»Er wird jetzt jedes Mal, wenn er Sex mit einer anderen hat, darüber nachdenken, was er falsch macht, sodass eine Frau keine Lust mehr auf Männer hat.«

»Und er wird sich dabei vorstellen, wie du dich auf dem Laken mit einer Frau räkelst.«

»Das wird ihn fertigmachen!«

Wir lachen wieder, bis die Vorstellung ihren Reiz verliert und wir feststellen, dass die Pralinenschachtel leer ist.

»Wir sollten Nachschub holen.« Uma steht auf, während ich auf mein Telefon sehe. Ich warte darauf, dass sich Arthur oder Lancelot meldet und mir den Treffpunkt für unser heutiges Date mitteilt. Aber bisher ist keine Nachricht eingetroffen.

»Ich komme mit.« Ich muss mich ablenken, um meine Gedanken von Arthur fernzuhalten. Das ständige Warten ist echt anstrengend. »Ich muss sowieso einkaufen gehen, weil ich morgen frei habe.«

»Hat dir dein neuer Chef freigegeben? Stimmt, du bist auch überraschend früh nach Hause gekommen. Hat er endlich mitbekommen, wer du bist und deine Qualitäten erkannt?« Sie wackelt verschwörerisch mit den Augenbrauen, um anzudeuten, welche speziellen Qualitäten sie meint.

»Nein, hat er nicht. Ich denke, er weiß immer noch nicht, dass wir mal eine Nacht miteinander verbracht haben. Er ...« Ich breche ab. Ich will Uma nicht auch noch in die Sache mit der Geldwäsche hineinziehen. Falls die Polizei sie eines Tages zu Marc und seinen Machenschaften befragen sollte, darf sie nichts wissen, sonst bekommt sie auch Probleme. »Er ist einfach ein Arschloch. Ich habe ihm heute die Meinung gegeigt, daraufhin hat er mich suspendiert.«

»Du hast ja sowieso gekündigt, es ist also egal. Was ist mit den düsteren Typen, die du gesehen hast?«

»Sie sind zum Glück nicht wiedergekommen. Bald ist die Sache ganz ausgestanden. Ich muss nur noch ein paar Wochen durchhalten.«

»Gut. Dann gehen wir jetzt in den Supermarkt und kaufen alles, worauf wir Lust und Appetit haben. Und später essen wir alles auf.«

»Das klingt nach einem verdammt guten Plan.«

»Finde ich auch.«

Wir gehen hinaus und zum Supermarkt drei Straßen weiter. Wir kaufen Eis, Kuchen, Pralinen, Tiefkühlhamburger und andere Fertiggerichte, allerdings auch etwas Gemüse und einen Fruchtkorb, um nicht ganz so sehr wie die Fastfood-Junkies dazustehen. Uma besteht allerdings darauf, auch noch mehrere Flaschen Wein mitzunehmen, was den gesunden Eindruck wieder völlig zunichtemacht. Mit vollem Einkaufswagen stehen wir an der Kasse, als ich plötzlich an der Nebenkasse eine männliche Stimme wahrnehme, die mir bekannt vorkommt. Der Mann klingt wie Arthur! Der gleiche leichte britische Akzent und die ruhige, leise Stimme.

Mein Kopf schnellt herum und ich starre ihn an. Der Mann ist um die dreißig und hat von der Sonne gebleichte Locken. Sein braungebrannter Körper steckt in einem hellen T-Shirt und Jeans, eine Sonnenbrille verdeckt seine Augen. Er sieht auf jeden Fall cool aus.

Ist er das?

Mein Herz schlägt plötzlich schneller. Als ob er meinen Blick spüren würde, dreht er sich zu mir um. Ich lächele ihn an, er lächelt ebenfalls. Ich weiß nicht, ob er mich erkennt. Es sieht nicht so aus, als wüsste er, wer ich bin. Oder er kann seine Überraschung gut verstecken. Er ist schneller fertig an der Kasse als wir. Mit drei Einkaufstüten in der Hand geht er hinaus.

Ich sehe zu Uma. »Ich bin gleich wieder da«, sage ich hastig. Danach lasse ich sie stehen und ignoriere ihre Proteste.

Ich laufe aus dem Supermarkt auf den Bürgersteig hinaus. Wo ist er? Aufmerksam schaue ich nach rechts und links in die Menge der Passanten. Schließlich entdecke ich seinen blonden Schopf kurz vor der Kreuzung, bevor er nach rechts abbiegt. Eilig laufe ich ihm hinterher und beobachte, wie er seelenruhig auf die U-Bahn-Station zugeht. Doch er läuft nicht hinein, sondern biegt direkt davor in eine kleine Gasse ab. Dort befindet sich der Eingang zu einem Bürogebäude. Er holt einen Schlüssel aus seiner Tasche und will die Tür öffnen.

Das ist meine letzte Chance, ihn anzusprechen

»Arthur?«

Er reagiert nicht.

»Arthur?«, wiederhole ich etwas lauter.

Dieses Mal blickt er zu mir.

»Kann ich Ihnen helfen, Miss?« Er klingt hier draußen ganz anders als im Supermarkt. Viel heller, weniger sexy. Ich sehe mir nun auch seinen Körper genauer an. Er ist dicker als Arthur. Unter seinem T-Shirt ist ein leichter Bauchansatz zu erkennen. Den hat Arthur definitiv nicht.

Er ist es nicht.

»Tut mir leid, ich habe mich geirrt«, sage ich entschuldigend. Enttäuschung macht sich in mir breit und lässt mein Herz schwer werden.

»Kein Problem«, erwidert er und lächelt. Er hat ein nettes Lächeln. Schade.

Es wäre schön gewesen, wenn ich endlich wüsste, wer Arthur wirklich ist. Aber vielleicht wäre unser Arrangement dann vorüber, denn Arthur verspürt ganz sicher nicht den Drang, sich mir zu zeigen.

Der Unbekannte öffnet die Tür und verschwindet auf Nimmerwiedersehen in dem Gebäude.

Immer noch enttäuscht gehe ich zurück zum Supermarkt, wo Uma ungeduldig mit den Einkäufen steht und auf mich wartet. Es sind acht Tüten geworden, die sie nie und nimmer alleine tragen kann.

»Na endlich bist du wieder da. Ich dachte schon, du lässt mich hier im Stich. Was war denn los?«

»Ich habe gedacht, da wäre jemand, den ich kenne. Aber es war ein Irrtum.«

»Schon wieder ein Irrtum, wenn es um einen Mann geht? Du lässt nach.« Frech lächelt sie mich an.

»So was passiert«, knurre ich und nehme vier von den Tüten. »Aber nach jedem Irrtum kann ich meinen Männersensor neu justieren.«

Uma lacht. »Auch wieder wahr.«

Gemeinsam verlassen wir den Supermarkt und gehen zurück zu unserem Haus. Vor der Einfahrt stehen mehrere Wagen. Einer davon ist eine große schwarze Limousine, die ich hier noch nie gesehen habe. Als wir den Wagen passieren, öffnet sich die Fahrertür und Lancelot steigt aus.

Erschrocken starre ich ihn an. Woher weiß er, wo ich wohne? Heißt das, dass er und Arthur auch meinen echten Namen kennen?

»Ich bin hier, um dich abzuholen«, ruft er mir zu, als wäre es völlig normal, hier zu sein.

»Jetzt?«

Es ist mitten am Tag. Uma sieht genauso verblüfft aus wie ich. Aber sie kann sich denken, worum es geht. Sie weiß, welchen Nebenjob ich habe.

»Ja, jetzt.«

Ich schaue an mir herab. Ich trage noch immer die Sachen, die ich im Büro anhatte. Die sind nicht sonderlich geeignet für ein heißes Date. »Ich würde mich gerne vorher noch umziehen.«

Lancelot zögert. »Er hat heute nicht so viel Zeit.«

Ich spüre Umas Ellbogen in meinen Rippen. »Das wirkt total geheimnisvoll«, flüstert sie. »In welchem Film bist du denn gelandet?«

Als Antwort stoße ich ihr meinen Ellbogen ebenfalls in die Seite. »Ich erzähle dir alles später«, murmele ich.

»Es dauert nicht lange«, rufe ich Lancelot laut zu.

Unwillig fügt er sich, weil er mir ansieht, dass ich nicht kleinbeigeben werde, und setzt sich wieder in den Wagen.

Ich hingegen laufe mit Uma eilig die Treppe hinauf.

»Ist das ein Kunde von dir?«

»Nein. Er ist nur der Bote. Den Kunden kann ich nicht sehen. Er möchte anonym bleiben.«

»Was meinst du: Du kannst ihn nicht sehen? Was machst du denn mit ihm? Sex im Dunkeln?«

»Er verbindet mir die Augen.«

»Sexy! Wer ist er?« Sie klingt atemlos. »Ein Rockstar? Ein Nobelpreisträger? Ein verheiratetes Arschloch?«

»Ich weiß es nicht. Jedenfalls muss ich mich beeilen.«

»Okay, okay, ich lass dich in Ruhe.«

Ich lasse sie mit den Einkäufen allein und haste in mein Zimmer, um ein hübsches Kleid vom Bügel zu nehmen. Aber viele besitze ich nicht. Meine schönsten Kleider sind in der Wäsche. Ich muss dringend shoppen gehen.

»Uma, kannst du mir ein Kleid leihen?« Ich bin so hektisch, dass ich fast eine Flasche Wein vom Tisch werfe.

Wortlos geht Uma in ihr Zimmer und öffnet ihren Kleiderschrank. Sie ist wesentlich besser ausgestattet als ich. Kleider in allen möglichen Längen und Farben hängen an der Stange. Und keine Billigteile.

»Wenn im Theater eine Vorführung abgelaufen ist, werden die Klamotten oft günstig verteilt. Da schlage ich immer zu«, sagt sie. Ich beneide sie um diese Möglichkeit, günstig an Designersachen zu kommen. Ich wähle ein schwarz-weißes Kleid mit einem kurzen, schwingenden Rock. Dazu passen meine schwarzen High Heels. Ich sehe sehr elegant darin aus. Doch bevor ich es anziehe, springe ich schnell unter die Dusche. Ich föhne hastig meine Haare und lege Make-up auf. Dann suche ich schicke Unterwäsche aus. Wenigstens davon habe ich ausreichend. Danach ziehe ich das Kleid an. Schnell noch Lippenstift, anschließend bin ich endlich fertig. Ich schaue auf die Uhr. Alles in allem hat die Aktion nur vierzig Minuten gedauert. Ich denke, das ist mein persönlicher Rekord.

Lancelot sieht es leider anders. »Das hat ja ewig gedauert«, murrt er, während er mir die Tür aufhält. »Mein Boss wird sauer sein.«

»Er hätte ja auch vorher eine Nachricht schicken können, dass er mich heute um diese Uhrzeit erwartet. In dem Fall wäre ich vorbereitet gewesen.«

Er antwortet nicht, sondern startet den Wagen und fährt los.

»Woher weißt du überhaupt, wo ich wohne?«, stelle ich schließlich die Frage, die mir seit vierzig Minuten durch den Kopf geht.

»Mein Boss hat mir die Adresse genannt.«

»Und woher hat er sie?«

»Er weiß alles.«

»Alles? Ist er Gott?«

»Das nicht, aber so was in der Art.«

»Das ist Quatsch. Jemand muss ihm meine Adresse genannt haben. Kennt er auch meinen echten Namen?«

Ich sehe seinen Blick im Rückspiegel. »Du heißt gar nicht Stella?«

Ich lehne mich im Rücksitz an und antworte nicht darauf. Veralbern kann ich mich selbst. Lancelot will mir offenbar nichts sagen. Das heißt, ich muss Arthur persönlich fragen.

Mein Fahrer schlängelt sich durch den Verkehr und fährt uns zum Hyatt. Dort führt er mich durch das Foyer und fährt mit mir im Fahrstuhl in den dreißigsten Stock. Ich wünschte, ich müsste keine Augenbinde tragen, um den Blick aus dem Fenster genießen zu können. Aber Lancelot erfüllt mir den Wunsch nicht. Als wir vor der Tür mit der Nummer 3016 stehen, legt er mir die Augenbinde an. Er öffnet die Tür und lässt mich eintreten. Kaum stehe ich in dem klimatisierten Raum, höre ich Schritte. Ein feines Kribbeln macht sich in meinem Magen bemerkbar. Schmetterlinge. Ich habe tatsächlich Schmetterlinge im Bauch.

Und dass er meine Adresse wusste, ist auf einmal so nebensächlich, dass ich gar nicht mehr daran denke.

Ich spüre Arthurs warme Hand, als er meine nimmt.

»Hallo Stella. Schön dich zu sehen.«

Seine Stimme klingt sanft, als würde er sich ebenfalls freuen, dass ich gekommen bin. Das Kribbeln in meinem Bauch verstärkt sich.

»Ich würde gerne dasselbe sagen, aber ich kann dich leider nicht sehen.«

Ich höre, dass er lächelt. Es wirkt fast, als würde die Luft knistern.

Er führt mich durch den Raum zum Bett, auf das ich mich setze. Am Rascheln seines Anzugs erkenne ich, dass er sich vor mich hinkniet. Seine Hände streichen die Innenseiten meiner Beine entlang und drücken sanft meine Knie auseinander. Die Berührungen reichen aus, um mich feucht werden zu lassen. Als seine Finger meine Mitte berühren, nehme ich eine seiner Hände und führe sie an meinen Mund. Ohne nachzudenken küsse ich sie. Es ist nur eine kleine Geste. Und ich habe nicht eine Sekunde darüber nachgedacht, aber ich habe plötzlich das Gefühl, dass sie zu viel bedeutet. Dass sie ihm zeigt, wie sehr ich mich nach ihm gesehnt habe. Schnell lasse ich die Hand fallen. Sie legt sich wieder auf meinen Oberschenkel. Doch dann spüre ich seine Lippen auf meinen Mund.

»Du bist so spät erst hier«, flüstert er. »Ich habe gehofft, dass du früher kommst. Ich habe heute nicht so viel Zeit.«

»Es tut mir leid.« Ich bereue es plötzlich, so einen Aufwand um das Kleid betrieben zu haben. Ich hätte lieber mehr Zeit mit Arthur als ein hübsches Kleid, dass ich sowieso gleich ausziehe. Aber ich muss perfekt für ihn sein, damit er nicht die Lust an mir verliert.

»Was ist los?«, fragt er plötzlich. Er entfernt sich ein Stückchen von mir.

»Nichts. Nichts ist los!«

»Du sagst mir nicht die Wahrheit. Ich merke doch, dass etwas nicht in Ordnung ist.«

Seine Hand streichelt über meine Wange. Woher weiß er, dass diese Geste genau das ist, was ich jetzt brauche?

»Küss mich einfach nur«, entgegne ich und suche seinen Mund. Aber er gibt ihn mir nicht.

»Erst, wenn du mir sagst, was los ist. Hat es wieder was mit deinem Chef zu tun?«

Ich stöhne leise. »Er ist so ein Arschloch.«

»Hast du dich krankschreiben lassen?«

»Nein, aber immerhin hat er mir freigegeben.«

»Warum tust du nicht, was ich dir sage?« Er klingt verärgert.

Unwillkürlich rutsche ich ein Stück weg von ihm. Ich brauche nicht noch jemanden, der mir sagt, was ich zu tun und zu lassen habe.

»Ich werde die nächsten Wochen schon noch irgendwie durchhalten.«

»Es ist zu gefährlich!« Er klingt warnend.

Meine Hände suchen sein Gesicht. Schließlich finde ich es und umfasse es, um einen Kuss auf seine Lippen zu drücken. »Bitte vertrau mir«, flüstere ich. »Ich bin ein großes Mädchen. Ich halte es aus bei ihm.«

Ich spüre, dass sein Mund gegen den meinen lächelt. »Bitte vertraue mir auch«, sagt er.

»Wieso sollte ich einem Mann vertrauen, der mir sein Gesicht nicht zeigen will? Dem ich nicht in die Augen blicken kann?«

Er küsst mich. »Weil du keine andere Wahl hast. Und weil ich dir helfen kann. Ich habe dir schon gestern gesagt, dass ich mich darum kümmern werde. Aber so schnell geht das nicht.«

Meine Finger ertasten sein Gesicht, seine Wangenknochen, seine Augen, das kräftige Kinn, das auf einen starken Charakter hinweist. Die gerade Nase, die sanften Lippen, die mich mit ihren Liebkosungen in den Wahnsinn treiben können. Kann ich diesem Mann wirklich vertrauen?

»Du kannst mir helfen?«

»Ich kenne viele einflussreiche Leute. Wenn du willst, mach ich dich mit jemandem bekannt, der dich von diesem Kerl befreit.«

»Wer soll das sein?«

»Soll ich oder soll ich nicht?«

Offenbar will er mir nicht sagen, um wen es sich handelt. Noch ein Geheimnis von ihm, mit dem ich klarkommen muss.

»In Ordnung«, wispere ich.

»Entspanne dich jetzt. Und leg dich auf den Bauch. Ich glaube, ich muss dich dafür bestrafen, dass du nicht getan hast, was ich dir gesagt habe.«

Ich lächle und mache, was er mir befohlen hat. Er zieht mein Höschen aus und schiebt meinen Rock nach oben. Sein Finger gleitet in die Feuchtigkeit zwischen meinen Schenkeln und in mich hinein. Ich stöhne leise auf. Doch in diesem Moment spüre ich einen scharfen Schmerz auf meiner rechten Pobacke. Mein Aufschrei ertönt gleichzeitig mit einem weiteren Klatsch und ich zucke zusammen. Noch dreimal schlägt er mich mit seiner flachen Hand. Ich gebe dabei jedoch keinen Ton mehr von mir.

»Du magst es, wenn ich dich bestrafe«, flüstert er in mein Ohr. Sein Finger war die ganze Zeit zwischen meinen Schenkeln. »Du bist noch feuchter geworden.«

Ich mag es, wenn sich der Schmerz in Lust wandelt. Wenn ein berauschender Cocktail von Schmerz und Lust durch meine Adern fließt und mein Verlangen auf Arthur so verstärkt, dass es zwischen meinen Beinen pocht und pulsiert und ich den Moment herbeisehne, in dem er in mich eindringt und ausfüllt.

Ich spreize meine Beine, um ihm zu zeigen, wie bereit ich für ihn bin. Er versteht den Hinweis. Seine Kleidung raschelt, danach knistert die Kondomverpackung. Ich erwarte eigentlich, dass er mich noch einmal probiert und testet, aber er scheint es genauso wenig erwarten zu können wie ich. Mit einem Stoß ist er in mir. Er zieht mich an sich, während ich mich auf meine Ellenbogen stütze, um den perfekten Winkel anzubieten. Er dringt wieder und wieder in mich ein. Das Geräusch von Haut, die aufeinander klatscht, erfüllt das Hotelzimmer, vermischt mit unserem Stöhnen. Er greift nach meinen Brüsten, umfasst und massiert sie, während sein Rhythmus immer schneller wird. Mit den Fingern kralle ich mich in das Laken, ohne dass ich es merke. Mein Körper kämpft gegen den Orgasmus an, der sich in mir aufbaut und nach Erlösung schreit. Und für einen winzigen klaren Moment wird mir bewusst, dass Arthur in Zukunft mit mir tun kann, was er will. Ich werde alles mitmachen, was er von mir verlangt, und niemals müde werden. Er kann meinen Körper besitzen und mich benutzen, wie es ihm gefällt. Tausend Nächte lang oder mehr.

Ich schreie meine Erfüllung in das Hotelzimmer, mein Körper bäumt sich auf und zittert, als ich irgendwelche unzusammenhängenden Worte brabbele. Noch während ich bebe, spüre ich, wie er in mir kommt und pulsiert. Sobald er aus mir gleitet, drehe ich mich um. Ich schlinge meine Beine um seine Hüften und küsse ihn.

»Geh nicht weg«, flüstere ich und bereue die Worte schon, als sie meinen Mund verlassen. Das war zu viel. Er kauft mich, er liebt mich nicht. Er will Sex, nicht kuscheln. Dass ich mich nach ihm sehne und Schmetterlinge im Bauch habe, ändert nichts daran.

»Ich kann nicht.«

»Ich weiß. Es war dumm. Du hast sicherlich wichtige Geschäfte zu erledigen. Oder du musst die Welt retten. Oder wenigstens ein Land.«

»Oder dich.« Er küsst mich ebenfalls. Es wirkt nicht, als hätten ihn meine Worte verschreckt. Ich nehme wieder sein Gesicht in meine Hände und versuche, ihn zu ertasten.

»Warum muss ein attraktiver Mann wie du für Liebe bezahlen?« Schon wieder etwas, was ich nicht hätte sagen sollen. Aber nun ist es heraus.

Er lacht leise. »Wieso denkst du, dass ich attraktiv bin?«

»Weil ich es fühlen kann.«

»Aussehen ist nicht alles.«

»Aber die Augen sind unser wichtigstes Sinnesorgan, und die kann ich nicht nutzen, wenn ich mit dir zusammen bin. Verrätst du mir wenigstens etwas über dich? Irgendeine Kleinigkeit, damit ich dich besser kennenlernen kann?«

Er schiebt mich sanft von sich. »Netter Versuch, Stella. Du willst nur wissen, wer ich bin.«

»Mir würde ja schon reichen, wenn du mir sagst, welche Farbe deine Socken haben.«

Ich kann mir vorstellen, wie er nach unten schaut, um nach der Farbe seiner Socken zu sehen.

»Es ist egal, wie sie aussehen«, flüstert er, bevor er mich noch einmal küsst und dann aufsteht.

»Lancelot wird dich wieder nach Hause fahren.«

»Sagst du mir wenigstens, woher du weißt, wo ich wohne? Und ob ich mir Sorgen machen muss? Offenbar achtest du meine Anonymität nicht so wie ich deine.«

Seine Kleidung raschelt, aber er antwortet nicht.

»Arthur?«

Ich vernehme Schritte. Nur einen Moment später schlägt die Tür. Er ist gegangen, ohne meine Fragen zu beantworten.

Seufzend lasse ich mich auf das Bett fallen und nehme die Augenbinde ab.

NIE UND NIMMER

AN MEINEM FREIEN Tag beschließe ich, ins Fitnessstudio zu gehen. Es wird Zeit, dass ich mal wieder etwas für meinen Körper tue. Zumal ich für Arthur besonders gut aussehen möchte. Meine Beine und mein Po brauchen dringend ein paar Übungen, um knackig zu bleiben.

Das Fitnessstudio, in das ich immer gehe, liegt an der Ecke in der Nähe meines Apartments, direkt gegenüber von einem kleinen Zeitungsladen.

Ich kaufe zuerst eine Illustrierte, danach gehe ich mit meiner Sporttasche in die Umkleide. Fünf Mädchen ziehen sich gerade um, als ich ankomme. Keines würdigt mich auch nur eines Blickes. Sie sind so mit sich selbst beschäftigt. Ich schlüpfe in ein enges Sportshirt und in Shorts, dann gehe ich hinüber in den Fitnessraum. Der Trainer steht gelangweilt neben einem älteren Mann, der sich mit Hanteln abmüht. Als der Trainer mich sieht, nickt er mir freundlich zu und lächelt. Ich kenne ihn schon seit Jahren. Sein Name ist Peter und manchmal trinken wir nach dem Training einen Kaffee zusammen.

Mit meiner Illustrierten in der Hand steuere ich zuerst das Laufband an. Zum Glück sind noch zwei Geräte frei, die anderen sind alle belegt. Ich schaue mich nach einem bekannten Gesicht rum, aber entdecke nur Wanda. Sie ist um die siebzig und kommt bereits seit ihrem zehnten Lebensjahr in dieses Fitnessstudio. Mir hat sie mal erzählt, ihr Mann hätte dieses Fitnessstudio kurz nach dem Krieg gegründet. Ich habe ihr allerdings kein Wort geglaubt. Diese Straße gab es damals noch gar nicht. Und sie hat auch erzählt, sie wäre Fallschirmspringerin gewesen. Doch an einem anderen Tag sagte sie mir, sie hätte Höhenangst. Irgendwie gehen ihre Geschichten nie ganz auf.

Ich klemme die Zeitschrift in den Halter des Gerätes und beginne zu laufen. Nach etwa fünf Minuten höre ich ein freundliches »Hi« neben mir. Ein gut aussehender Typ Mitte dreißig stellt sich auf das andere freie Laufband. Mit Bewunderung beobachte ich, welche Geschwindigkeit er einstellt.

»Wow! Wie es aussieht bist du gut trainiert«, sage ich. »Dieses Tempo würde ich niemals durchhalten.«

Er lacht und stellt die Geschwindigkeit gleich noch etwas höher.

»Wenn ich dich damit beeindrucken kann, ist das doch ein guter Anfang.«

Ich betrachte ihn ein bisschen genauer, während sich vom Training die ersten Schweißtropfen auf meiner Stirn bilden. Er ist sehr gut gebaut. Sehnig und dezent muskulös, als würde er regelmäßig Ausdauersport treiben. Er hat dunkelbraune Augen und dunkles, fast schwarzes Haar. Unter dem Ärmel seines T-Shirts schaut ein Tattoo heraus, ein Löwenkopf.

»Ich habe dich hier noch nie gesehen«, sage ich und beginne zu keuchen. Offensichtlich ist mir meine Geschwindigkeit zu hoch, wenn ich mich mit ihm unterhalten will.

Er nickt. »Ich bin gerade erst hierhergezogen. Ich habe vorher an Bondi Beach gewohnt, aber dort war es mir immer viel zu hektisch. Zu viele Iren, zu viele Touristen. Außerdem bin ich hier näher am Büro dran.«

»Was arbeitest du?« Unauffällig stelle ich meine Geschwindigkeit ein bisschen niedriger ein.

»Ich bin Investmentbanker.«

Meine linke Augenbraue schießt nach oben. »Ehrlich? Das ist ja ein Zufall! Ich arbeite auch in der Finanzbranche.«

Er lächelt vielsagend. »Vielleicht ist das ein Zeichen?«

»Ein Zeichen wofür?«

»Dafür, dass wir dann noch etwas zusammen trinken sollten.«

Ich lächle und überlege, ob ich dem Typen sofort eine Abfuhr erteilen oder ob ich tatsächlich einen Drink mit ihm nehmen sollte.

»Ich lade dich ein«, fügt er hinzu. »Weil das heute mein erster Tag in diesem Fitnessstudio ist und ich sofort ein nettes Gesicht sehe. Ich denke, das ist ein guter Grund.« Er grinst schelmisch.

Mit diesem Grinsen sieht er wirklich sehr nett aus, jung und spitzbübisch. Es wäre schön, wenn Arthur so aussehen würde. Aber er ist es nicht. Seine Stimme ist völlig anders. Es fehlt auch der britische Akzent.

»Okay, warum nicht«, erwidere ich. Einen Drink mit einem gut aussehenden Typen kann nie schaden.

Er nickt zufrieden und läuft für eine Weile schweigend neben mir her. Mit der niedrigeren Geschwindigkeit komme ich sehr gut zurecht und hüte mich davor, sie anders einzustellen.

Nach zwanzig Minuten gehe ich hinüber zum Krafttraining und drehe drei Runden, um jede Muskelgruppe gut zu trainieren. Als ich fertig bin, halte ich nach dem Typen Ausschau. Ich entdecke ihn schließlich bei Peter, dem Trainer. Die beiden unterhalten sich intensiv über ein neues Hantelgerät. Der alte Mann, der vorhin damit trainiert hat, sitzt erschöpft bei den Milchshakes.

»Ich gehe mich jetzt duschen, danach wäre ich soweit«, sage ich zu dem Dunkelhaarigen.

Er nickt mir lächelnd zu. »Ich warte am Ausgang auf dich.«

Ich dusche mich und ziehe mich wieder an, dann gehe ich hinaus. Der Typ wartet wirklich auf mich und lehnt lässig am Geländer der Treppe. Jetzt trägt er Jeans und ein weißes T-Shirt mit dem Aufdruck *Ich bin cool.*

»Wohin gehen wir?«, frage ich.

»Das überlasse ich dir. Ich kenne mich hier noch nicht so aus.« Er lächelt mich entschuldigend an.

Ich lotse ihn zu einem kleinen Café an der Ecke gegenüber. Hier gibt es hervorragenden Kuchen und sehr guten Kaffee. Ich weiß, es ist nicht so klug, direkt nach dem Besuch des Fitnessstudios schon wieder Kuchen zu essen, aber der Gedanke ist einfach zu verlockend.

Wir setzen uns an einen kleinen Tisch im hinteren Teil des Raumes, wo keine weiteren Gäste sind. Nur ein Pärchen sitzt vorne direkt am Fenster. Der Kellner, ein schlaksiger junger Mann knapp über zwanzig, tritt zu uns an den Tisch und sieht zu meinem Begleiter, weil der den Mund öffnet, um die Bestellung auszusprechen.

»Ich nehme einen Espresso und Miss Lindbergh einen Milchkaffee.«

Ich habe plötzlich das Gefühl, als würde mir jemand von hinten in den Rücken treten. Die Haare in meinem Nacken sträuben sich. Mein Herz beginnt vor Angst schneller zu schlagen. Woher weiß er meinen Namen?

»Wer bist du?«, flüstere ich, als der Kellner wieder gegangen ist. Jede Faser meines Körpers ist angespannt, bereit, sofort aufzuspringen. Doch der Typ sieht nicht aus, als würde er mir gleich an die Gurgel gehen wollen.

»Mein Name ist Thomas Wakefield. Ich arbeite für ASIO, die Organisation für Sicherheit in Australien, in der Abteilung zur Bekämpfung von organisierter Kriminalität. Ein Freund von mir hat mir den Hinweis gegeben, dass Sie Hilfe benötigen.«

Er siezt mich plötzlich, als wäre dies hier eine Dienstbesprechung. Danach greift er in seine Hosentasche und zeigt mir seinen Ausweis. Er scheint echt zu sein. Mein Herz beruhigt sich ein wenig.

Ein Beamter! Ist das die Hilfe, die Arthur mir versprochen hat? Will Thomas Wakefield mich aus der Sache mit Marc Morton und dem zwielichtigen Asiaten herausholen?

Die Polizei ist jedoch nicht gerade das, was ich gebrauchen kann.

»Es ist ... ich kann nicht reden. Wenn er das erfährt, bin ich geliefert.«

»Wer?«

Ich kämpfe mit mir. Soll ich dem Mann wirklich alles erzählen? Marc Morton wird mich in der Luft zerreißen, wenn er das mitbekommt. Und wenn ich Pech habe, stehe ich schon wieder als Mitwisserin da. Was bedeutet, dass ich ins Gefängnis muss.

»Was wissen Sie über Ihren Chef Marc Morton?«, fragt Wakefield plötzlich und reißt mich aus meinen Überlegungen.

»Woher wissen Sie von ihm?«

»Ich beschäftige mich schon länger mit ihm. Und ich habe Erkundigungen über Sie eingezogen, bevor ich Sie aufgesucht habe. Ich muss wissen, mit wem ich es zu tun habe.«

»Sie wissen sicherlich auch, dass ich nicht schon wieder mit unlauteren Machenschaften in Verbindung gebracht werden möchte.«

»Ja, das weiß ich. Wenn sie mit mir zusammenarbeiten, besteht keine Gefahr mehr für sie, in die Sache hineingezogen zu werden. Sie wären meine Informantin. Und wenn sie wirklich nichts mit der Sache zu tun haben, werde ich für Sie aussagen.«

Betroffen schließe ich die Augen. Ich will mich nicht schon wieder mit den falschen Leuten anlegen und jemandem vertrauen, der mich am Ende verrät und sitzenlässt. Die Kerle um Marc Morton und Chen sind bestimmt gefährlich und werden vor nichts zurückschrecken.

»Ich werde Sie nicht in die Pfanne hauen«, sagt Wakefield, als hätte er meine Gedanken gelesen. »Ganz bestimmt nicht. Sie sind die Einzige, die mir in der Sache helfen kann. Ich weiß, dass Marc Morton Geschäfte mit der koreanischen Drogenmafia betreibt. Ich habe jedoch keine Handhabe gegen ihn und seinen Geschäftspartner. Deshalb brauche ich Ihre Hilfe. Und sie brauchen mich, um heil aus der Sache rauszukommen.«

»Drogenmafia?«

»Ja. Chen ist der Kopf eines Familienclans, der sich auf den illegalen Anbau von Schlafmohn und den Vertrieb von Rohopium spezialisiert hat. Er agiert hauptsächlich in Thailand, wo er das Zeug billig herstellt und verkauft. Chen hat einen Geschäftspartner in Hongkong, der für ihn Geld wäscht. An den komme ich leider nicht ran. Aber ich vermute, dass Chen auch hier in Sydney seine Drogenmillionen zu sauberem Geld macht. Da er seit einiger Zeit mit Marc Morton zu tun hat, denke ich, dass Morton derjenige ist, der sich darum kümmert. Habe ich recht?«

Ich antworte nicht, sondern starre auf meine Hände, die mit dem Zuckerstreuer spielen. Ich bin noch nicht bereit, Wakefield Informationen zuzuspielen und mich in Gefahr zu begeben.

»Bitte, Esther, arbeiten Sie mit mir zusammen. Ich brauche Sie, um den Kerlen das Handwerk zu legen.«

Ich stehe auf. »Ich muss darüber nachdenken. Haben Sie eine Karte? Dann rufe ich Sie an.«

Widerstrebend holt er seine Geldbörse aus der Tasche und reicht mir seine Visitenkarte. Darauf steht sein Name, außerdem zwei Telefonnummern. In der linken oberen Ecke prangt das Logo von ASIO, der Organisation für Sicherheit in Australien.

Ich stecke die Karte ein und will ihm zum Abschied die Hand reichen. Doch in dem Moment klingelt sein Telefon. Noch während er danach greift, höre ich von der Straße mehrere Polizeisirenen. Drei Polizeiwagen rasen an dem Café vorüber, dicht gefolgt von einem Krankenwagen. Ich sehe zu Thomas, dem der Anruf keine besonders guten Nachrichten zu bringen scheint. Er wirkt sehr ernst, einmal blickt er auf und sieht mich an, während er in den Hörer lauscht. Kaum merklich neigt er den Kopf in meine

Richtung, als würde er mir damit etwas sagen wollen. Eigentlich wollte ich gehen, doch nun bleibe ich bei ihm stehen, bis er sein Telefonat beendet hat. Schließlich legt er auf.

»Was ist passiert?«, frage ich.

»Im botanischen Garten wurde eine Leiche gefunden.«

»Wer ist es?«

»Ich darf Ihnen nichts weiter sagen. Bitte melden Sie sich bei mir.«

Er drückt den Kellner, der gerade mit unseren Tassen kommt, zwanzig Dollar in die Hand. Dann geht er aus dem Lokal und lässt mich allein zurück.

Mein Herz hat sich immer noch nicht ganz beruhigt. Das einzig Gute an dieser Begegnung ist, dass Arthur tatsächlich Wort gehalten hat. Er hat mir Hilfe zugesagt, auch wenn es nicht gerade die ist, die ich gebrauchen kann. Zur Polizei gehen sollte ich wirklich nicht, das hat Asperger deutlich genug ausgedrückt. Und zu einem Beamten von ASIO erst recht nicht. Wenn die Firma mitbekommt, dass ich Geheimnisse ausplaudere, verpetzen sie mich an Chen und der wird bestimmt nicht lange zögern, mich genauso kaltzustellen wie Thea Appleyard.

Mir wird plötzlich kalt. Hat die Leiche im botanischen Garten etwa auch was mit Marc Morton zu tun? Hastig krame ich wieder die Visitenkarte von Thomas heraus und wähle dessen Nummer auf meinem Telefon. Er meldet sich sofort.

»Das ging aber schnell!«

»Ich habe mich noch nicht entschieden«, entgegne ich. »Ich möchte nur wissen, ob die Leiche im botanischen Garten etwas mit Mark Morton zu tun hat.«

»Warum fragen Sie?«

»Weil vor ein paar Tagen eine junge Frau von der Harbour Bridge gesprungen ist, die vorher für ihn gearbeitet hat.«

»Und Sie denken, es war kein Selbstmord?«

»Ich weiß es nicht. Es war nur eine Vermutung, weil ich diese Typen in Marcs Büro gesehen habe.«

»Welche Typen? Chen?«

Ich beiße mir auf die Zunge. »Ich kann nicht mehr sagen.«

»Alles klar. Melden Sie sich, wenn Sie soweit sind.«

»Was ist nun mit der Leiche im botanischen Garten?«

»Es ist eine Frau, eine Sängerin. Mehr kann ich Ihnen wirklich nicht sagen. Aber ich glaube nicht, dass sie jemals für Marc Morton gearbeitet hat.«

Erleichtert danke ich ihm und lege auf. Die Tote hat nichts mit Marc zu tun. Vielleicht hat sich Thea Appleyard ja doch selbst umgebracht.

Auf den Schreck hin muss ich mich wieder setzen. Da Thomas unsere Getränke bereits bezahlt hat, muss ich kein schlechtes Gewissen haben, wenn ich sie jetzt alleine trinke. Zuerst kippe ich den Espresso hinter, der schon fast kalt ist. Es folgt der Milchkaffee. Danach fühlen sich meine Nerven nicht unbedingt beruhigt an, aber ich weiß jetzt wenigstens, woran meine Nervosität liegt.

Ich nehme meine Sporttasche und geh zurück nach Hause. Es ist niemand da. Uma ist bei einer Probe, Jeremy trifft sich mit einem Freund. Nachdenklich setze ich mich aufs Sofa und überlege, ob ich tatsächlich mit der Polizei zusammenarbeiten soll. Ich komme jedoch zu keinem guten Ergebnis. Wie ich es auch drehe und wende, ich sitze in der Falle. Rede ich, bekomme ich Ärger mit Asperger, Morton und Chen. Rede ich nicht, werde ich tiefer hineingezogen und bekomme auch noch Ärger mit den Behörden. Und ich habe so meine Zweifel, dass mich die Beamten von ASIO wirklich retten können, falls die koreanische Drogenmafia mich auf dem Kieker hat. Sie haben ja nicht mal die Ressourcen, um einem kleinen Mann wie Chen das Handwerk zu legen. Sie sind dabei auf jemanden wie mich angewiesen. Das wirft kein besonders gutes Licht auf das Büro.

Als ich genug von meinen Überlegungen habe, schalte ich den Fernseher an. Ich bereue es jedoch sofort. Denn das erste, was ich sehe, ist ein Bericht über die Tote im botanischen Garten. Sie war Sängerin für das Opernhaus von Sydney, sehr hübsch und mit einer Figur, für die so manche Frau töten würde. Erst voriges Jahr hat sie eine Konzerttournee durch Europa gemacht. Und davor ist sie einige Zeit in London am Opernhaus angestellt gewesen. Die Polizei geht von einem Gewaltverbrechen aus. Genaueres berichtet der Reporter jedoch nicht. Ich schalte wieder aus und ziehe meine Schuhe an. Ich muss raus aus der Wohnung, wenn ich nicht von meinen kreisenden Gedanken verrückt gemacht werden möchte. Am liebsten wäre es mir, Arthur würde sich melden. In seinen Armen könnte ich alles vergessen. Und ich könnte ihm dafür danken, dass er Wort gehalten hat. Aber bisher ist noch keine Nachricht von ihm eingetroffen.

Als ich durch die Straßen laufe, halte ich ständig nach einer großen schwarzen Limousine Ausschau, die mich zu ihm bringen könnte. Es gibt unendlich viele davon in Sydney, aber keine hält an, um mich zu Arthur zu fahren.

Als es Abend wird, ist immer noch keine Nachricht von Lancelot oder Arthur da. Will er mich heute gar nicht sehen?

War ich doch zu vermessen, indem ich ihn bat, die Nacht mit mir zu verbringen? Warum meldet er sich nicht?

Ich befinde mich auf dem Martin Place, der von Touristen nur so wimmelt, als plötzlich ein Mann neben mir geht. Es ist Thomas Wakefield.

»Tun Sie so, als würden Sie mir den Weg erklären. Dann gehen Sie in die U-Bahnstation hinab.« Er lächelt mich unschuldig an, als würde er mich wirklich nur nach dem Weg fragen.

»Wohin wollen Sie denn? Zur Oper?«

»Ja, genau dahin.«

Ich beschreibe ihm den Weg, obwohl ich das Gefühl habe, dass er überhaupt nicht hinhört. Er bedankt sich bei mir und geht genau in die Richtung, die ich ihm beschrieben habe. Ich hingegen laufe zu den Treppen rechts von mir, die zur U-Bahn-Station führen. Zusammen mit einem Schwung junger Chinesinnen gehe ich die Treppe hinunter und überlege, in welche Richtung ich mit der U-Bahn fahren soll. Oder soll ich nur auf dem Bahnsteig stehen? Es wäre schön gewesen, wenn mir Wakefield genauere Angaben gemacht hätte. Oder wenn er nicht so tun würde, als befänden wir uns in einem Spionagefilm. Zum Glück korrigiert Thomas Wakefield seinen Fehler rasch genug, denn mein Telefon klingelt.

»Bleiben Sie stehen, wo Sie sind«, sagt er. »Und schauen Sie in Ihr Handy, als würden Sie eine wichtige Nachricht lesen. Ich komme gleich und hole Sie ab.«

Ich gehorche und bleibe wie angewurzelt stehen, während ich in mein Telefon starre. Nur wenige Minuten später spüre ich seine Anwesenheit neben mir. Ich blicke auf.

»Kommen Sie mit. Ich möchte Sie jemandem vorstellen.«

Gemeinsam gehen wir ans andere Ende der U-Bahn-Station. Dort steigen wir die Treppe nach oben zur Straße, wo ein unauffälliger blauer Wagen auf uns wartet. Eine Frau steigt aus und bittet mich, auf dem Rücksitz Platz zu nehmen. Wieder gehorche ich. Sie setzt sich neben mich und reicht mir ihre Hand.

»Mein Name ist Selma Huff, ich bin Kriminalbeamtin.«

Sie ist Anfang vierzig, etwas kräftig und hat schwarzes, glattes Haar, das sie in einem Pferdeschwanz trägt. Ein Auge ist kleiner als das andere, was ihrem Gesicht etwas Asymmetrisches gibt. Aber der Makel macht sie nicht hässlich, sondern interessant.

»Was wollen Sie von mir? Ich habe schon mit Mr. Wakefield gesprochen«, frage ich unruhig. Es ist mir etwas zu viel Polizei für einen Tag.

»Ich weiß, er hat mir von Ihnen erzählt. Ich arbeite aber nicht gegen das organisierte Verbrechen. Ich bin im Dezernat für Mordfälle und bearbeite den Fall der ermordeten Sängerin. Thomas hat mir gesagt, dass Sie denken, sie habe etwas mit Marc Morton zu tun. Wie kommen Sie darauf?«

»Es war nur eine dumme Vermutung. Ich hatte einfach Angst, dass es schon wieder eine Tote gibt, die für Marc gearbeitet hat. Ich denke inzwischen, das ist meine persönliche Paranoia.«

»Sie glauben, die junge Frau, die von der Brücke gesprungen ist, wurde getötet?«

»Ich weiß es nicht. Wie gesagt, ich glaube, ich bin einfach nur paranoid.«

»Das sind sie nicht. Sie haben recht, in beiden Punkten. Deshalb möchte ich mit Ihnen sprechen.«

Ich halte die Luft an.

»Was meinen Sie damit?«

»Ich meine, dass Thea Appleyard nicht freiwillig von der Brücke gesprungen ist. Es gibt Zeugen, die gesehen haben, dass sie geschubst wurde. Und die Sängerin, die heute tot aufgefunden wurde, kannte tatsächlich Marc Morton.«

Mir wird plötzlich wieder schlecht.

»Was hat Marc mit beiden Frauen zu tun?«

»Das wissen wir nicht. Deshalb rede ich mit Ihnen.«

»Aber ich weiß auch überhaupt nichts!«

»Sie kennen ihn. Ist Ihnen in letzter Zeit etwas an ihm aufgefallen?«

»Ich arbeite erst seit ein paar Tagen für ihn. Mir kann nichts auffallen.«

»Hat er etwas Verdächtiges gesagt?«

»Außer dass er mich den ganzen Tag schikaniert? Nein sonst nichts.«

Sie glaubt mir nicht. Und recht hat sie. Marc wäscht Geld für einen koreanischen Drogenbaron und hat es mir gegenüber sogar zugegeben. Wenn das nicht verdächtig ist, weiß ich auch nicht. Aber ich möchte ihr das nicht sagen. Ich weiß nicht, warum ich ihn schütze. Er hätte es verdient, dass ich ihn sofort in allen Tonlagen an Thomas Wakefield und an diese Frau hier verpfeife. Aber ich tue es immer noch nicht. Und dahinter steckt nicht nur meine Angst vor den Konsequenzen. Irgendetwas hält mich davon ab. Vielleicht ist es die Erinnerung an unsere gemeinsame Nacht. Oder das Knistern, das ich gespürt habe. Oder die Wärme in seinen Augen, die ich gesehen habe. Dass er die Therapie für meine Mutter bezahlt, obwohl ich ihn nie darum gebeten habe. Auch wenn er dabei Geld wäscht. Er hat es trotzdem getan. Für mich. Und deshalb hat er es verdient, dass ich ihn nicht an die Polizei verrate.

Ich bin dumm, ich weiß. Schon wieder bin ich viel zu loyal einem Mann gegenüber, mit dem mich etwas Sexuelles verbunden hat. Denn mehr war es damals nicht. Es war nicht einmal Liebe oder Verliebtheit wie bei Philipp, es war einfach nur Sex mit ihm.

Und trotzdem will ich ihn nicht in die Pfanne hauen.

Wie oft muss ich noch verurteilt werden, bis ich kapiere, so etwas nicht noch einmal zu tun?

»Ich weiß nichts, was Ihnen weiterhelfen könnte. Und das ist die Wahrheit. Ich habe Ihnen bereits gesagt, was ich weiß.«

Sie seufzt kaum hörbar. »Wenn Ihnen noch etwas einfällt, rufen Sie mich bitte an.« Sie reicht mir ihre Visitenkarte. Ich stecke sie zu der von Thomas Wakefield. Wenn ich so weitermache, habe ich am Ende des Monats einen ganzen Packen von Visitenkarten.

Ich verabschiede mich von ihr und steige aus. Thomas Wakefield steht beim Fahrer und spricht leise mit ihm. Er kommt aber sofort auf mich zu, als er mich sieht. An meinem Gesichtsausdruck merkt er schon, dass ich nicht geplaudert habe.

»Sie wissen, wie Sie mich erreichen.« Er reicht mir die Hand zum Abschied.

»Danke, dass Sie mir helfen wollen. Ich werde wirklich darüber nachdenken.«

»Sollen wir Sie nach Hause bringen?«

»Nein danke. Ich laufe.«

Ich wende mich ab und renne mehr, als dass ich laufe, um so schnell wie möglich nach Hause zu kommen.

Zum Glück werde ich dieses Mal nicht behelligt.

Jeremy ist im Wohnzimmer und hat Besuch von ein paar Freunden, aber ich will meine Ruhe haben. Ich schließe mich in mein Zimmer ein und bin für niemanden mehr zu sprechen.

Nur Arthur darf mich erreichen.

Aber mein Telefon bleibt stumm.

BAD BOY BOSS

ARTHUR MELDET SICH den ganzen Abend nicht. Ich liege in der Nacht in meinem Bett und sehne mich nach ihm. Ich hätte ihn so gern gesprochen und ihm von Thomas Wakefield und der zweiten Toten erzählt, die meinen Chef kannte und dass Marc Morton ein Mordverdächtiger ist. Und ich wäre so gern in seinen Armen dahingeschmolzen, hätte mich von seiner geschickten Zunge verwöhnen und von seinem Körper in andere Sphären bringen lassen. Ich ächze förmlich vor Sehnsucht. Aber die Sehnsucht bleibt unerfüllt und dann ist irgendwann Morgen und ich muss dem Feind wieder ins Auge blicken. Ein neuer Arbeitstag bei Marc Morton beginnt gleich.

Als ich in der Küche meiner Wohnung stehe, entdecke ich einen Zettel von Uma, dass sie mich unbedingt heute nach Feierabend sprechen muss. Ihre Nachricht klingt sehr dubios, aber ich schreibe ihr darunter, dass ich ihr verspreche, für sie da zu sein.

Anschließend fahre ich ins Büro.

Marc Morton sitzt an seinem Schreibtisch und telefoniert, als ich ihm seinen Kaffee hinstelle. Ich forsche in seinem Gesicht nach Anzeichen, welche Laune er heute hat, aber da ist nichts. Er wirkt kühl und beherrscht, als würde er sich Mühe geben, extra sachlich zu sein. Und als würde er ausnahmsweise mal den guten Boss spielen.

Ich mime die ebenfalls ruhige und vernünftige Angestellte und gehe sofort wieder hinaus, um mich meiner Arbeit zu widmen. Er hat Unmengen von E-Mails bekommen, sogar eine aus Korea. Sie sieht aus wie jede andere, nur dass die englische Überschrift auch noch in koreanischen Schriftzeichen dargestellt ist. Der Absender ist ein gewisser Kim. Wieder ein häufiger Name wie Miller, Smith und Baker.

Meine Hand zittert, als ich die Mail öffne. Muss ich der Polizei sagen, dass sich jemand aus Korea gemeldet hat? Ist der Absender mit dem Drogenkartell verbandelt?

Es steht nicht viel in der Mail, nur ein paar Worte des Dankes für die Empfehlungen. Im Anhang befindet sich ein Geschäftsbericht. Ich überlege, ob ich ihn herunterladen soll, aber ich lasse es lieber sein. Ich habe keine Lust, irgendwelche koreanischen Viren auf den Computer zu holen. Wer Drogen anbaut und verkauft, ist sicher auch zu anderen Schandtaten bereit.

Der Rest der Post ist weniger spektakulär. Nur eine Mail fällt mir noch auf. Sie stammt vom Heim meiner Mutter. Eine Rundmail an alle Sponsoren und Verwandten von Heimbewohnern mit der Bitte um Hilfe bei weiteren Projekten. Mir haben sie diese Mail noch nie geschickt. Wahrscheinlich, weil sie wissen, dass bei mir nichts mehr zu holen ist.

Ich erledige die Post und widme mich der Ablage mit den zu bearbeitenden Dokumenten. Ganz oben liegt die Akte von Constantin Cramer, an der ich gearbeitet habe, bevor ich herausfand, dass Marc Morton im Heim meiner Mutter sein schmutziges Geld wäscht.

Ich schlage sie auf und entdecke, dass Marc inzwischen intensiv weiter daran gearbeitet hat. Interessanterweise hat er meine Vorgaben genutzt und weitergeführt. Also war meine Arbeit wenigstens nicht ganz umsonst.

Ich will den Bericht dazu ins Reine schreiben, als sich die Tür meines Chefs öffnet und er zu mir an den Schreibtisch tritt.

»Lunch, heute zwölf Uhr bei Orlo. Wir müssen reden.« Dann geht er an mir vorüber, ohne meine Antwort abzuwarten, und verlässt den Raum.

Mir klappt das Kinn nach unten. Ich hätte gern etwas dazu gesagt, nämlich, dass ich nicht mit ihm Mittagessen werde, aber er wollte mir offensichtlich keine Wahl lassen. Als ob er wüsste, dass ich protestieren würde.

»Ich komme nicht!«, rufe ich ihm hinterher, habe aber meine Zweifel, dass er es hört. Er ist längst im Fahrstuhl oder bei Asperger oder wohin auch immer er gegangen ist.

Irritiert sehe ich auf die Uhr. Es ist elf Uhr. Ich muss ihm sagen, dass ich nicht die Absicht habe, mit ihm zu speisen.

Ich wähle die Nummer seines Handys und lasse es lange klingeln. Er antwortet nicht. Daraufhin schreibe ich ihm einen Text über WhatsApp, dass ich nicht kommen kann. Aber er liest ihn nicht.

»Verdammt! Ich will nicht mit ihm essen gehen!«

Aber niemand hört mein lautes Klagen. Keine Fee hat ein Einsehen und schickt ein Erdbeben oder einen Tsunami, der das Essen ausfallen lassen würde.

Ich versuche weiterzuarbeiten, aber meine Gedanken wandern immer wieder zu dem Essen. Soll ich doch mit ihm ins Restaurant gehen?

Nein! Er kann nicht so einfach über mein Leben bestimmen! Und das Mittagessen gehört nicht zur Arbeitszeit dazu. Oder doch? Soll er mich doch feuern. Ich habe ohnehin schon gekündigt, ich habe überhaupt nichts zu verlieren.

Ich gehe nicht.

Als es schließlich zwölf Uhr ist, sitze ich wie auf Kohlen. Marc Morton hat sich nicht noch einmal gemeldet. Er hat meine Nachricht auch nicht gelesen.

Und nun?

Vielleicht will er etwas Wichtiges mit mir besprechen. Meine letzten Arbeitstage. Oder die Sache mit dem Heim meiner Mutter. Möglicherweise tut es ihm leid und er will sich entschuldigen. Oder er hat sich plötzlich erinnert, dass wir früher einmal einen One-Night-Stand hatten und fühlt sich schuldig, weil er mich so schlecht behandelt hat.

Vielleicht sollte ich doch ...

Hastig schnappe ich meine Handtasche und renne zum Fahrstuhl. Ungeduldig drücke ich auf den Knopf und springe hinein, um mich nach unten fahren zu lassen. Orlo ist ein gehobenes Restaurant im obersten Stockwerk eines Wolkenkratzers nur eine Ecke weiter. Ich renne über die Straße zu dem riesigen Gebäude und hämmere auf den Knopf des Lifts. Als er endlich kommt, lasse ich ungeduldig die Leute aussteigen, bevor ich reinspringe und den Knopf zum obersten Stockwerk drücke. Sechs Mal muss ich es über mich ergehen lassen, dass der Fahrstuhl hält und jemand aus- oder einsteigt. Dann bin ich endlich oben.

Marc Morton sitzt an einem Tisch am Fenster mit Blick auf die Harbour Bridge und stochert lustlos in einem Salat herum. Sein Handy ist weit und breit nicht zu sehen.

Als mich der Kellner zu ihm führt, sieht Marc Morton auf. Für den Bruchteil einer Sekunde sehe ich ein Leuchten in seinen Augen bei meinem Anblick, aber es ist ganz schnell vorüber. Danach verfinstert sich seine Miene.

»Sie sind zehn Minuten zu spät.«

»Ich weiß, tut mir leid, ich wurde aufgehalten.«

Ich setze mich und rücke nervös das Besteck zurecht, das vor mir liegt.

»Was wollen Sie trinken? Und essen?«

»Wasser. Und auch nur einen Salat.«

Er winkt den Kellner heran.

»Einen Wein für Miss Lindbergh und die heutige Spezialität.«

Warum fragt er mich, was ich will, wenn er doch bestellt, was er für richtig hält?

Ich protestiere aber nicht, weil ich weiß, dass es sowieso keinen Sinn hat.

»Ich habe schon gedacht, Ihnen geht es nicht gut, weil Sie nicht mit Ihrem Telefon beschäftigt sind. Aber da Sie einfach so über meinen Kopf hinweg entscheiden, weiß ich, Sie sind okay.«

Er lächelt amüsiert. »Denken Sie, ich habe gar keine Manieren? Ich weiß, wie ich mich zu benehmen habe, wenn ich mich mit einer attraktiven Frau treffe.«

Ich ziehe eine Augenbraue nach oben, weil er mich erneut als attraktiv bezeichnet hat. Leider komme ich nicht dazu, etwas zu erwidern, denn seine Miene wird plötzlich kühl.

»Weiß die Polizei, dass Sie hier mit mir essen? Hat es deshalb so lange gedauert, weil Sie erst Bescheid sagen mussten?«

Ich verschlucke mich fast an meinem eigenen Speichel. Mein Herz schlägt vor Schreck viel zu schnell.

»Wie bitte? Wie kommen Sie denn darauf?«

»Spielen Sie kein Theater, Esther. Ich weiß, dass Sie gestern mit der Polizei gesprochen haben. Ich weiß alles, was Sie tun.«

»Was? Warum? Ich habe nichts gesagt!« Ich weiß nicht, was ich sagen soll. Panisch drehe ich mich um. Sind die Koreaner hier? Hat er mich hierhergelockt, um mich umbringen zu lassen?

»Keine Angst, ich habe Sie nicht hierhergebracht, um Sie fertigzumachen«, sagt er und klingt auf einmal wärmer. Fast eindringlich. »Ich will Ihnen sagen, dass ich mit den beiden Morden nichts zu tun habe. Ich weiß, dass ich bei der Polizei als Verdächtiger gelte, weil ich beide Frauen gekannt habe. Aber ich habe sie nicht getötet.«

Mein Herz rast. »Ich habe keine Ahnung, wovon Sie reden.«

Er lächelt schief. »Esther, bitte, lassen Sie das Theater. Sie können offen mit mir reden. Ich werde Sie nicht verachten, weil Sie mit der Polizei gesprochen haben.«

Ich überlege, ob ich ihm vertrauen soll. Oder ist es nur eine Falle, um mich zum Reden zu bringen?

»Ich habe nichts gesagt, das schwöre ich.«

»Und ich schwöre Ihnen, dass ich kein Mörder bin. Ein windiger Geschäftsmann ja, aber kein Mörder. Bitte, glauben Sie mir!«

Ich nicke, ohne dass ich es merke. »Wer hat sie dann getötet?«

Er antwortet nicht, weil in dem Moment der Kellner mit meinem Wein und dem Essen kommt. Ich habe aber inzwischen überhaupt keinen Appetit mehr. Ich schaue das Essen nur an, das wirklich hervorragend zubereitet aussieht und perfekt angerichtet ist, lasse es jedoch unangetastet.

»Ich bin mir nicht sicher«, sagt Marc leise. »Ich denke, es ist jemand, den ich von früher kenne.«

»Wer?«

»Sein Name ist John Waller. Er war ein Geschäftspartner von mir, bevor ich mit Asperger und Millen zusammenkam. Unsere Firma hat jedoch ein paar schlechte Entscheidungen getroffen, die uns in den Ruin trieben. Das Problem war, dass er mit all seinem Vermögen haftete, ich aber nicht. Ich war danach raus, er hat ewig daran geknabbert. Ich weiß, dass er mich hasst, zumal er damals schon mit Chen zusammenarbeiten wollte, ich aber nicht. Ich habe ihm davon abgeraten und die Sache blockiert. John würde ich es zutrauen, die Frauen zu töten, weil er weiß, dass er mich damit treffen würde, da sie mir etwas bedeutet haben.«

»Haben Sie die schlechten Entscheidungen getroffen, die Johns und Ihre Firma ruiniert haben?«

Er nickt. »Ja, es waren meine. Ich war verantwortlich und er musste dafür büßen.«

Ich nehme nun doch meine Gabel, weil ich nicht weiß, was ich sonst tun soll, und stochere im Reis herum, der neben dem Fisch liegt. Ein Reiskorn stecke ich schließlich in den Mund.

»Thea Appleyard war Ihre Freundin?«

»Ja, wir hatten drei Monate lang eine Affäre. Zu der Zeit hat John immer angerufen und mich verflucht. Er wusste von ihr. Er wusste auch von Heidi Stephens, mit der ich ein Jahr lang zusammen war.«

»Das ist die Sängerin?«

»Ja. Vor zwei Wochen erst habe ich eine Mail von John bekommen. Er meint, er habe Wind von dem Deal mit Chen bekommen und ich müsste jetzt endlich für alles bluten. Es klang, als wolle er sich für alles rächen.«

»Die Mail müssen Sie der Polizei geben!«

»Ich habe sie schon längst gelöscht. Ich hätte nie gedacht, dass er es auf diese Weise tun würde.«

»Sie müssen es trotzdem der Polizei sagen, damit sie weiß, dass Sie nicht der einzige Verdächtige sind.«

»Denken Sie, die Polizei glaubt mir? Ich bin ein korrupter Geschäftsmann, der heimlich Geld für einen koreanischen Drogenbaron wäscht.«

Er lächelt müde. Er wirkt plötzlich ganz anders. Sein arrogantes Verhalten ist völlig verschwunden. Wenn ich nicht genau wüsste, dass dieser Mann mich vor ein paar Tagen noch schikaniert hat, würde ich es nicht glauben. Ich würde ihn für einen netten Boss halten, der es wahrlich nicht leicht im Leben hat.

»Warum erzählen Sie mir das, wenn Sie denken, dass ich mit der Polizei zusammenarbeite?«

»Sie würden nichts Dummes sagen. Sie sind die Einzige, der ich vertraue.«

Ich schlucke. »Warum?«

Er sieht mir in die Augen, als würde er darin etwas suchen. »Weil Sie noch nicht so lange in der Firma sind. Und weil Sie wissen, wie es ist, für etwas verurteilt zu werden, das Sie nicht getan haben.«

»Aber Sie sind wirklich korrupt. Ich war es nicht.«

»Ich bin es, weil ich nicht rechtzeitig die Notbremse gezogen habe. Meine Arroganz war mir im Wege. Chen kam eines Tages zu Asperger und bat ihn um Hilfe bei ein paar Millionen. Ich habe Asperger großspurig erzählt, was ich damit alles anstellen kann, ohne zu wissen, um wessen Millionen es sich handelt. Als mir klar wurde, wer gemeint ist, wollte ich raus, aber ich konnte nicht zugeben, Asperger nur Mist erzählt zu haben. Und außerdem haben mich die hohen Summen gereizt. Und vielleicht auch ein bisschen das Risiko. Ich will mich nicht rausreden, es war falsch, aber ich habe es nicht getan, damit in Thailand die Kinder an einer Überdosis sterben. Ganz sicher nicht. Und ich wünschte, ich könnte dieses Arrangement mit Chen rückgängig machen. Aber ich weiß nicht, wie.«

»Sie könnten zu Thomas Wakefield gehen. Er will Chen festnehmen.«

»Heißt der Typ so, mit dem Sie geredet haben? Was ist er? ASIO?«

Ich beiße mir auf die Zunge. Nun habe ich doch zugegeben, dass ein Beamter mit mir gesprochen hat.

»Keine Angst, das Geheimnis ist bei mir sicher.« Er lächelt mich an. Er sieht jetzt genauso aus wie auf den Werbeplakaten. *Keine Sorge, Ihr Geld ist bei uns in sicheren Händen.* Haut er mich jetzt genauso in die Pfanne wie seine Kunden?

»Er wird Ihnen helfen können.«

»Ich kann nicht zur Polizei gehen. Wenn das mit der Geldwäsche rauskommt, lande ich für viele Jahre im Knast. Ich werde nicht mit einer Bewährungsstrafe davonkommen.«

»Das hätten Sie sich früher überlegen sollen.«

Er runzelt die Stirn und sieht dabei fast ein wenig amüsiert aus.

»Nun sitzen Sie aber auf dem hohen Ross, Miss Lindbergh. Ich werde es im Hinterkopf behalten.«

Ich lege die Gabel wieder zur Seite. »Gibt es noch etwas, was Sie mit mir besprechen wollen? Ich kann Ihnen noch mehr hilfreiche Tipps geben. Welche Reinigung für Ihren Anzug die schnellste ist oder welche Schuhcreme Ihren Schuhen am besten bekommt. Ansonsten muss ich zurück an meinen Schreibtisch.« Ich stehe auf. »Es gibt viel zu tun.«

Er sieht verdutzt zu mir auf. Offenbar hatte er so viel Coolness nicht von mir erwartet. Danach wird sein Ausdruck wieder so kühl wie am Anfang des Gesprächs.

»Wir sehen uns im Büro.«

»Ja.«

Ich wende mich ab. Kaum habe ich mich zwei Schritte vom Tisch entfernt, höre ich seine leise Stimme noch einmal.

»Esther, bitte glauben Sie mir. Ich bin kein Monster.«

»Ich weiß nicht, was ich glauben soll.«

Er sagt nichts weiter und lässt mich gehen.

Meine Hände zittern immer noch, als ich an meinem Schreibtisch sitze und auf den Bildschirm meines Computers starre. In was bin ich hier nur hineingeraten? Wieso kann ich nicht einfach einen ruhigen Job haben und mein Leben leben, ohne dass ständig die Welt über mir zusammenbricht?

Ich hole die Visitenkarte von Thomas Wakefield hervor. Vielleicht sollte ich ihm doch Bescheid sagen, dass Marc Morton die Geldwäsche für Chen zugegeben hat. Und dass er kein Mörder ist. Falls es stimmt, was Marc mir erzählt hat. Möglicherweise ist alles erstunken und erlogen und ich bin die nächste auf der Liste, die er umbringen will, weil ich zu viel weiß.

Mein Herz rast wieder. Mein Atem beschleunigt sich.

Eine Panikattacke kündigt sich an.

Ich muss aufstehen und das Fenster öffnen. Weil es sich in dieser Etage nicht öffnen lässt, gehe ich zur Tür und reiße sie auf. Ein Kunde geht durch den Flur und sieht mich verwundert an, aber er ist mir egal. Ich keuche schwer und muss mich am Türrahmen festhalten. Ich habe andere Probleme als den guten Eindruck vor einem Klienten.

Das letzte Mal hatte ich so eine Attacke, als ich die Vorladung für meine Gerichtsverhandlung bekommen habe. Und die Anklage gleich dazu. Damals dachte ich, ich würde gleich einem Herzinfarkt erliegen, und habe den Notarzt gerufen. Aber der gab mir nur etwas zur Beruhigung und empfahl mir einen Psychologen. Nach der Verurteilung sind die Attacken nicht wieder aufgetaucht. Bis heute.

Ich versuche an etwas Schönes zu denken und zwicke mich in den Arm. Wieder einmal sehne ich mich nach Arthur. Ihm würde ich sofort alles erzählen und er würde mich ablenken, bis ich an nichts anderes mehr denke als an seinen Körper, an meine Lust und die Erfüllung dieser Lust in einer unglaublichen Ekstase.

Langsam beruhigt sich mein Herzschlag, mein Atem geht wieder normal.

Ich kehre zurück an meinen Arbeitsplatz und erledige die nächsten Aufgaben. Marc Morton kehrt nicht zurück ins Büro und ich frage mich, wo er ist. Als ich ihn anrufe, weil ich eine Entscheidung von ihm benötige, ist sein Handy ausgeschaltet.

Als Feierabend ist, verlasse ich meinen Arbeitsplatz. Und ich bin froh, dass heute Freitag ist und ich zwei Tage lang Ruhe vor Marc Morton habe.

Zu Hause angekommen erwarte ich eigentlich, dass Uma mit ihrer Neuigkeit auf mich wartet, aber sie ist nicht da. Sie kann mich also nicht von meinen ewig kreisenden Gedanken ablenken. Und von meinem ständigen Blick auf mein Handy, ob nicht endlich eine Nachricht von Lancelot oder Arthur kommt. Das Telefon schweigt einfach.

Also wasche ich meine Wäsche und hänge sie im Badezimmer auf. Dabei fällt mir mal wieder auf, dass ich viel zu wenige schöne Sachen besitze. Auch wenn die Unterwäsche ausreichend ist, mit hübschen Dessous bin ich nicht gerade reich gesegnet. Vielleicht sollte ich Arthurs Geld gleich wieder in die Zukunft investieren und mir neue Sachen zulegen, wie es jede gute Geschäftsfrau macht.

»Ich finde es lustig, dass du die Wäscheklammern immer nach Farben benutzt und paarweise sortierst«, sagt auf einmal Uma hinter mir. »Pinke Klammern für etwas Schwarzes, das sieht gut aus. Und dunkelblaue Klammern passen hervorragend zu einem hellblauen Strumpf.«

Sie kichert.

»Warum nicht? Es ergibt ein harmonisches Bild.« Ich habe schon immer meine Wäsche nach einem System aufgehängt. Das Große auf die hintere Leine, das Kleine nach vorn. Und die Wäscheklammern müssen farblich zum Wäschestück passen, sonst sträubt sich in mir alles. Und natürlich verwende ich nur gleichfarbige Pärchen für ein Kleidungsstück.

»Das ist perfekt, Esther«, sagt sie und kichert wieder. Das ist etwas zu viel Kichern für meinen Wäschetick. Da muss noch etwas anderes sein, was sie amüsiert.

»Was ist los? Was wolltest du denn eigentlich mit mir besprechen?«

»Komm mit! Dann zeige ich es dir.«

Sie geht ins Wohnzimmer, ich folge ihr und bleibe überrascht stehen. Sie hat einen Gast mitgebracht. Einen jungen Mann Mitte zwanzig mit kurzen dunklen Haaren und verführerisch vollen Lippen. Seine hellbraunen Augen mustern mich neugierig.

»Du musst Esther sein«, sagt er und drückt mich an sich. »Ich habe schon viel von dir gehört.«

»Und du bist? Ich habe noch nicht ganz so viel von dir gehört, denke ich.«

»Das ist Donnie«, fährt Uma dazwischen. »Er ist mein neuer Freund.«

»Wow! Das ging aber schnell!« Ich bin zu überrascht, um Begeisterung vorzutäuschen. »Seit wann kennt ihr euch? Seit dem Frühstück?«

»Nein, seit der gestrigen Vorstellung. Er kam hinter die Bühne, weil er eines der Bilder gemalt hat, die im Theater hängen. Und da hat es zwischen uns gefunkt.«

Uma strahlt mich an. Allerdings fehlt etwas in ihrem Gesicht. Glück? Verliebtheit?

»Das ist toll, wirklich. Ich freue mich für euch«, sage ich und lächele beide an. Anschließend zupfe ich an Umas Ärmel. »Können wir noch mal kurz ins Badezimmer gehen? Du musst dir unbedingt was ansehen.«

»Deine Wäsche?«

»Ja, ich muss dir was zeigen.«

Ich ziehe sie mit mir zum Badezimmer.

»Bist du dir sicher, dass du das Richtige tust?«, frage ich vorsichtig, als ihr neuer Freund uns nicht hören kann.

»Ja, das bin ich. Er ist Maler, ein Künstler. Das ist super interessant.«

»Das mag ja wirklich super toll sein, aber du bist nicht verliebt in ihn. Du machst das nur, um Sean eins auszuwischen!«

»Na und? Dann tu ich das eben. Ich muss am Sonntag zu einem Empfang für die Sponsoren der Serie, in der ich mit Sean spielen soll. Da wird Sean mit seiner neuen Freundin auftauchen. Ich werde dort nicht alleine hingehen.«

»Ich komme mit, wenn du möchtest.«

»Das ist lieb, aber ich glaube, ein Mann wäre doch etwas glaubwürdiger. Ich brauche einen Freund, den ich vorzeigen kann. Und ... wie heißt er doch gleich? Der Typ da ist glaubwürdig.«

»Siehst du, du weißt nicht einmal seinen Namen.«

»Doch. Ich habe ihn dir doch gerade gesagt. Er heißt ... irgendetwas Komisches. Donnie!« Sie strahlt mich an, als ihr sein Name wieder einfällt.

Besorgt schüttele ich den Kopf. »Ich weiß nicht, ob das so gut ist, was du machst.«

Die Wohnungstür fällt ins Schloss. Entweder ist jemand gekommen oder gegangen.

Mein Herz klopft, weil ich hoffe, dass mich Lancelot überraschend abholt. Bisher ist noch keine Nachricht von ihm oder Arthur eingetroffen.

»Das ist Jeremy«, sagt Uma, als sie seine Stimme erkennt, und begräbt damit meine frisch aufgeflammte Hoffnung auf einen heißen Abend mit Arthur.

»Okay, wenn Donnie dich glücklich macht, solltest du dich auf ihn einlassen«, sage ich, um Uma zu beruhigen. Sie hat es verdient, glücklich zu sein. Auch wenn ihr Herz noch viel zu sehr an Sean hängt.

Zusammen gehen wir zurück ins Wohnzimmer, wo sich Jeremy angeregt mit Donnie unterhält. Etwas zu angeregt nach meinem Geschmack.

»Du bist gelegentlich im *Dandy*?«, fragt Jeremy impulsiv und legt begeistert seine Hand auf Donnies Arm. »Ich auch. Wie kommt es, dass wir uns dort noch nie begegnet sind?«

Das Dandy ist ein bekannter Nachtclub, in dem sich viele Künstler, aber auch Homosexuelle aufhalten.

»Keine Ahnung! Ich bin eine Nachteule, vielleicht deshalb.« Donnie legt seine Hand auf Jeremys Hand und lässt sie dort einfach liegen, als würde sie von Natur aus dorthin gehören.

»Ich auch. Ich bin fast nur abends und nachts unterwegs. Das kann es nicht sein.«

»Was auch immer der Grund ist – das sollten wir unbedingt nachholen. Gehst du heute Nacht noch hin? Oder morgen?«

Ich beobachte die beiden skeptisch. Sie sehen aus wie Turteltäubchen, die sich gerade zu einem Date verabreden, ohne es zu merken. Uma sieht genauso missmutig aus. Es sieht ganz so aus, als hätte sie auf das falsche Pferd gesetzt.

»Er ist nicht glaubwürdiger als ich, wenn es darum geht, als dein Lover zu gelten«, flüstere ich ihr zu.

Sie nickt. »Ich habe offenbar nicht mehr das richtige Händchen bei der Männerwahl.«

»Das kenne ich.« Ich denke an Marc Morton, den ich vor Jahren im Bett hatte und der sich nun als Krimineller entpuppt hat.

Und an Arthur, der sich nicht meldet.

Und an Philipp, der mich reingelegt hat.

»Mein Instinkt bei Männern könnte definitiv besser sein.«

»Sean hat mich verdorben.« Uma seufzt leise.

»Du liebst ihn noch. Deshalb suchst du dir instinktiv einen Kerl, mit dem es nichts werden kann.«

»Und du? Wen liebst du noch?« Sie sieht mich an, als würde sie eine Antwort erwarten.

Ich will sagen, dass ich niemanden liebe, und öffne den Mund. Doch ich klappe ihn zu, ohne dass ein Laut meine Lippen verlässt.

»Lust auf Wein und Eiscreme?«, fragt sie, als sie merkt, dass ich zu dem Thema schweige.

»Ja, unbedingt.«

Wir lassen Donnie mit Jeremy weiter flirten und ziehen uns in mein Zimmer zurück. Dort killen wir zwei Flaschen Wein und eine Riesenpackung Eiscreme. Als ich nach Mitternacht in mein Bett falle, denke ich weder an Arthur noch an Marc Morton, sondern halte meinen grummelnden Eisbauch und hoffe, dass ich den Eimer treffe, falls ich mich in der Nacht übergeben muss.

SCHWER AUF DRAHT

ICH FÜHLE MICH leicht desorientiert, als ich aufwache. Und mir ist übel. Schon bei dem Gedanken an Eiscreme muss ich aufs Klo rennen. Immerhin hilft eine kalte Dusche und eine Flasche Wasser, um mich wieder auf die Beine zu bringen.

Uma liegt noch im Bett, als ich aufwache. Von Jeremy ist nichts zu sehen, von Donnie auch nicht. Vielleicht sind sie zusammen ins Dandy gegangen.

Als ich Kaffee koche, höre ich die schlurfenden Schritte von Uma. Sie sieht genauso aus, wie ich mich nach dem Aufstehen gefühlt habe.

»Morgen«, murmelt sie. »Ich hoffe, wir haben keine Eiscreme mehr im Kühlschrank. Wenn ich nur daran denke, wird mir ...«

Sie spricht den Satz nicht zu Ende, sondern rennt aufs Klo, genau wie ich vorhin. Als sie eine halbe Stunde später wieder auftaucht, sind ihre Haare nass von der Dusche und ihre Augen wirken munterer.

»Kaffee?«, frage ich und schiebe ihr eine Tasse hin.

»Ja, danke.«

Wir sitzen zusammen und schweigen eine Weile, bis mir einfällt, wonach ich gestern vor der Wein-Eiscreme-Party Lust gehabt hatte.

»Wollen wir shoppen gehen? Ich bräuchte Dessous.«

Uma sieht mich überrascht an. »Da fragst du noch? Natürlich gehen wir! Das ist die beste Idee, die ich seit Wochen gehört habe!«

Zwei Stunden später sind wir angezogen und bereit, der Welt ins Auge zu blicken. Wir gehen zuerst in das Einkaufszentrum am Hafen, wo ich in einem Dessousladen eine rote Korsage entdecke, die ganz laut nach mir zu schreien scheint.

Außerdem nehme ich einen lila BH mit dem passenden Höschen an mich.

Uma interessiert sich mehr für die schwarzen Teile und zeigt mir einen Hauch von Nichts, der mit Sicherheit fantastisch an ihr aussieht und mit dem sie jeden Mann in den Wahnsinn treiben kann.

Mit unseren Schätzen gehen wir in die Anprobe. Die Korsage ist unglaublich sexy, die kann ich nicht im Laden lassen. Das würde ich ewig bereuen.

Allerdings werde ich es auch ewig bereuen, wenn ich sie kaufe, denn der Preis ist alles andere als günstig. Aber was sein muss, das muss sein.

Ich höre ein Rascheln vor der Kabine und denke, es ist Uma. Deshalb gehe ich in dem roten Teil hinaus und will mich ihr zeigen. Doch es ist nicht Uma, die geraschelt hat. Thomas Wakefield lehnt an der Wand und sieht mich mit großen Augen an. Sein Blick wandert unweigerlich zur Korsage.

Ich schreie kurz auf vor Schreck und hülle mich in den Vorhang der Kabine.

»Was machen Sie denn hier?«

»Ich muss mit Ihnen sprechen.« Er räuspert sich irritiert und starrt mir in die Augen, als würde er sich mühsam zwingen, nicht den Rest meines Körpers anzusehen. Aber der ist jetzt glücklicherweise gut verhüllt.

»Worüber? Kann das nicht warten? Dürfen Sie hier überhaupt rein? Und wo ist Uma?«

»Ihre Freundin hat noch etwas gefunden, was ihr besser gefällt. Sie wird sicherlich gleich wiederkommen. Wir haben daher nur wenig Zeit. Bitte kommen Sie in einer Stunde in den Gemüseladen auf der Pitt Street, Ecke King Street.«

»Warum?«

»Kommen Sie einfach. Ich erkläre Ihnen dann alles. Es ist wichtig.«

»Habe ich denn eine Wahl?«

»Ja. Also kommen Sie?«

Widerwillig stimme ich zu.

»Bis gleich.«

Er geht genau in dem Moment, als Uma um die Ecke biegt und fast mit ihm kollidiert.

Verwundert sieht sie ihm hinterher. »Was wollte der denn? Einen BH probieren?«

»Er hat seine Frau gesucht«, erwidere ich und wickele mich wieder aus dem Vorhang. »Sie ist jedoch nicht hier.«

Wir probieren weiter die Sachen an, aber ich habe den Spaß daran verloren. Dass Wakefield mich sprechen will, kann nichts Gutes bedeuten.

Zum Glück merkt Uma nicht, dass der Mann meine Laune verdorben hat. Und als wir kurz darauf mit unseren Einkäufen den Laden verlassen, nimmt sie es mir nicht übel, als ich vorschlage, dass sie sich am Martin Place niederlässt und etwas isst, während ich ein bisschen Obst für unsere Wohngemeinschaft besorge.

Ich lasse sie allein und laufe hastig zum Gemüseladen in der Pitt Street. Wakefield steht bei den Bananen und wiegt ein Bündel in der Hand, als würde er erraten wollen, wie viel er dafür berappen muss.

»Ich komme mir langsam vor wie in einem Spionagefilm aus dem Kalten Krieg«, sage ich leise, als ich zu ihm trete.

»Ich mir auch«, erwidert er, legt die Bananen wieder auf den Tisch und schmunzelt. Er besitzt ein nettes Schmunzeln und ich vergebe ihm fast, dass er mich so erschreckt hat.

»Haben Sie das rote Teil gekauft?«

»Hat es Ihnen gefallen?«, frage ich kokett.

»Ja.« Er sieht mir einen Moment in die Augen, bevor er sich wieder räuspert. »Aber kommen wir nun zum Dienstlichen.« Das Schmunzeln verschwindet aus seinem Gesicht. Er wird ganz ernst. »Ich möchte Ihnen etwas vorschlagen. Sie können es ablehnen, aber ich möchte Sie wenigstens bitten, darüber nachzudenken.«

Ein unangenehmes Gefühl kriecht in meinen Magen. Und es hat nichts damit zu tun, dass ich nichts gefrühstückt habe. »Worum geht es?«

»Können Sie sich vorstellen, mit uns verdrahtet zu sein, wenn Morton wieder die Koreaner empfängt?«

Entsetzt schnappe ich nach Luft. »Sie wollen, dass ich wirklich für Sie spioniere?«

»Ja. Wir wären ganz nah, im selben Haus. Wir können zwei Etagen unter der Firma von Morton ein Büro mieten. Wir wären also sofort da, wenn Sie in Gefahr wären.«

»Das ist ...« Ich weiß nicht, was ich sagen soll. »Ich denke nicht, dass Morton ein Killer ist.«

»Mir geht es auch nicht um ihn. Das ist meine Kollegin, die sich mit den Morden befasst. Wir arbeiten zwar Hand in Hand, sind uns jedoch einig, dass Chen erst einmal wichtiger ist. Wir wollen den Koreaner dringender als Morton.«

»Aber ich kenne den Mann gar nicht. Ich weiß auch nicht, wann er wieder ins Büro kommen wird.«

»Wir haben die Information erhalten, dass Chen sich am Dienstag wieder mit Morton treffen will. Das wäre unsere Chance, den Kerl festzunageln. Aber dafür brauchen wir Sie.«

»Ich habe meine Zweifel, dass Marc Morton mich dabei sein lässt.«

»Finden Sie einen Grund. Servieren Sie ihm den Kaffee, bringen Sie eine Akte, bitten Sie ihn um eine Unterschrift. Irgendetwas!«

Er wirkt verzweifelt. Vielleicht bin ich wirklich seine letzte Hoffnung, dem Verbrecher das Handwerk zu legen.

»Darf ich darüber nachdenken oder wollen Sie meine Antwort sofort?«

»Sie dürfen darüber nachdenken. Aber bitte sagen Sie mir rechtzeitig Bescheid.«

»Okay.«

Das Lächeln kehrt zurück in sein Gesicht, auch wenn es etwas schief hängt. »Gehen Sie jetzt weiter shoppen?«

»Ja.«

»Ihr Freund kann sich glücklich schätzen.«

Er lächelt noch einmal und geht aus dem Laden.

Ich sehe ihm hinterher, bevor ich versuche, mich zu beruhigen. ASIO will mich benutzen, um den Asiaten endlich in die Finger zu bekommen. Ich kann es ja verstehen, dass Wakefield verzweifelt ist und Hilfe braucht, aber ich bin bestimmt nicht die richtige Person dafür. Außerdem habe ich immer noch Skrupel, Marc Morton einfach so ans Messer zu liefern. Obwohl er zugegeben hat, in illegale Geschäfte verwickelt zu sein.

Aber wenn ich ihn decke, mache ich mich strafbar.

Egal, wie ich mich entscheide, es kommt für mich nichts Gutes dabei heraus. Zum Glück muss ich nicht sofort ja oder nein sagen.

Ich kaufe etwas Obst und Gemüse, dann laufe ich zurück zu Uma.

Sie sitzt gelangweilt am Tisch und betrachtet die vorübergehenden Männer, als würde sie unter ihnen den passenden Kandidaten für den Empfang am morgigen Abend suchen. Als ich mich zu ihr setze, sieht sie mich unwirsch an.

»Nicht ein Mann hat mich angesprochen, während ich hier alleine saß. Nicht einer! Vielleicht werde ich langsam alt und hässlich und mich will niemand mehr!«

»Das ist Quatsch und du weißt es. Außerdem ist es nicht immer angenehm, von Männern angesprochen zu werden. Mitunter wollen sie Dinge, die man gar nicht machen will.« Ich denke an Thomas Wakefield und an seine Bitte.

»Was meinst du denn damit? Du kannst immer nein sagen.«

»Natürlich.« Aber nicht in jedem Fall, denke ich, sage es aber nicht laut.

»Was machen wir nun?«, fragt Uma. Ich will ihr antworten, doch in dem Moment summt mein Telefon. Eine SMS von Anita Paulsen. Sie gibt mir die Daten für meine Verabredung mit dem langjährigen Kunden durch, der mich probieren möchte. Am Donnerstag ist es soweit. Ich will das Telefon wieder wegstecken, als ich eine weitere Nachricht erhalte. Diese ist von einer unbekannten Nummer.

Heute Abend, zwanzig Uhr. Lancelot wird dich abholen.

Mein Herz macht einen Hüpfer. Die SMS ist von Arthur persönlich.

Okay. Bis später. Ich freue mich, schreibe ich. Aber er antwortet nicht.

Ich speichere seine Nummer in mein Telefon ein und sehe Uma lächelnd an.

»Du siehst aus, als wäre deine Laune mit einem Mal von null auf zweitausend gestiegen«, sagt sie mit einem Hauch von Neid in der Stimme.

»Ja, ich habe ein Date heute Abend. Und stell dir vor, ich werde die rote Korsage tragen.«

Sie kneift die Augen zusammen. »Heißt das, du willst schon aufhören zu shoppen?«

»Wer sagt denn, dass ich fertig bin? Wir haben doch gerade erst angefangen.«

Ich springe auf. Sie ebenfalls, allerdings nicht ganz so schwungvoll wie ich. Ihr fehlt die Vorfreude auf den heutigen Abend. Gemeinsam laufen wir die King Street runter und machen die nächsten Läden unsicher.

ARTHUR HÄLT MEINE Hände über meinem Kopf zusammen und drückt sie gegen den Rahmen der Hoteltür.

»Ich habe zwei lange Tage auf diesen Moment gewartet«, flüstert er rau in mein Ohr.

Ich auch.

Sein Knie drückt meine Beine auseinander.

Dabei weiß ich nicht einmal, was er den ganzen Tag macht, welchen Aufgaben er nachgeht, ob er einen Job hat. Oder eine Frau und Kinder. Ich weiß gar nichts über ihn.

Ich stelle mir vor, dass er der Kopf von mehreren großen Firmen ist und von Vorstandstreffen zu Vorstandstreffen fährt. Vielleicht muss er zwischendurch nach England und ein Unternehmen vor dem Untergang retten, bevor er zu mir zurückkehrt.

Er lässt meine Hände los und öffnet den Reißverschluss meines Kleides. Als es zu Boden fällt, höre ich, wie er Luft holt. Er sieht die Korsage.

»Gefalle ich dir?«, frage ich und lächele.

»Du gefällst mir immer, mit diesem Teil oder ohne. Mit Sachen und ohne Sachen. Mit Make-up oder ohne.« Er presst seinen Mund auf den meinen, um seine Worte zu bestätigen. Nur einen Moment später gleiten seine Hände über die Seiten meines Körpers, die unter der Korsage versteckt sind. Er öffnet das Kleidungsstück langsam, Häkchen für Häkchen.

Mein Körper zittert jedes Mal, wenn seine Finger meine Haut berühren. Es ist, als würden bei jedem Kontakt feine Stromstöße ausgelöst und durch meine Nervenbahnen gejagt.

Ich fummele an seinem Hemd herum und ziehe es ihm aus, dann seine Hose. Seine Finger haben die Aufgabe mit der Korsage gelöst und erkunden nun meine Mitte. Und schon wieder vergesse ich alles, was in meinem Leben gerade schiefgeht. Seine Berührung transportiert mich in ganz andere Bereiche und schaltet mein Denken aus. Ich fühle nur noch.

Meine Brust hebt und senkt mich, wenn er mit dem Finger in mich hinein und wieder herausgleitet. Meine Beine beben, bis ich nicht mehr stehen kann. Ich falle auf meine Knie und ziehe seine Hose aus. Als ich seinen Schwanz in meinen Händen halte, bringe ich die geschwollene Erektion in meinen Mund und genieße die volle Länge, streichele ihn und koste seine Erregung. Arthurs Finger fahren durch mein Haar, bis er es in einer Faust zusammenfasst und mich daran nach oben zieht. Seine Hand an meinem unteren Rücken drückt mich an sich heran und unsere Körper schmiegen sich nahtlos aneinander.

»Ich will nicht schon wieder so lange warten, bis ich wieder mit dir zusammen sein kann«, flüstert er.

»Das musst du auch nicht«, erwidere ich, wobei ich mir Mühe geben muss, einen klaren Satz zu formulieren. Ich bin so erregt, ich kann es kaum noch erwarten, ihn in mir zu spüren.

Sein Mund presst sich auf den meinen, noch intensiver und hungriger. »Hattest du andere Kunden, während ich nicht da war?«

Ist er eifersüchtig?

»Nein. Aber am Donnerstag habe ich ein Treffen.«

»Sag es ab.« Es klingt wie ein Befehl.

»Das kann ich nicht. Anita hat alles arrangiert.«

»Dann wirst du krank oder bist anderweitig verhindert. Du wirst dich nicht mit ihm treffen!« Er tritt einen Schritt zurück. Weil seine Wärme fehlt, verursacht die Kühle des Hotelzimmers eine Gänsehaut auf meinem Körper.

»Willst du mich am Donnerstag sehen?«

»Ja. Hatte ich nicht gesagt, ich will dich exklusiv? Nur du und ich, niemand sonst.«

»Ich werde es Anita mitteilen.«

Er schweigt, danach spüre ich seine Hand an meiner Brust. Die Berührung kommt so plötzlich, dass ich die Luft anhalte.

»Wer will dich noch?«

Ich weiß, dass er Liebhaber meint, aber ich versuche, die Stimmung aufzulockern.

»Die Organisation für Sicherheit in Australien und die Polizei, aber sonst niemand.« Ich lächele, aber er findet es überhaupt nicht witzig.

»Geht es um deinen Chef? Hat sich jemand bei dir gemeldet? Ich habe gesagt, dass ich mich darum kümmern werde.«

»Ein Thomas Wakefield ist zu mir gekommen. Er will, dass ich meinen Boss ausspioniere. Wakefield denkt, dass nächste Woche der koreanische Drogenbaron wiederkommt und ich soll sie belauschen.«

»Belauschen?« Er klingt entsetzt. »Wie denn? Mit einem Mikrofon an deinem Körper?«

»Ja. Sie haben ein Büro ein paar Etagen unter dem von Marc Morton gemietet, damit sie sofort eingreifen können.«

»Das wirst du nicht tun! Das ist viel zu gefährlich!« Sein Entsetzen hat sich in Sorge gewandelt. Und schon wieder klingt er, als würde er mir Befehle geben.

»Ich habe auch noch nicht zugesagt. Ich habe Wakefield mitgeteilt, ich will darüber nachdenken.«

»Da gibt es nichts nachzudenken. Du wirst es nicht tun. ASIO soll es ohne dich machen. Sie haben kein Recht, dich für ihre Zwecke zu missbrauchen.«

Ich mag es, dass er so besorgt um mich ist, und suche mit der Hand sein Gesicht. Als ich es finde, streichele ich über seine Wange.

»Ich denke auch nicht, dass ich es tun werde. Allerdings wäre es gut, wenn so ein Typ wie Chen endlich verhaftet und verurteilt werden könnte.«

»Das ist aber nicht dein Problem.« Er tritt wieder an mich heran und seine Wärme umhüllt mich. »Versprich mir, dass du es nicht tust.«

Ich zögere. Um ehrlich zu sein, habe ich selbst Angst davor, mit dem Mikrofon meinen Chef und einen gefährlichen Drogenbaron zu belauschen.

»Okay, ich tue es nicht.« Ich flüstere nur, vielleicht weil ich selbst nicht ganz überzeugt bin von meinen Worten.

»Danke.« Sein Mund ist wieder auf dem meinen. Gierig. Seine Hand gleitet zurück zwischen meine Beine. Es fühlt sich an, als würde sie dorthin gehören. Ich atme leise Seufzer in seinen Mund, als er mit der Härte seiner Erektion durch meine Mitte streicht.

Für einen Moment weicht er wieder zurück und ich habe Angst, dass er es sich anders überlegt. Aber dann höre ich das Knistern der Kondomverpackung. Er schützt sich, bevor sein Körper sich erneut an den meinen schmiegt. Mit seinen hungrigen Händen umfasst er meine Taille. Er dreht mich um, sodass meine Brust die Wand berührt.

Feuchtigkeit überflutet meine Mitte, als er endlich in mich eindringt, langsam und beständig, während mein Körper ihn aufnimmt. Wir sind durch eine Mischung aus Hitze und Lust miteinander verbunden, und ich habe das Gefühl, dass sich jeder Muskel in mir verflüssigt. Arthur drückt meine Hüften auf seinen Schwanz herab, Stoß um Stoß, und seine heißen Küsse wandern meinen Rücken hinunter. Mein ganzer Körper zittert und ist bis in die letzte Nervenzelle erregt.

»Du machst mich fertig, Stella«, flüstert er. Er stöhnt, während seine Finger über meine Brust streicheln und zwischen meine Beine gleiten. »Hast du eine Ahnung, wie sehr es mich erregt, wenn ich sehe, wie dein Körper auf meinen reagiert und wie nass du bist?«

Seine Finger umkreisen meinen empfindlichsten Punkt, die andere Hand drückt meine Brustwarze zusammen.

Ich biege meinen Rücken durch, damit er noch tiefer in mich eindringen kann. Eine Welle von Schmerz und Lust durchflutet mich. Sein Atem an meinem Ohr, sein leises Stöhnen und das Geräusch unserer Haut, die aufeinanderprallt, klingt wie eine Sinfonie, die nur für uns geschrieben wurde.

»Ich könnte das die ganze Nacht fortführen«, sagt er und beißt zärtlich in mein Ohrläppchen.

»Ich auch.«

Plötzlich gleitet er aus mir heraus und dreht mich herum, bis er mein Gesicht sieht. Und mehr als je zuvor wünsche ich mir, ich könnte ihn sehen. So bleibt mir nur, ihn zu ertasten und zu fühlen.

Er nimmt meinen Hintern in seine Hände, bevor er meine Beine um seine Hüften schlingt und mich gegen die Wand drückt. Anschließend gleitet er wieder in mich hinein.

Ich vergrabe meine Sehnsucht tief in mir und lächele, während er wieder und wieder zustößt und ich mit jedem Stoß dem Gipfel ein Stück näherkomme. Meine Finger zerwühlen sein dichtes Haar und ich küsse ihn, bis ich das Gefühl habe, geschwollene Lippen zu haben. Seine Finger graben sich in das Fleisch meiner Oberschenkel, dass es schmerzt. Aber ich spüre es kaum. Ich fühle nur die Welle, die immer stärker in mir wird, bis sie über mir zusammenschlägt. Genau in dem Moment, als er sich in mir entlädt.

Ich spüre auch, dass er lächelt, während sein Mund auf dem meinen liegt und meine Schreie atmet.

Danach lockert er seinen Griff und lässt mich herab. Meine Beine zittern und wollen nachgeben, doch er zieht mich in seine Arme und führt mich zum Bett, wo wir auf die feinen Laken fallen.

DONT WORRY, BE HAPPY

ZUFRIEDEN STRECKE ICH mich in meinem Bett und schiele zum Wecker. Neun Uhr. Eine gute Zeit zum Aufstehen an einem Sonntag.

Als ich meine Beine von der Matratze schwinge, stiehlt sich ein Lächeln in mein Gesicht. Meine Mitte fühlt sich wund an und erinnert mich an den gestrigen Abend. Ich war mehr als fünf Stunden mit Arthur zusammen, in denen wir uns mehrere Male liebten. Erst nach Mitternacht verabschiedete er sich von mir. Und ich frage mich erneut, wohin er gegangen ist. Wo er seine Nächte verbringt und ob dort jemand auf ihn wartet.

Ein Hauch von Eifersucht kriecht in mein Herz und ich versuche, das Gefühl abzuschütteln. Arthur ist nicht mein Freund, nicht einmal ein richtiger Liebhaber, sondern nur ein Kunde. Wenn er keine Lust mehr auf mich hat, lässt er mich fallen und kündigt das Arrangement mit mir. Aber vielleicht ist das ehrlicher als so manche Beziehung.

Ich gehe ins Badezimmer, wo ich ungestört bin. Als ich später in die Küche gehe, finde ich einen Zettel auf dem Küchentisch.

Bin mal wieder auf der Suche nach einem Freund. Falls ich keinen finde, kannst du mich heute Abend bei dem Empfang begleiten? Du bist meine letzte Hoffnung.

Uma

Also schläft sie heute nicht länger. Ich frage mich, wo sie am Sonntagmorgen einen Mann auftreiben will, aber vielleicht hat sie ja mehr Ideen als ich. Sie tut mir leid. Ich kann so gut verstehen, wie sie sich fühlt. Dass ihr Herz noch an einem Mann hängt, der sich neu verliebt hat, sie aber nicht wie ein begossener Pudel dastehen will.

Ich schreibe meine Antwort darunter:

Ich bin bei dir.

Anschließend esse ich etwas und ziehe mich an, bevor ich die Wohnung verlasse und zu meiner Mutter fahre.

Sie sitzt im Garten der Anlage auf einer Bank und lächelt mich an, als ich zu ihr komme. Auf dem Tisch vor ihr liegt eine Illustrierte.

»Hi Mom, guten Morgen.«

»Guten Morgen. Sie sind die Lehrerin meiner Tochter, richtig?«

»Nein, nicht ganz. Ich bin deine Tochter. Esther.«

Sie denkt nach und zuckt mit den Schultern. »Ich habe eine Tochter, Doro. Spielen Sie mit mir?«

Sie schiebt die Zeitschrift zur Seite, sodass ich einen Blick auf die Seite erhasche, die sie aufgeschlagen hat. Links steht ein Artikel über die königliche Familie in London. Rechts prangt eine riesige Werbeanzeige für MAM. Und Marc Morton lächelt mich an.

Verdammt! Kann er mich nicht einmal hier in Ruhe lassen? An einem Sonntag?!

Genervt schlage ich das Magazin zu und widme mich meiner Mutter, die einen Packen Spielkarten aus der Tasche holt.

Gemeinsam spielen wir und es macht richtig Spaß mit ihr. Ich habe das Gefühl, dass sie heute viel klarer ist als sonst. Und plötzlich nennt sie mich sogar Esther. Ich weiß nicht, ob es ihr bewusst ist, aber sie sagt es so locker wie früher.

Mein Herz hüpft vorsichtig. »Mom, soll ich dir etwas zu trinken holen?«

Sie nickt und sieht mich an. »Das wäre nett.«

»Weißt du, wer ich bin?«, frage ich vorsichtig.

»Natürlich! Warum sollte ich das nicht wissen! Du bist doch meine Tochter.«

Mein Herz lacht und möchte vor Freude um die Hibiskusbüsche tanzen. »Was möchtest du? Limonade? Wein? Wasser?«

»Wein? Mitten am Tag? Das könnte dir so passen!« Sie lacht, und es klingt in meinen Ohren wie der schönste Klang im ganzen Universum. Als hätte ich ein Stückchen Kindheit zurückerhalten.

»Warum nicht? Wir können diesen schönen Tag feiern.«

Sie wiegt den Kopf, dann nickt sie. »Okay. Aber nur ausnahmsweise.«

Ich eile in das Gebäude und gebe bei der Schwester meine außergewöhnliche Bestellung auf. Sie wundert sich und diskutiert mit mir, aber schließlich setze ich mich durch. Schade, dass Nellie heute nicht hier ist. Sie hätte schon längst eine Flasche und zwei Gläser gebracht.

Als ich zu meiner Mutter zurückkehre, sitzt sie zusammengesunken am Tisch und starrt in die Büsche. Mein Herz wird wieder schwer. Der Moment ist vorüber, denke ich. Doch sie sieht zu mir und legt ihren Finger an die Lippen, um mir zu zeigen, dass ich still sein soll.

»Da ist ein Kakadu-Pärchen«, flüstert sie. »Die beiden streiten sich um ein liegengelassenes Toastbrot.«

Ich lächele und folge ihrem Blick in das Gebüsch neben dem Tisch. Dort zanken sich tatsächlich zwei Vögel um Brotreste. Einer der beiden meckert lautstark, als er den Kürzeren zieht und das Toastbrot seinem Kumpel überlassen muss.

Meine Mutter kichert, ich ebenfalls. Ich möchte ihre Hand nehmen, aber als ich danach greife, sieht sie mich mit erstaunten Augen an. »Wer sind Sie?«

Der Moment ist nun wirklich vorüber. Ich streichele nur über ihre Hand. »Ich bin es, Mom, Esther.«

»Meine Tochter heißt Dorothea.«

»Ich weiß, Mom. Aber du hast auch mich. Und ich bin froh, dass du dich für ein paar Minuten daran erinnert hast. Das ist für mich mehr wert als alles andere.«

Sie sieht mich an und schüttelt den Kopf, als könne sie den Nonsens nicht verstehen, den ich von mir gebe.

»Haben Sie Wein gebracht? Mitten am Sonntag? Wer macht denn so etwas?«

Ich bereue, die kostbare Zeit mit meiner Mutter damit verschwendet zu haben, den Wein zu besorgen, und stelle ihn auf den Nachbartisch.

»Es wäre schön gewesen, etwas feiern zu können. Aber ohne Anlass schmeckt der Wein nicht.«

Sie sieht mich etwas pikiert an, dann mischt sie die Karten, um weiterzuspielen.

Ich hoffe die ganze Zeit, dass sie wieder zu sich kommt und mich erkennt, aber so viel Glück habe ich nicht.

Ich esse im Heim mit meiner Mutter zu Mittag und lerne ein neues Mitglied kennen: Lisa, eine neue Bewohnerin mit beginnender Demenz. Ihr Sohn hat sie eingeliefert, nachdem sie ihr Haus abgebrannt hat, weil sie vergessen hat, den Herd abzustellen. Sie hat frisch verheilte Brandwunden an den Armen. Meine Mutter schließt sofort Freundschaft mit ihr, obwohl ich mir sicher bin, dass sie sich schon am Abend nicht mehr an Lisa erinnern kann.

Am Nachmittag verabschiede ich mich von Mom und fahre mit dem Bus zurück nach Hause. Im hinteren Teil des Busses fällt mir ein Mann auf, den ich bereits auf der Hinfahrt gesehen habe. Er ist groß und fast kahl, trägt eine Jeansjacke und schmutzige Hosen. Er sieht aus wie ein Arbeiter. Er war mir aufgefallen, weil ich mich gefragt habe, wo er am Sonntag arbeitet. Und nun sitzt er wieder hier und fährt dieselbe Strecke zurück wie ich. Gelangweilt starrt er aus dem Fenster, hin und wieder sieht er auf sein Telefon und lässt seinen Blick desinteressiert über die Insassen des Busses schweifen. Es ist immer derselbe Rhythmus: Fenster – Telefon – Insassen – Fenster – Telefon – Insassen ...

Ist es Zufall, dass er zweimal in dem Bus sitzt, in dem ich bin?

Mir wird auf einmal kalt, sofort danach heiß.

Ist er ein Kollege von Wakefield, der sichergehen will, dass ich nicht abhaue?

Ich steige zwei Stationen früher aus als sonst und warte, ob er ebenfalls den Bus verlässt. Er bleibt sitzen, sieht mir jedoch hinterher. Das Gelangweilte ist aus seinem Blick und aus seiner Haltung verschwunden. Er wirkt fast ein wenig verwundert. Hat er gemerkt, dass ich ihn entdeckt habe?

Oder ist es wirklich nur Zufall, dass er in dem Bus sitzt und ich bilde mir alles nur ein?

Die Häuser spiegeln sich in den Fenstern des Fahrzeugs, als der Bus davonfährt, und verwehren den Blick ins Innere.

Meine Fantasie läuft auf Hochtouren. Wer war der Mann?

Ich laufe die letzten Kilometer, bis ich zu Hause ankomme. Jeden Passanten, der mir entgegenkommt, mustere ich. Und sobald jemand hinter mir läuft, halte ich an und tue so, als müsste ich meine Schuhe zubinden oder ein Steinchen aus dem Schuh fallen lassen, damit er mich überholt. Oder ich bleibe an einem Schaufenster stehen und beobachte die Umgebung. Es fällt mir jedoch nichts Außergewöhnliches auf. Zumindest erkenne ich nichts, was außergewöhnlich sein könnte. Aber ich bin auch keine Spionin, die sofort die kleinste Unregelmäßigkeit wahrnimmt.

Als ich zu Hause ankomme, laufe ich die Treppe hoch und renne sofort ans Fenster, um die Umgebung zu mustern. Am Zeitungskiosk schräg gegenüber stehen wie immer mehrere Leute und studieren die Schlagzeilen. Eine Frau kauft Süßigkeiten, ein Mann führt seinen Hund spazieren und plaudert mit dem Verkäufer, während der Hund ein Werbeplakat anpinkelt. Ein Jogger läuft auf den Park zu, eine Mutter schiebt einen Kinderwagen und unterhält sich dabei mit einer Freundin. Alles sieht aus wie immer an einem Sonntagnachmittag.

»Wartest du auf jemanden?«, fragt plötzlich Uma hinter mir.

Erschrocken fahre ich herum. »Nein, ich will nur ein bisschen schauen.« Mein Herzschlag beruhigt sich schnell wieder und ich lächele, um sie nicht zu beunruhigen. »Hast du einen Freund für heute Abend gefunden?«

Niedergeschlagen schüttelt sie den Kopf. »Nein. Ein Mann wäre bereit gewesen, doch er war nicht attraktiv genug. Wenn ich mit einem hässlichen Mann ankomme, hilft mir das auch nicht. In dem Fall lacht Sean nur über mich.«

»Das denke ich nicht, aber okay. Ich bin gern bereit, deine Geliebte zu spielen.«

Sie lächelt dankbar. »Trägst du einen Smoking? Dann kann ich die Frau sein.«

Ich stöhne. »Das wird ja immer verrückter. Woher soll ich so einen festlichen Anzug nehmen?«

»Ich habe einen.«

Sie eilt in ihr Zimmer und kommt mit einem schwarzen Smoking zurück. »Der ist aus dem Theaterfundus.« Ungeduldig drängt sie mich, ihn anzuziehen. Wenigstens bin ich abgelenkt und denke nicht länger über den angeblichen Verfolger nach.

Ich probiere den Smoking an und sehe darin aus, als wäre ich geschrumpft. Er ist mir viel zu groß. Aber das scheint Uma nicht sonderlich zu stören. Sie holt ein paar Stecknadeln hervor und zupft und sticht solange daran herum, bis er einigermaßen sitzt.

»Willst du die Nadeln drin lassen?«, frage ich entsetzt. »Das wird gefährlich für mich und für jeden, der sich mir nähert.«

»Dir darf sich außer mir niemand nähern. Du darfst auch nicht mit Männern flirten, damit es glaubwürdig aussieht.«

Ich nicke artig. Was tut man nicht alles für seine Freunde?!

»Was ist nun mit den Nadeln?«

»Ich hefte alles, da kann ich die Nadeln rausnehmen.«

Den Rest des Nachmittags sitzt sie an dem Smoking und näht daran herum. Als sie fertig ist, macht sie sich zurecht und überlässt mir den Anzug, damit ich ihn anziehen kann. Ich sehe inzwischen besser darin aus, auch wenn er immer noch nicht richtig sitzt. Aber wenn ich mehrere T-Shirts und eine Bluse darunter anziehe, bin ich etwas rundlicher und er passt besser.

Als wir beide endlich fertig sind, nehmen wir uns ein Taxi und fahren zum Hyatt-Hotel, wo der Empfang stattfindet. Ein roter Teppich ist ausgelegt, Presseleute lungern darum herum und hoffen, ein gutes Foto von einem Star zu erhaschen.

Als wir durch das Foyer gehen, läuft eine feine Gänsehaut über meinen Rücken. Ich war bereits hier, um mich in einem der Zimmer mit Arthur zu treffen. Sofort sind meine Sinne geschärft. Ich nehme den Geruch nach Benzin war, der von der Straße ins Foyer dringt und sich mit dem Vanilleduft aus einem Raumerfrischer mischt. Das leise Klicken von Fotoapparaten. Erwartungsvolles Gemurmel und das Klappern von Absätzen auf den Fliesen. Das Rollen eines Koffers. Das Klingeln des Fahrstuhls und ein Hauch angebranntes Gebäck aus der Küche des Restaurants.

Ob Arthur heute auch hier ist? Gehört er zu den Filmleuten, die diese Veranstaltung ausrichten? Ist er einer der Stars?

Aufmerksam sehe ich mich um, als wir den Saal im ersten Stock betreten. Der Raum ist voll, über hundert Leute sind da. Die meisten tragen Abendkleidung, es duftet nach den verschiedensten Parfümsorten. An der Bühne erkenne ich eine Gruppe mit ein paar Gesichtern, die mir bekannt vorkommen. Fernsehstars und ein Nachrichtenmoderator.

Ich habe jedoch keine Ahnung, woran ich Arthur erkennen soll. Wenn ich seine Stimme hören würde, könnte ich ihn mit an Sicherheit grenzender Wahrscheinlichkeit zwischen allen anderen identifizieren. Oder ich müsste ihn fühlen. Oder schmecken. Aber das ist bei Fremden so gut wie unmöglich. Ich kann nicht einfach hingehen und sagen: »Hey, darf ich Sie mal küssen? Oder anfassen? Und sagen Sie mal was, ich möchte Ihre Stimme hören!«

Sie würden mich für verrückt erklären. Und Uma wäre todunglücklich, weil ich ihr den Abend versaue und sie schon wieder allein dasteht. Sie sieht heute umwerfend aus. Sie trägt ein wunderschönes, langes rotes Kleid. Ihre dunklen Haare hat sie hochgesteckt. Ihre Augen funkeln, aber ihren Mund umspielt ein trauriger Zug. Doch dann sieht sie ihn.

Sean steht mit seiner neuen Freundin in der Nähe des Büffets und lacht über etwas Lustiges, was seine Neue gesagt hat. Sie ist auch sehr hübsch und unglaublich dünn. Ich kann ihre Beckenknochen unter dem Kleid erkennen.

Auf einmal entdeckt Sean Uma und das Lachen friert in seinem Gesicht ein. Er starrt sie an, als würde er sie zum ersten Mal sehen. Anschließend wandert sein Blick zu mir. Ich wünsche mir, ich könnte mich unauffällig in Luft auflösen, aber leider habe ich kein Glück mit meinem Wunsch. Manche Dinge sind vielleicht noch nicht dafür gedacht, dass sie in die Realität umgesetzt werden können, genau wie das Beamen.

Für einen Moment steht Uma stocksteif da, bis sie ihren Arm um meine Taille legt und mich an sich zieht.

»Aua!« Erschrocken weiche ich vor ihr zurück, denn etwas hat mich heftig gepiekst. Wie es aussieht, hat sie eine Nadel im Anzug vergessen, die mich nun gestochen hat.

»Beiß die Zähne zusammen!«, raunt sie ungehalten und zieht mich wieder an sich.

»Da ist ...«

»Später!«

Ich will erneut protestieren, aber sie gibt mir keine Chance. Zum Glück hat die Nadel ein Einsehen und verschiebt sich ein bisschen, sodass der Schmerz erträglich ist. Und Uma scheint mit ihrer Taktik Erfolg zu haben, denn Sean entschuldigt sich von seiner Freundin und kommt zu uns.

»Hi Uma«, sagt er und gibt ihr ein Küsschen auf die Wange. Danach reicht er mir die Hand. »Esther.« Er klingt, als würde er einen Mann begrüßen. Meine Verkleidung hält wohl, was sie verspricht.

»Hi Sean, wie geht's?«, flötet Uma, als hätte sie riesigen Spaß auf der Party.

»Es geht. Können wir reden?«

»Worüber? Über das Drehbuch? Das können wir bei der nächsten Besprechung machen.« Sie will ihn stehenlassen und mich an der Hand fortziehen, doch er hält sie fest.

»Uma, bitte. Das Drehbuch ist mir völlig egal. Du nicht.«

Aufmerksam sehe ich zu Uma. Sie bleibt cool. »Du hast eine eigenartige Art, mir das zu zeigen, Sean. Du bist mir auch nicht egal.« Sie umarmt mich und drückt einen Kuss auf meinen Mund. Ich bin so erschrocken, dass ich mich nicht wehre.

Sean wird blass.

Als sich Uma von meinen Lippen löst, sieht sie mich mit einem so heißen Blick an, dass ich fast ein feuchtes Höschen bekomme. Wow, ist sie eine gute Schauspielerin!

Sie hätte es verdient, eine Hauptrolle in einem Kinofilm zu bekommen.

Verzweifelt sieht Sean zu Uma und zu mir, als würde er versuchen, alles zu begreifen, aber es scheint seinen Horizont zu übersteigen, denn er dreht ab und kehrt zu seiner Freundin zurück.

»Ich glaube, du hast sein Hirn gesprengt«, flüstere ich Uma zu. Der traurige Zug ist zu ihrem Mund zurückgekehrt.

Sie antwortet nicht, sondern nimmt meine Hand und zieht mich zu einem Stand, wo es Getränke gibt. Vor allem Alkohol. Wir lassen uns vier Gläser Champagner geben und trinken jede zwei Gläser direkt hintereinander.

»Auf uns Frauen!«, sagt Uma, als sie die leeren Gläser abnimmt, zurück zum Stand bringt und mit vier neuen zurückkehrt.

»Darauf, dass wir bekommen, was wir wollen«, ergänze ich ihren Toast.

»Ich will eine große Rolle, fünf Millionen Dollar und Sean.«

Ich lache. »Und ich will meine eigene Firma, damit ich mein eigener Boss bin und niemals mehr machen muss, was andere sagen.«

»Keinen Mann?«

»Doch, vielleicht Arthur.«

Sie hebt eine Augenbraue an, dann nickt sie. »Das klingt unvernünftig genug für mich. Prost!«

Wir trinken dieses Mal nur ein Glas auf unsere Wünsche, beim zweiten Glas verfluchen wir alle Männer, die uns je Unrecht getan haben. Im Anschluss bin ich dran, uns mit Alkohol zu versorgen. Wir trinken auf unsere Träume, auf alle Liebhaber, die uns jemals glücklich gemacht haben, und auf eine wunderbare Zukunft.

Danach sind wir betrunken und kichern bei fast jedem Wort. Wir spielen, wir wären berühmte Stars, superreich und superglücklich, und als sie mich umarmt, spüre ich die Nadel gar nicht mehr. Sean beobachtet uns die ganze Zeit. Jedes Mal, wenn ich zu ihm blicke, ertappe ich ihn dabei, wie er sehnsüchtig zu Uma sieht.

Als ich betrunken genug bin, gehe ich zu seiner Neuen und bitte sie um einen Tanz. Völlig verdattert lehnt sie ab.

Lässig zucke ich mit den Schultern, als würde ich mich über ihre Ablehnung freuen. »Das ist gut. In dem Fall muss ich wenigstens keine Angst haben, dass ich mir an deinen Knochen Splitter hole.«

Aus dem Augenwinkel sehe ich, wie Sean über meine Worte lächelt. Empört will sie etwas erwidern, doch ich lasse sie stehen und kehre zurück zu Uma.

»Er liebt sie nicht«, raune ich in Umas Ohr. »Er will dich.«

Auch wenn sie es nicht zugeben will, kriecht ein glückliches Lächeln über Umas Gesicht.

»Bist du sicher?«

»Ganz sicher. Hab Geduld. Er kehrt zu dir zurück.«

»Und wenn sie ihn nicht gehen lässt?«

»Dann ist er es nicht wert, dass du ihn liebst.«

Sie küsst mich wieder. Aber zum Glück nicht auf den Mund, sondern nur auf die Wange.

KEINE LÜGEN MEHR

DER ABEND GEHT SCHNELLER vorbei, als ich gedacht hätte. Ich habe viel Spaß mit Uma und irgendwann lassen wir Sean ganz links liegen und tanzen miteinander und auch mit anderen. Als ich in meinem Bett liege, muss ich die ganze Zeit an Seans sehnsüchtigen Blick denken. Und an meine Versuche, Arthur zu finden. Zum Glück habe ich es irgendwann aufgegeben, nach seiner Stimme zu lauschen, und ich habe einfach nur Spaß gehabt.

Als am Montagmorgen mein Wecker klingelt, kehrt der Ernst des Lebens zu mir zurück. Immerhin beginnt der Tag mit einer guten Nachricht. Als ich mein Telefon nach Nachrichten checke, finde ich eine SMS von Arthur.

Heute Abend 20 Uhr im Hilton.

Sofort lächele ich und spüre ein Kribbeln in meinem Körper, das in meinem Magen beginnt und sich von da aus bis in die entfernteste Zelle ausbreitet. Und der Tag im Büro von Marc Morton kommt mir nicht mehr ganz so schrecklich vor. Für einen Moment schießt mir durch den Kopf, dass ich Thomas Wakefield noch nicht Bescheid gegeben habe, ob ich mich mit einem Mikrofon verdrahten lasse.

Ich nehme mein Telefon und wähle seine Nummer, doch er antwortet nicht.

Insgeheim erleichtert, weil meine Entscheidung noch ein wenig aufgeschoben wird, fahre ich zur Arbeit. Als ich den Flur betrete, kommen mir vier Buchhalter entgegen. Außerdem hastet Asperger an mir vorüber. Er ist so in Gedanken versunken, dass er mich gar nicht wahrnimmt.

Als ich am Büro von Jennifer Fognini vorüberkomme, halte ich kurz an und sehe hinein.

Sie kopiert gerade mehrere Blätter und sieht kaum auf.

»Guten Morgen. Ist etwas vorgefallen? Warum ist hier plötzlich so viel Betrieb?«

Sie runzelt die Stirn, als würde sie überlegen, ob ich erfahren darf, was sie weiß. Dann kommt sie zwei Schritte auf mich zu, um leiser sprechen zu können und über dem Geräusch des Kopierers trotzdem gehört zu werden.

»Die Kunden von Morton hatten sich eigentlich für morgen angekündigt, aber kurzfristig abgesagt. Asperger hat das Gefühl, dass etwas im Busche ist.«

Ich schlucke. »Was soll denn im Busche sein?«

»Ich weiß es nicht genau.« Sie kommt noch näher. »Es heißt, die Koreaner haben das Gefühl, dass sie bei uns nicht mehr sicher sind.«

Shit. Sie wissen, dass Wakefield an ihnen dran ist. Wissen sie auch von mir?

Ich habe das Gefühl, dass sich schon wieder eine Panikattacke ankündigt.

Nicht jetzt! Bitte nicht!

»Meinst du Chen?«

»Psst!« Entsetzt hält sie den Zeigefinger vor ihre Lippen. »Den Namen darfst du niemals nennen. Niemals!«

Ich beginne zu schwitzen, mein Herz rast. Wenn die Koreaner wissen, dass ich mit der Polizei gesprochen habe, bin ich geliefert.

»Warum nicht? Er ist doch ein ganz normaler Kunde.«

»Nein, das ist er nicht. Er ist der Teufel. Vergiss seinen Namen und gehe an die Arbeit, als würdest du ihn nicht kennen. Und wenn er doch kommt, geh aus dem Gebäude. Hol Marc Mortons Anzug aus der Reinigung oder besorge ihm einen Kaffee irgendwo am Strand.«

Ich habe das Gefühl, keine Luft mehr zu bekommen.

»Okay.« Ich klinge krächzend.

»Geht es dir nicht gut? Du siehst aus, als hättest du Fieber.«

»Doch, doch, alles gut.«

»Du solltest zum Arzt gehen.«

Vielleicht ist das gar keine schlechte Idee. Dann muss ich weder mit Wakefield noch mit Marc Morton sprechen.

»Du hast recht, mir geht es wirklich nicht so gut.« Meine Hände zittern, mein Herz rast immer noch.

»Soll ich den Notarzt rufen?«

»Nein, ich gehe zu meinem Hausarzt. Ich denke, ich habe mir etwas eingefangen.«

Bei dem Gedanken, heute nicht arbeiten zu müssen, beruhigt sich mein Herzschlag ein bisschen. Jennifer bringt mich zum Fahrstuhl und fragt, ob sie mich begleiten soll. Ich lehne jedoch ab.

Kaum stehe ich alleine im Fahrstuhl, lehne ich mich mit den Händen an die Wand des Lifts und lasse den Kopf hängen. Dadurch erweitert sich mein Brustkorb und mehr

Luft dringt in meine Lungen, ohne dass ich mich anstrengen muss.

Leider steigt drei Stockwerke tiefer ein Pärchen ein und ich versuche ein Lächeln. Wenigstens bekommt mein Körper inzwischen wieder genügend Sauerstoff, meine Atmung beruhigt sich langsam.

Als der Fahrstuhl vier Etagen tiefer erneut hält, setzt meine Atmung jedoch abermals aus. Denn Thomas Wakefield steigt ein.

»Guten Tag«, grüßt er locker, als würde er mich nicht kennen.

»Tag«, murmele ich. Das Pärchen sagt gar nichts, das ist nur mit sich selbst beschäftigt.

Gemeinsam fahren wir schweigend nach unten, wo Wakefield mir den Vortritt lässt, bevor er mir aus dem Gebäude folgt.

Auf der Straße versuche ich schneller zu laufen, aber er holt mich ein. Er zieht mich in den Eingang einer Drogerie und schiebt mich zu den Regalen mit den Haarwaschmitteln.

»Was ist los?«, fragt er mich. »Etwas ist bei MAM im Gange.«

»Danke, aber nein, mir geht es nicht sonderlich gut«, erwidere ich. »Nett, wie Sie sich um mich sorgen.«

Sein angespanntes Gesicht zeigt eine Spur von Reue. »Tut mir leid, ich bin in Gedanken nur bei der Arbeit. Wir haben die Nachricht erhalten, dass Chen seinen Besuch abgesagt hat. Ist das wahr?«

»Es sieht so aus. Es war eine Menge Aufregung im Haus, aber mehr weiß ich nicht.«

In dem Moment klingelt mein Handy. Es ist mein Boss. Ich fluche leise, bevor ich abnehme.

»Mir wurde gesagt, dass Sie krank sind?«, fragt Marc Morton, ohne sich mit einer Begrüßung aufzuhalten. Noch einer, dem es völlig egal ist, wie es mir geht.

»Ja, ich bin auf dem Weg zum Arzt.«

»Wieso sagen Sie mir das nicht? Ich bin Ihr Boss.« Er klingt sauer.

»Weil ich Sie nicht mit meinen Befindlichkeiten belasten möchte. Sie haben Besseres zu tun.«

Ich kann hören, dass er verächtlich schnaubt. Er glaubt mir meine Sorge um sein Wohlbefinden nicht. »Wann kann ich wieder mit Ihnen rechnen? Morgen? Übermorgen?«

»Ich werde sehen, wann es mir besser geht. Ich weiß es noch nicht.«

Wakefield macht mir Zeichen, dass ich weiter mit Morton reden soll. Worüber? Über Chen?

Ich zucke mit den Schultern und formuliere *Chen* mit dem Mund. Wakefield nickt.

»Ist es schlimm, wenn ich morgen zu dem Termin nicht da bin? Ist noch genügend Jasmintee im Haus?«

Wieder schnaubt Marc Morton verächtlich. »Netter Versuch. Grüß den Bullen von mir.« Anschließend legt er einfach auf.

»Er weiß, dass ich mit Ihnen zusammen bin«, sage ich zu Wakefield und stecke mein Telefon ein.

Wakefield sieht mich entsetzt an. »Woher weiß er das?«

»Keine Ahnung. Er weiß eine Menge. Haben Sie mich gestern beschatten lassen?«

Wieder dieses entsetzte Gesicht. »Wurden Sie verfolgt?«

Mir wird plötzlich schlecht. Wenn es die Polizei nicht war, wer dann?

»Der Besuch wurde wirklich abgesagt, Sie müssen mich nicht verkabeln«, sage ich und sehne mich danach, nach Hause gehen zu können. Allein. Ohne Verfolger. Ohne Gedanken an verbrecherische Koreaner oder Marc Morton.

Er zieht ein verkniffenes Gesicht, als hätte ich ihm sein Lieblingsspielzeug weggenommen. »Wissen Sie, warum das Treffen abgesagt wurde?«

»Nicht genau. Es heißt, die Koreaner hätten das Gefühl, bei MAM nicht mehr sicher zu sein.«

»Scheiße. Wenn sie sich zurückziehen, bekommen wir sie nie zu fassen.«

»Tut mir leid, mehr kann ich nicht tun.« Ich reiche ihm die Hand, um ihm zu zeigen, dass ich das Gespräch und auch die Zusammenarbeit mit ihm als beendet betrachte. So leicht lässt er mich jedoch nicht vom Haken.

»Sagen Sie mir Bescheid, wenn Chen wieder Kontakt knüpft. Und passen Sie mit Morton auf! Wenn er weiß, dass Sie mit mir zusammen sind, hat er vielleicht Chen gewarnt.«

»Das denke ich nicht. Aber möglich ist es.« Ich drücke mich vage aus, weil ich selbst nicht weiß, wie sehr mein Boss wirklich in der Sache drinhängt. Mir hat er gesagt, er wäre gern vorher schon ausgestiegen. Aber ich weiß nicht, ob ich ihm trauen kann. Aber wenn er aus den Geschäften mit Chen raus will, wieso arbeitet er nicht mit der Polizei zusammen? Und wieso hasst er mich nicht noch mehr, weil ich mit Wakefield rede? Es gibt zu viele Fragen und ich habe das Gefühl, dass mein Hirn es heute nicht schafft, sie alle zu bearbeiten. Overload.

»Ich muss los. Wie schon vorhin gesagt, mir geht es nicht sonderlich gut.«

Wakefield nickt. »Okay. Bitte rufen Sie mich an, sobald Sie etwas Neues erfahren.«

»Haben Sie keine weiteren Informanten? Ich kann doch nicht Ihr letzter Rettungsanker sein?«

»Ich wüsste nicht, an wen ich mich wenden sollte. Wenn mein Boss nicht zufällig von einer Quelle erfahren hätte, dass Sie Hilfe bei Marc Morton brauchen und eine mögliche Informantin wären, stünde ich ganz ohne alles da. Chen ist verdammt geschickt, seine Spuren hier in Australien zu verstecken. Und in Korea oder Thailand kommen wir nicht an ihn ran.«

Ich frage mich, ob Arthur die Quelle ist, die seinem Chef von mir erzählt hat. Das würde bedeuten, Wakefields Boss kennt Arthur und könnte mir sagen, wer er ist.

»Wer ist Ihr Chef?«

»Das können Sie im Internet nachlesen. Sie können jetzt gehen.« Er klingt resigniert. Und ein bisschen eingeschnappt, weil ich ihm nicht helfen kann.

Sein Problem.

»Ich melde mich«, verspreche ich ihm, um ihn zu trösten. Tatsächlich schimmert wieder Hoffnung in seinen Augen.

»Gute Besserung.«

»Danke.«

Ich verlasse die Drogerie und gehe endlich nach Hause.

Dort googele ich nach dem Namen von Wakefields Vorgesetzten und erhalte einen Mann, der mir überhaupt nicht weiterhelfen wird. General Ray Moreno von ASIO wird mir mit Sicherheit nicht verraten, wer Arthur ist. Er ist ein verdammt hohes Tier und mit allerhöchsten Sicherheitsstufen versehen. Ich komme außerdem nicht einmal persönlich an ihn heran, weil er in Canberra sitzt.

Sackgasse.

Immerhin habe ich den ganzen Tag Zeit, um mich auf mein Date mit Arthur zu freuen und genieße die Vorfreude, die prickelnd durch meine Adern rauscht. Als es endlich so weit ist, ziehe ich mich an und gehe hinaus.

Draußen tobt der Verkehr durch die Straßen. Ich schlage den Weg zur U-Bahn ein und vergesse vor lauter Vorfreude, mich nach Verfolgern umzuschauen. Ich bemerke nicht einmal den Mann, der auf der gegenüberliegenden Straßenseite auf mich zu warten scheint und dann hinter mir herläuft.

Mein Fehler.

Ich sitze in der U-Bahn und lächele vor mich hin. Die Aufregung im Büro ist in den hintersten Teil meines Hirns gerückt. Auch das Gespräch mit Wakefield ist fast nicht mehr präsent in meinem Bewusstsein. Alles, woran ich denke, ist Arthur und die kommenden Stunden mit ihm. Das Gefühl seiner Hände auf meinem Körper. Seine Küsse auf meinen Lippen und an meinen empfindlichsten Punkten. Sein Flüstern, sein Schweiß auf meiner Haut. Alles an ihm ist erotisch und lässt mich träumen. Das Einzige, was mich an ihm stört, ist, dass ich ihn noch nie gesehen habe.

Als ich an der Haltestelle in der Nähe des Hiltons ankomme, steige ich aus und eile auf das Hotel zu. Ich bemerke immer noch niemanden, auch nicht den Mann, der mir in einigem Abstand folgt.

Erst als ich am Hilton ankomme und ins Foyer gehen will, werde ich stutzig. Lancelot kommt auf mich zu und schüttelt den Kopf.

»Das Treffen ist abgesagt. Ich bringe dich nach Hause«, sagt er leise und führt mich am Ellbogen wieder auf die Straße.

»Warum? Was ist passiert?« Die Enttäuschung lässt meine Stimme ganz fremd klingen.

»Setz dich ins Auto.« Sein Gesicht verrät mir nichts. Er wirkt so ruhig und passiv wie immer.

»Nein, erst sagst du mir, was los ist!«

»Mach keine Szene, Stella«, sagt er mit dem Anflug eines Lächelns. Aber seine Stimme klingt hart und intensiv. Er meint es ernst.

Ich schlucke meine Enttäuschung hinunter und setze mich in den Wagen, der an der Kreuzung parkt. Lancelot startet die Limousine und fährt davon.

»Sagst du mir nun, warum er mich nicht sehen will?«

Von der Seite wirft er mir einen schiefen Blick zu. »Er will dich sehen, aber er hat was dagegen, wenn jeder von eurem Treffen weiß.«

»Ich habe niemandem davon erzählt, nicht einmal Uma.«

»Und du hast auch nicht gemerkt, dass dir jemand gefolgt ist?«

Mein erschrockener Blick ist Antwort genug für ihn. »Wer?«

»Ein Typ, der aussieht wie ein Beamter. Ich habe ihn sofort gesehen und meinen Boss gefragt, ob es ihm egal ist, dass du beschattet wirst, aber er ist in der Beziehung empfindlich. Was hast du getan?«

»Ich habe nichts getan.« Wütend sehe ich zum Fenster hinaus. Ich hätte Wakefield nicht sagen sollen, dass ich das Gefühl hatte, verfolgt zu werden. Nun lässt er mich beschatten und versaut mir mein Date mit Arthur.

In diesem Moment brummt mein Handy. Als ich sehe, dass Arthur mir geschrieben hat, schlägt mein Herz schneller.

ARTHUR: Geh nach Hause, ich melde mich wieder.

Ich habe keine Ahnung, ob in diesen wenigen Worten Sehnsucht nach mir mitschwingt. Oder ob er genervt ist, weil ich zu dumm war und den Verfolger nicht bemerkt habe. Stimme und Körpersprache sind bei Textnachrichten leider nicht vorhanden.

STELLA: Es tut mir leid! Ich hatte keine Ahnung, dass mir jemand folgt. Das nächste Mal bin ich vorsichtiger.

ARTHUR: Ich weiß. Gute Nacht.

Ich habe Tränen in den Augen. Also will er mich heute nicht mehr sehen. Ich überlege, was ich ihm schreiben kann, um das Chaos in meinem Inneren und meine Enttäuschung einigermaßen in Worte zu fassen, aber es fällt mir nichts ein.

Niedergeschlagen stecke ich das Telefon wieder ein.

»Du musst besser aufpassen«, sagt Lancelot neben mir, als ob ich das nicht selbst schon wüsste.

Ich antworte nicht, sondern starre stumpfsinnig zum Fenster hinaus.

Als wir an meinem Haus angekommen sind, hält er hinter einem schwarzen Lieferwagen an, der vor der Einfahrt steht.

»Wir sehen uns«, sagt er und öffnet die Tür für mich.

»Ja, wir sehen uns.« Ich steige aus und gehe zum Hauseingang. Aus dem Augenwinkel beobachte ich, wie Lancelot wieder ins Auto steigt und davonfährt. Er will so schnell wie möglich weg von mir, weil er denkt, dass ich Mist gebaut habe. Warum sonst verfolgt mich die Polizei? Er weiß ja nichts von meinen Gesprächen mit Wakefield und von meinem kriminellen Boss.

Ich hole meinen Hausschlüssel aus der Tasche und will die Tür aufschließen, als ich ein Geräusch neben mir höre. Der schwarze Lieferwagen startet den Motor, die Heckklappe öffnet sich. Ich drehe mich um, doch in dem Moment stößt mich jemand derb in die Seite und ich taumele. Von der anderen Seite taucht eine weitere Person auf und umfasst meine Taille, um mich in den Lieferwagen zu zerren. Ich bin so verdutzt, dass ich nur schreien kann und mit den Armen um mich schlage. Aber es hat keinen Sinn. Nur einen Augenblick später lande ich unsanft in dem Lieferwagen. Die Tür wird zugeknallt. Danach setzt sich das Fahrzeug in Bewegung.

Ich springe auf und schlage gegen die Blechwände des Wagens. Meine Schläge ändern jedoch nichts an meiner Lage. Ich versuche auch, die Tür von innen zu öffnen, dort sind jedoch keine Hebel oder Schlösser angebracht. Gar nichts.

Ich sitze fest.

Als ich mit der Hand gegen die Wand donnere, die den Laderaum von der Fahrerkabine trennt, erfolgt keine Reaktion. Nur ein unerwartetes Lenkmanöver des Fahrers, sodass ich gegen die Seite falle.

»Fuck!«, brülle ich in die Leere des Lieferwagens. »Fuck you!« Aber auch das hilft mir nicht weiter.

Wir fahren etwa dreißig Minuten, bis der Wagen anhält. Als sich die Ladeklappe öffnet, stehen zwei Männer davor. Koreaner.

Fuck!

»Mach kein Theater und es passiert dir nichts«, sagt einer der beiden in einwandfreiem Englisch.

Ich gehorche und sehe mich um. Ich befinde mich in einem Hof zwischen drei Gebäuden, die wie ein U angeordnet sind. Der Hof ist feucht, als hätte es gerade erst geregnet. Es ist auch kühler hier. Vermutlich befinden wir uns in den Bergen westlich von Sydney, in irgendeinem Nationalpark, wohin sich keine Seele verirrt.

Ich bin also ganz allein auf mich gestellt.

»Komm mit«, befiehlt er mir. Er führt mich in das Gebäude, das den Boden des U darstellt. Es handelt sich um einen großen Raum mit mehreren alten Wagen darin. Die meisten Fahrzeuge sind Forstfahrzeuge und schon sehr verrostet. Ich bezweifle, dass man damit noch weit fahren kann. Nur ein Jeep sieht einigermaßen passabel aus.

Meine Beine sind vor Angst so steif, dass ich über einen Schraubendreher stolpere, der auf dem Boden liegt. Der Koreaner, der bisher mit mir gesprochen hat, greift mich hart am Arm an, damit ich nicht falle. Dabei rutscht seine Jacke zurück und ich sehe die Waffe in seinem Hosenbund. Der Anblick trägt nicht unbedingt dazu bei, meine Angst zu beruhigen. Im Gegenteil.

»Ich weiß nicht, was Sie von mir wollen?«, sage ich mit bebender Stimme. »Ich weiß überhaupt nichts.«

Er antwortet nicht, sondern zerrt mich zu einer Tür. Dahinter befindet sich eine Küche mit einem Herd. Hier ist es ein bisschen wärmer, dafür steht ein weiterer Koreaner im Raum.

Chen.

Shit.

Er steht seelenruhig am Herd, als würde er sich wärmen, und sieht mich an.

»Hallo Esther. Oder Stella. Wie soll ich dich nennen?« In seiner Stimme schwingt ein starker Akzent mit. Ich habe ihn im Büro gar nicht sprechen hören, deshalb überrascht es mich jetzt, seine Stimme zu hören.

»Mein wahrer Name ist Esther«, erwidere ich und versuche, meine Angst zu zügeln, damit er sie nicht hört.

Aber es gelingt mir nur ganz, ganz schlecht. Eigentlich gar nicht.

»Nur zu deiner Information, wir sind nicht an dir interessiert, sondern nur an Marc Morton. Wenn du uns sagst, was wir wissen wollen, bist du in fünf Minuten wieder frei und zu Hause. Okay?«

»Okay.«

Meine Beine zittern so stark, dass ich Angst habe, gleich nicht mehr stehen zu können.

»Was weißt du über Marc Morton? Mit wem trifft er sich? Welche Verbindungen hat er zu ASIO?«

Ich schüttele den Kopf. »Das weiß ich nicht. Er redet mit mir nicht darüber. Ich bin erst eine Woche im Job, da habe ich noch nicht viel mitbekommen.«

»Er redet doch bestimmt im Bett, also was sagt er? Redet er über seine Geschäfte?«

»Ich schlafe nicht mit meinem Chef.« Ich schaffe es, empört zu klingen.

»Wenn du lügst, wird es unangenehm für dich. Habe ich das nicht erwähnt?« Chens neutrale Miene verfinstert sich.

»Ich lüge nicht! Ich habe mal mit Marc geschlafen, aber das ist schon mehrere Jahre her.«

»Und wie nennst du das, was du heute im Hilton mit ihm treiben wolltest? Ein freundschaftliches Wiedersehen?«

»Ich wollte mich nicht mit ihm im Hilton treffen. Ich war mit einem anderen Mann verabredet.«

»Mit wem?«

»Ich kenne seinen Namen nicht. Ich nenne ihn Arthur.«

»Arthur?« Chen lacht. »Warst du mit diesem Arthur auch vor ein paar Tagen zusammen? Im Hyatt?«

»Ja.«

»Was für ein Zufall! Marc Morton war dort auch, im Zimmer 3016.«

Mir wird schlecht. »Das kann nicht sein. Ich war mit Arthur im Zimmer 3016.«

Chens finstere Miene hellt sich auf. Er besitzt sogar die Frechheit zu lachen. »Du nennst deinen Chef Arthur? Warum?«

»Weil ich ... er ist nicht mein Chef. Er ist ein Kunde.« Meine Stimme klingt so leise und voller Bestürzung, dass ich mich selbst kaum höre. Vielleicht will ich das auch alles gar nicht hören.

»Willst du mir erzählen, du schläfst mit deinem Chef, ohne dass du es weißt? Das glaube ich dir nicht.« Sein Lachen wird zu einem drohenden Grollen. Er kommt einen Schritt auf mich zu.

»Ich treffe ihn nur mit verbundenen Augen«, sage ich schnell, während das Entsetzen mir die Kehle zuschnürt und meine Stimme inzwischen ganz heiser klingen lässt. »Ich kann ihn nicht sehen. Er hat einen britischen Akzent, er kann nicht Marc sein.«

»Marc Morton hat zwei Jahre in London gelebt. Er weiß, wie ein britischer Akzent geht.«

Mir wird immer übler. Das kann nicht sein. Das würde er nicht tun. Es ergibt überhaupt keinen Sinn! Warum sollte Marc sich heimlich mit mir treffen und so tun, als wäre er ein anderer Mann?

Auf der anderen Seite würde es plötzlich Sinn ergeben, warum ich ihn nicht sehen durfte. Und warum er immer so leise sprach. Er wollte nicht, dass ich seine Stimme erkenne.

»Oh mein Gott«, murmele ich, als mich die Erkenntnis, dass Chen recht haben könnte, wie ein Vorschlaghammer trifft.

Chen schüttelt den Kopf. »Du wusstest es wirklich nicht.«

»Nein.« Ich flüstere nur.

»Er hat dir also nichts erzählt?«

»Nein.«

»Was weißt du über ihn?«

»Nichts. Überhaupt nichts. Offenbar ganz und gar nichts.« Ich klinge monoton. Das Wissen um Marcs Betrug an mir hat alles Leben in mir gelähmt. Ich fühle mich wie die größte Idiotin auf der Erde.

»Dann nützt du mir gar nichts.«

Chen kommt auf mich zu und ich erwarte fast, dass er mir ein Messer zwischen die Rippen jagt, aber er geht nur an mir vorüber und lässt mich stehen. Auch der Typ, der mich hierhergebracht hat, wendet sich ab. Sie verlassen den Raum und lassen mich allein zurück.

Kurz darauf höre ich das Starten eines Motors, danach herrscht Stille.

Ich bin allein.

Irgendwo in den Bergen.

Mit dem Bewusstsein, von meinem Boss dermaßen reingelegt und ausgenutzt worden zu sein, dass es keine Worte dafür gibt.

Ich fühle mich wie der letzte Dreck.

Ich weiß nicht, wie lange ich in dieser verlassenen Küche stehe, ohne mich zu rühren. Es können Minuten sein, aber auch Stunden.

Als es draußen dunkel wird, erwache ich endlich aus meiner Lethargie. Der Überlebensinstinkt meldet sich. Zum Glück ist er stärker als alle Demütigungen und das Schamgefühl, das mich durchflutet hat.

Ich gehe hinaus und sehe mich um. Hinter dem U-förmigen Gebäude ist Wald im Westen. Im Osten befinden sich Wiesen, dahinter funkeln die Lichter der Stadt. Dahin muss ich. Irgendwo höre ich das Rauschen einer großen Straße.

Ich laufe einen vom Regen aufgeweichten Feldweg entlang, bis ich zu dieser Straße komme. Nicht weit davon entfernt sehe ich den Bahnhof der Eisenbahnlinie. In der Ferne sehe ich den Zug, der sich durch die Wiesen schlängelt und den Bahnhof ansteuert.

Ich beginne zu rennen und komme genau in dem Moment am Bahnhof an, als der Zug einfährt.

MAULWÜRFE BELLEN NICHT

ICH KOMME KURZ vor Mitternacht zu Hause an und stelle mich als Erstes unter die Dusche. Ich fühle mich so schmutzig und benutzt, dass ich das Gefühl habe, selbst stundenlanges Stehen unter dem Wasser kann mich nicht reinwaschen.

Doch irgendwann kommt Jeremy nach Hause und schmeißt mich aus dem Badezimmer.

Mit schweren Schritten gehe ich ins Bett und rolle mich zusammen.

Warum hat er das getan?

Wieso muss er mich so quälen und dermaßen reinlegen?

Ich habe keine Ahnung und die Antwort darauf kommt mir auch nicht über Nacht. Die Antwort kann mir nur Marc Morton selbst geben, aber den will ich nicht sehen.

Und wieso habe ich es nicht gemerkt? Wieso war ich so dumm? War nicht etwas in seiner Stimme, das ihn verraten hat? Sein Duft? Seine Gesichtsform? Wirklich nichts?

Ich habe nichts bemerkt. Er hat anders gerochen, anders gesprochen und wie sich Marc anfühlte, weiß ich nicht mehr.

Ich konnte es nicht wissen, dass er Arthur war.

Als mein Wecker klingelt, reagiere ich nicht. Marc kann heute lange darauf warten, dass ich zur Arbeit gehe. Ich stehe einfach nicht auf. Und morgen auch nicht. Und übermorgen auch nicht. Ich werde mich dort nie wieder blicken lassen. Nie, nie, nie wieder! Und wenn er mich verklagt, ist es mir auch egal. Dann fliehe ich nach Europa oder Neuseeland oder in die Antarktis.

Als mein Telefon brummt und Marc mich anruft, antworte ich nicht. Ich will ihn auch nicht sprechen. Nie wieder!

Kurz vor Mittag ruft Jennifer Fognini an, aber ich gehe auch bei ihr nicht ans Telefon. Sie würde ich normalerweise sprechen, aber nicht jetzt. Den ganzen heutigen Tag vermutlich nicht. Und morgen sicher auch noch nicht. Aber danach vielleicht.

Vielleicht.

Nur wenig später erhalte ich eine Nachricht von Marc.

MARC MORTON: Du musst ins Büro kommen. Ich muss mit dir sprechen.

Arschloch! Ich muss gar nichts!

Er duzt mich wieder. Was fällt ihm ein!

Ich antworte nicht auf seine SMS, sondern beschließe, zum Arzt zu gehen und mich für die restlichen Wochen meiner Arbeitszeit bei MAM krankschreiben zu lassen. Das Geld, das mir dadurch verlorengeht, ist mir in dem Moment so egal wie eine Fliege am Fenster des Nachbarn.

Als ich eine weitere SMS von Marc erhalte, ziehe ich mich gerade an.

Ich bin versucht, das Telefon in die Ecke zu werfen, doch ich überlege es mir anders.

MARC MORTON: Esther, ich muss dringend mit dir sprechen!

Ich lese in Unterwäsche seine Zeilen und überlege, was ich mit Marc alles Schlimmes anstellen möchte. Kastration ohne Betäubung ist noch das Harmloseste. Schließlich lasse ich mich zu einer Antwort herab.

ESTHER: Du kannst mich mal, Arschloch! Oder soll ich Arthur sagen???

Falls er damit zum Arbeitsgericht geht, habe ich ganz schlechte Karten. Aber ich hoffe, er wird es nicht tun. Und ich fühle mich etwas besser, nachdem ich die Antwort losgeschickt habe.

Ich putze mir die Zähne und würge ein trockenes Toastbrot runter, weil ich großen Hunger verspüre und nicht mit nüchternem Magen zum Arzt gehen will. Mein Appetit ist jedoch irgendwo in dem Hof in den Bergen geblieben und sucht mich vergeblich.

Schließlich bin ich mit Müh und Not so weit, der Welt ins Auge zu blicken. Auch wenn meine Augen etwas gerötet sind. Ich öffne die Wohnungstür und will hinausgehen, doch ein großer Körper versperrt mir den Weg.

Und ich kenne diesen Körper.

Leider.

Es ist der von Marc Morton.

Entsetzt will ich wieder in die Wohnung gehen und die Tür vor seiner Nase zuknallen, doch er hält mich fest und folgt mir, ohne dass ich ihn abschütteln kann.

»Esther, bitte, ich muss mit dir sprechen! Lass mich bitte alles erklären!«

»Du bist das Letzte, weißt du das? Wie kannst du mir das antun?« Ich zische ihn nur an. »Du belügst mich und spielst mir Theater vor. Warum? Um mich zu demütigen? Um über mich zu lachen? Gibt dir das einen Kick? Warum? Sag mir, warum?«

Ich kann die Tränen nicht zurückhalten. Die ganze Nacht habe ich dagegen gekämpft, doch nun durchflutet mich die ganze Scham über seine Demütigung und jagt heiße Tränen in meine Augen.

»Weil ich dich nicht vergessen konnte«, sagt er leise.

Diese Antwort habe ich am allerwenigsten erwartet. Was soll das bedeuten? Ratlos blinzele ich ihn durch den Tränenschleier an.

»Du erinnerst dich nicht mehr an mich, oder?«, fragt er. »Die Nacht nach der Strandparty, die wir zusammen verbracht haben?«

Ich schlucke und wische die Tränen weg, die über meine Wangen laufen. »Was hat das damit zu tun?«

»Es hat alles damit zu tun. Ich wusste nicht einmal deinen Namen und habe hinterher versucht, dich wiederzufinden, aber ich hatte wenig Zeit. Ich musste ein paar Tage später nach England, um in London noch einen Aufbaustudiengang zu absolvieren. Ich wünschte mir, dich wiederzusehen, aber du warst verschwunden.«

»Ich war mit meiner Schwester in Kalifornien.«

Er lacht leise. »Dann konnte ich dich auch nicht finden.«

Was will er mir damit sagen? Ich versuche, meine Gefühle in den Griff zu bekommen. »Ich weiß immer noch nicht, was diese Nacht damit zu tun hat, dass du mich belogen und dich als Arthur ausgegeben hast? Was sollte das?« Die Scham in mir wandelt sich in Wut. Mit der Hand schlage ich mit ganzer Kraft gegen seine Schulter. Wie konnte er mir das antun?

»Ich wollte dich. Das ist alles.« Er weicht nicht zurück, sondern zuckt lapidar mit den Schultern. »Ich konnte unsere Nacht nicht vergessen und wollte dich noch einmal besitzen. Aber ich wusste, du würdest niemals zustimmen. Du hast mich nicht einmal wiedererkannt. Beim Bewerbungsgespräch nicht und am ersten Arbeitstag auch nicht. Ich habe mich extra vor dir im Büro ausgezogen, damit du das Mal siehst, das du damals fotografiert hast. Aber du hast es nicht registriert. Da wurde mir bewusst, dass ich dir nichts bedeutet habe. Aber ich wollte dich trotzdem noch. Nur noch einmal. Und als ich erfuhr, welchen Job du nebenbei noch hast, war klar, was ich tun würde.«

»Es war klar?« Ich verschlucke mich fast vor Empörung. »Du bist ein ekelhaftes Schwein! Du hast mich benutzt und hemmungslos belogen! Das ist widerlich! Du bist krank!«

Er verzieht cool den Mund. »Warum war mir klar, dass du so reagieren würdest?«

»Weil es das Letzte ist, was ein Mann machen kann.«

»Und doch hat es dir gefallen. Soll ich wieder wie Arthur reden? Macht dich das mehr an?« Er redet plötzlich wieder mit britischem Akzent.

Er ist es wirklich. Er ist Arthur. Wenn bis zu diesem Moment ein letzter Funken Hoffnung in mir geglommen hat, dass alles ein Irrtum ist und Marc und Arthur doch zwei verschiedene Männer sind, so wurde der nun zerschmettert.

Mir wird erneut schlecht.

»Verschwinde«, sage ich leise, weil ich nicht mehr Kraft habe. »Verschwinde aus meiner Wohnung.«

»Ich habe es nicht getan, um dich zu demütigen, das musst du mir glauben. Ich habe es getan, weil ich mit dir zusammen sein wollte. Und mein Angebot gilt noch. Wenn du tausend Nächte mit mir verbringst, erfülle ich dir einen Wunsch.«

»Du denkst wirklich, ich will noch etwas mit dir zu tun haben?« Meine Stimme bricht fast vor Fassungslosigkeit. »Bist du völlig irre?«

Er antwortet nicht, sondern sieht mich an.

»Verschwinde!«, fordere ich ihn mit letzter Kraft auf.

»Ich kann nicht, Esther.«

»Lass mich in Ruhe.« Ich bin zu erschöpft, um weiter gegen ihn zu kämpfen. Hilflos lasse ich mich auf einem Stuhl nieder und warte, dass er endlich die Wohnung verlässt.

Doch so einfach lässt er sich nicht vertreiben.

»Esther, bitte, es tut mir leid. Bitte glaube mir. Und es ist auch wahr, was ich vorhin gesagt habe. Ich brauche deine Hilfe.«

Er besitzt tatsächlich die Frechheit, mich um Hilfe zu bitten?

»Du bist wirklich wahnsinnig«, sage ich und schüttele den Kopf.

»Vielleicht bin ich das. Vielleicht habe ich deshalb mit meinem Bekannten bei ASIO gesprochen, damit er Wakefield auf mich und Chen aufmerksam macht. Ich habe es getan, um dich zu schützen. Aber inzwischen ist mir die Sache über den Kopf gewachsen. Chen weiß, dass ich ein doppeltes Spiel spiele. Er traut mir nicht mehr.«

Entsetzt sehe ich ihn an und versuche zu verstehen, was er mir gerade sagt. Wenn er Arthur war, hat er tatsächlich den Beamten von der *Organisation für Sicherheit in*

Australien Bescheid gegeben, dass er als Marc Morton mit Chen zusammenarbeitet. Wegen mir? Um mich zu schützen? Oder um endlich aus der Sache rauszukommen?

»Du hast mich benutzt«, erwidere ich leise. »Zu einer edlen Tat bist du gar nicht fähig. Du denkst nur an dich. Und nun verschwinde endlich. Ich will dich nicht mehr sehen.«

Er scheint endlich zu begreifen, dass es mir ernst ist, denn er presst hart die Lippen zusammen. Dann geht er zur Tür.

Er öffnet den Mund, als würde er noch etwas sagen wollen, doch er verkneift es sich, geht wortlos hinaus und lässt mich allein.

Ich fühle mich wie erschlagen. Marc Morton hat ein doppeltes Spiel mit mir gespielt. Er hat mich an der Nase herumgeführt, angeblich, weil er mich nicht vergessen konnte und mit mir zusammen sein wollte. Das ist doch ein riesiger Mist und ich glaube ihm kein Wort.

Auf der anderen Seite wusste er von der Nacht nach der Strandparty, obwohl ich immer das Gefühl gehabt habe, dass er sich nicht an mich erinnert. Dachte er wirklich, ich hätte ihn vergessen?

Und wieso hat er mich nach der Nacht gesucht? Wollte er wirklich mehr von mir? War es für ihn mehr als nur ein One-Night-Stand?

Ich erinnere mich plötzlich an das erste Treffen mit Arthur. Danach habe ich das Gefühl gehabt, die Chemie würde zwischen uns stimmen, weil es sich vertraut angefühlt hat.

Es war also nicht das erste Mal, dass wir zusammen waren. Wir hatten uns nach der Strandparty schon die ganze

Nacht geliebt. Es war keine Chemie, oder nicht nur. Es war wirklich Vertrautheit.

In meinem Inneren tobt ein Sturm, den ich kaum verstehen kann. Als wären alle Gefühle, zu denen ich in der Lage bin, mit einem Mal entfesselt und würden um die Vorherrschaft kämpfen.

Ich hasse Marc Morton.

Ich sehne mich nach Arthur, der auch Marc Morton ist.

Ich bin wütend auf ihn.

Ich habe Mitleid mit ihm.

Ich fühle mich einsam, weil niemand mir raten kann, was ich tun soll.

Ich möchte mich einfach nur verkriechen, um in Ruhe darüber nachdenken zu können.

Ich verachte Marc Morton, der mich manipuliert hat.

Ich liebe Arthur alias Marc Morton, der mich glücklich gemacht hat.

Ich habe das Gefühl, dass mein Kopf gleich explodieren will.

Ich erhebe mich und will in mein Zimmer gehen. Doch in dem Moment klingelt es an der Tür.

IN DER HITZE DER NACHT

MARC MORTON

EIN PAAR JAHRE ZUVOR

ICH SAH SIE DAS erste Mal, als sie mit einer Freundin auf die Party kam. Ihre Augen leuchteten, ihr ganzes Gesicht strahlte, als hätte sie soeben einen Preis gewonnen. Sie steuerte die Bar an und orderte einen Drink, während ich mit meinem Kumpel an der Seite stand und über unsere gemeinsame Firma sprach, die wir in der Zukunft gründen wollten. John redete die meiste Zeit und textete mich mit seinen Plänen voll, während ich das Mädchen anstarrte.

»Hey, Marc, was denkst du, soll es eine Limited werden? Ich denke, wir sollten unsere Firma in Hongkong anmelden, um Steuern zu sparen.«

»Hm hm«, erwiderte ich und versuchte, das Mädchen ausfindig zu machen, aber sie war gerade in der Masse der feiernden Studenten verschwunden. Nur einmal hatte ich zu

John gesehen und schon hatte ich sie aus den Augen verloren.

»Also tun wir es so. Sobald du aus London zurück bist, machen wir Nägel mit Köpfen. Ich denke, ich kann meinem Vater ein paar hochkarätige Kunden ausspannen, damit wir gleich voll einsteigen können.«

John hörte einfach nicht auf zu labern.

»Ich muss mal kurz woanders hin«, sagte ich und klopfte ihm entschuldigend auf die Schulter. »Wir sehen uns.«

»Alles klar, Mann. Wir sehen uns.«

Ich ließ ihn stehen und mischte mich unter die Massen, um sie wiederzufinden. Aber sie war nicht an der Bar. Sie befand sich auch nicht am Strand. Ich lief lange hin und her und entdeckte sie nicht. Weil ich mich immer durch die Massen drängeln musste, war ich rasch nassgeschwitzt und sehnte mich nach einer Abkühlung. Da endlich entdeckte ich sie im Pavillon, wo sie auf der Tanzfläche tanzte. Und wie!

Sie hatte die Augen geschlossen und bewegte sich zur Musik, als würde sie sie in ihrem Inneren spüren. Als hätte sie den Rhythmus im Blut.

Oh mein Gott! Sie war das Schönste, was ich während dieser Jahre des Studiums gesehen hatte. Wieso war sie mir nicht schon früher aufgefallen? Wieso erst an dem Abend, kurz bevor ich nach London gehen musste?

Sie bewegte sich so sexy und leicht, dass ich meine Augen nicht von ihr abwenden konnte. Und als ein schlaksiger Typ zu ihr kam, hätte ich ihn am liebsten von ihrer Seite gezerrt. Aber sie wurde ihn schon selbst los. In dem Moment sah sie mich.

Als sich unsere Blicke trafen, hatte ich das Gefühl, als würde mich ein Stromstoß treffen. Nur allein ihre Augen schafften es, dass ich weiche Knie bekam.

Ich beobachtete sie noch einen Moment, doch die Musik änderte sich, sie gab auf. Sie ging zur Bar, um sich etwas zu trinken zu holen.

Ich folgte ihr.

Ich hatte keine Ahnung, was ich zu ihr sagen sollte, deshalb sagte ich das Erste, was mir in den Sinn kam.

»Lust auf eine Abkühlung?« Okay, das war nicht gerade die originellste Anmache, aber mein Hirn befand sich im Zustand der totalen Abwesenheit, nur weil sie hier so nah bei mir stand. Sie roch gut. Und sie war aus der Nähe noch hübscher als von fern. Ihre Augen waren braun mit goldenen Sternchen darin, ihr Haar war samtig weich und ewig lang. Ihr Lächeln hätte Stahl zum Schmelzen gebracht.

»Ich habe schon bestellt.«

»Das meine ich nicht.« Ich deutete mit dem Kopf auf das Meer, das hinter dem Strand dunkel rauschte. Köpfe tauchten hin und wieder aus den Fluten auf, lachten und kicherten. Ich hätte wirklich eine Abkühlung gebrauchen können. Ich war noch verschwitzt von der Suche nach ihr und ihre Nähe brachte mich völlig durcheinander.

»Das ist keine schlechte Idee, aber erst nach dem Gin Tonic.«

Dieses Mal lächelte ich. Sie schien nicht abgeneigt, mich näher kennenlernen zu wollen. Das war ein gutes Zeichen.

Ich bestellte mir auch einen Drink und kippte ihn hinter, sobald ich ihn bekommen hatte. Sie ließ sich etwas mehr Zeit, obwohl sie sehr durstig schien. Als der schlaksige Typ mit dem Leberfleck wieder in ihre Richtung kam, um sich über irgendetwas zu beschweren, zog sie mich zum Wasser.

»Ich brauche jetzt wirklich etwas Kühles.«

Ich hielt die Luft an, denn sie zog ihre Shorts und das T-Shirt aus und ging im Bikini ins Meer hinein. Ich folgte ihr wie gebannt. Um sie zu beindrucken, rannte ich an ihr vorüber und sprang kopfüber in die Wellen, wobei das Wasser aufspritzte. Doch sie schien nicht sonderlich beeindruckt, denn sie tat es mir nach und schwamm ein paar Meter unter Wasser, bis sie wieder auftauchte, direkt vor mir. Ich hatte geahnt, wohin sie schwimmen würde, und war ihr zuvorgekommen, damit sie mir nicht entkam. Als sie so nah bei mir war, mit nassen Haaren und wunderschönen Augen, in denen sich das Sternenlicht spiegelte, konnte ich nicht mehr an mich halten. Ich nahm ihren Arm und zog sie an mich.

»Du bist heiß«, sagte ich leise. »Wie kommt es, dass ich dich vorher noch nie gesehen habe?«

Sie war mir so nah, dass ich ihren Duft atmen konnte. Sie roch nach Tonic und ihrem luftigen Parfüm, in dem ein Hauch Kokos lag. Ihre Haut war noch ganz heiß vom Tanzen.

»Keine Ahnung«, flüsterte sie. Und dann küsste sie mich. Einfach so. Ich hielt die Luft an und erwiderte den Kuss. Alles, was ich an dem Abend für sie gefühlt hatte, lag in diesem Kuss. Meine Sehnsucht nach ihr, mein Verlangen, meine Suche nach ihr, mein Wunsch, sie näher kennenzulernen. Und sie ließ nicht nach.

Unsere Zungen spielten miteinander und diese Berührung jagte einen Schauer nach dem anderen durch meinen Körper. Ihr Körper war eng an meinen gepresst.

Diese Nähe erregte mich so, dass ich das Gefühl hatte, gleich und hier im Wasser zu explodieren.

»Du machst mich verrückt«, flüsterte ich, als wir Luft holen mussten.

»Ist das gut oder schlecht?«

Ich lächelte. »Da bin ich mir noch nicht ganz so sicher.«

»Ich nehme es mal als Kompliment.«

»Das ist es auf jeden Fall.«

Danach küsste ich sie wieder. Noch heißer. Sie schlang ihre Beine um meinen Körper und machte mir klar, dass sie sich wünschte, woanders zu sein als hier im Meer, umgeben von anderen Studenten.

Wir gingen zu mir. Ich wohnte damals in einem Studentenwohnheim direkt in der City. Mein Zimmer war klein, zum Glück übernachtete mein Mitbewohner wieder mal bei seiner Freundin. Wir hatten die ganze Nacht für uns allein.

Ich zog sie aufs Bett, weil ich so hungrig auf sie war, und zog sie aus. Nackt war sie genauso schön wie mit Sachen. Nein, noch viel schöner. Ihre Brüste waren perfekt geformt, ihr Becken und ihr Po vollkommen. Als sie so nackt vor mir stand, küsste ich sie am ganzen Körper, von der Stirn bis zu den Zehen. Jeder Zentimeter ihrer Haut kam mir anbetungswürdig vor.

»Du bist wunderschön«, flüsterte ich. »Aufregend und unglaublich sexy.« Sie antwortete nicht, sondern schloss die Augen und genoss alles, was ich tat. Als ich sie mit meinen Händen streichelte, beschleunigte sich ihr Atem und sie erwiderte jede Berührung, als wäre sie hungrig nach mir. Und wenn ich sie küsste, hatte ich das Gefühl, sie könnte nicht genug von mir bekommen. Sie schmeckte wunderbar und ich hätte sie ewig mit meinen Lippen und mit meiner

Zunge liebkosen können, und als der erste Orgasmus sie erschütterte, wünschte ich mir, sie würde dabei meinen Namen murmeln. Aber sie tat es nicht.

Dass sie es nicht tat, weil sie meinen Namen nicht wusste, war mir gar nicht bewusst.

Sie war perfekt für mich. Ihre Enge, als ich endlich in ihr war, ihr Atem, als ich ihr Stöhnen trank, und wie sie die Arme um mich schlang, als sie schon wieder kam. Sie war unglaublich. Wie entfesselt. Eine Frau wie sie hatte ich noch nie erlebt. Sie wirkte so glücklich und gelöst, dass ich ewig mit ihr in diesem schmalen Bett hätte sein und sie lieben können. Sie lachte ausgelassen, als müsste sie viele Jahre ohne Lachen wettmachen.

Unser Zusammensein war nicht einen Moment fremd oder eigenartig, sondern ich fühlte mich mit ihr, als würde ich sie seit Jahren kennen. Als wäre sie der Teil von mir, den ich bisher vermisst und unbewusst gesucht hatte. Sie machte sogar ein Foto von einem Muttermal an meiner Hüfte, von dem sie sagte, es würde so aussehen wie ein Apfel. Ich wollte sie daran hindern, aber schließlich gab ich nach. Ich konnte ihr keinen Wunsch abschlagen. Ich stand völlig in ihrem Bann. Ich hätte in dieser Nacht alles für sie getan: die Sterne vom Himmel geholt, das Meer in einem Kajak überquert, einen Nebenbuhler getötet. Aber ich war so dumm zu glauben, dass es eine Zukunft für uns gäbe.

Ich dachte, sie wäre noch da, wenn ich aufwachte.

Aber als ich am Morgen die Augen öffnete, war sie weg. Ohne eine Notiz war sie einfach verschwunden. Und ich wusste gar nichts von ihr, nicht einmal ihren Namen.

Ich ging zum Wohnheim der Mädchen, um mich unauffällig umzusehen, doch sie war nicht dort. Ich fragte ein paar der jungen Frauen nach ihr, aber nach meinen

Angaben über ihr Aussehen erntete ich nur Kichern. »Ich suche ein wunderschönes Mädchen mit braunen Augen, in denen goldene Sterne funkeln, mit langen samtigen Haaren und einem anbetungswürdigen Körper« sorgt nicht gerade für ernsthafte Antworten. Aber was sollte ich sonst fragen? Mehr wusste ich nicht über sie. Nicht einmal ihr Studienfach.

Ich hatte nur fünf Tage Zeit, nach ihr zu suchen. Danach ging ich für zwei Jahre nach London.

Die fünf Tage reichten nicht. Ich sah sie nie wieder.

Ich hörte erst wieder etwas von ihr, als ich zurück in Sydney war und bei MAM als Partner angefangen hatte. Ich sah ihr Bild in der Zeitung, weil sie als Mitwisserin eines Betrügers verurteilt worden war. Ich erkannte sie sofort.

Und ich schwor mir, nicht eher zu ruhen, bis sie wieder mir gehörte.

BLUE MOUNTAINS

ESTHER

HEUTE

ICH SITZE IN DER Wohnung und starre die Tür an, als wäre sie ein gefährliches Monster.

Ist es wieder Marc, der klingelt? Er soll bleiben, wo der Pfeffer wächst.

Wieder klingelt es. Danach klopft es.

»Uma? Bitte mach auf!«

Erleichtert atme ich auf. Das ist nicht Marc. Ich stehe auf und will öffnen, als ich Umas entsetzte Stimme höre.

»Mach nicht die Tür auf! Das ist Sean!«

Verdattert bleibe ich stehen. »Was macht er hier?«

»Er ruft mich seit gestern ununterbrochen an. Er will mit mir reden, aber ich nicht mit ihm. Er hat seine Wahl getroffen. Er ist gestorben für mich.«

»Vielleicht hat er es sich anders überlegt? Auf mich hat er nicht den Eindruck gemacht, als wäre er sehr verliebt in seine Neue.«

»Trotzdem! Ich werde ihn nicht sprechen. Ich will ihn nicht mehr, definitiv nicht. Das Leben geht weiter. Er wird mir nur wieder das Herz brechen. Männer wie er tun es wieder und wieder. Und ich hoffe, du fällst mir nicht in den Rücken.«

»Natürlich nicht.«

Energisch dreht sie sich um und rennt in ihr Zimmer.

Ich zucke mit den Schultern und lasse Sean klopfen. Von mir aus können die Männer draußen verrotten. Sean und Marc und wie sie alle heißen. Keiner hat es verdient, dass Uma oder ich oder eine andere Frau wegen eines Mannes leidet. Und wenn das Leben gerecht wäre, würde es diesen Kerlen endlich mal zeigen, was sie alles im Herzen einer Frau anrichten.

Das Leben ist aber leider nicht gerecht.

Ich würde gern noch länger vor mich hin schimpfen, doch leider öffnet sich die Eingangstür. Empört springe ich auf und überlege, Sean wegen unerlaubten Eindringens anzuzeigen, aber es ist Jeremy, der hereinkommt. Der darf natürlich, schließlich wohnt er hier.

»Hallo Süße. Du siehst schrecklich aus«, sagt er mit einem unbekümmerten Lächeln.

Genau die Begrüßung, die sich eine Frau wünscht. Gedanklich sortiere ich Jeremy bei den Männern ein, die draußen bleiben sollen, muss ihn jedoch passieren lassen. Immerhin bezahlt er für sein Zimmer. Und leider hat er Sean im Schlepptau.

»Uma ist nicht zu sprechen«, sage ich, um Sean sofort den Wind aus den Segeln zu nehmen. Er klappt seinen halb geöffneten Mund wieder zu und sieht mich stattdessen flehend an.

»Nein, es geht nicht.« Ich stelle mich ihm sogar in den Weg und versuche, ihn sanft aus dem Apartment zu schieben.

»Bitte, es ist wichtig.«

»Nein, es geht nicht. Ich habe strikte Anweisungen.«

»Ich ... ich weiß, ich habe Mist gebaut. Kannst du ihr das bitte sagen?«

»Ich werde es ihr ausrichten, aber nun geh bitte.«

»Und sage ihr, ich ... ich ...« Er bricht ab.

Ich schiebe ihn weiter zur Tür. Noch einen Meter, dann habe ich es geschafft.

»Ich erzähle es ihr.« Ich habe zwar keine Ahnung, was ich sagen soll, aber ich werde mir irgendetwas ausdenken, was Uma nicht wehtut, sondern glücklich macht. Das hat sie verdient.

»Ich liebe sie«, sagt er plötzlich leise. »Ich habe mich noch am Sonntag von Elisabeth getrennt.«

Nun lasse ich ihn doch an der Tür stehen, ohne ihn weiter hinauszuschieben.

»Das werde ich Uma auf jeden Fall ausrichten. Ich bin mir aber nicht sicher, ob sie dich wirklich noch will. Nur dass du schon mal Bescheid weißt.«

Er stöhnt leise. »Das habe ich befürchtet. Mag sie gar keine Männer mehr? Oder nur mich nicht? Oder liebt sie jetzt nur dich?«

»Ich ... es ist kompliziert. Das kann ich so nicht sagen. Und, um ehrlich zu sein, ich habe gerade meine eigenen Probleme. Also es tut mir leid, ich muss dich rauswerfen.«

Er presst gequält die Lippen zusammen, nickt jedoch. Danach tritt er einen Schritt zurück, bis er im Flur steht, sodass ich die Tür vor seiner Nase zuknallen kann.

»Habe ich irgendetwas verpasst?« Jeremy sieht mich mit großen Augen an.

»Ja, aber ich kann es dir jetzt nicht erklären.« Ich lasse ihn stehen und will in mein Zimmer gehen, doch in dem Moment donnert wieder jemand an die Tür.

Ich verdrehe die Augen, Jeremy schüttelt den Kopf. »Dieser Kerl ist aber wirklich hartnäckig.«

Genervt öffne ich und will ihm sagen, dass Sean sich verziehen soll, doch es ist nicht Sean, der draußen steht. Es ist Marc.

»Was willst du denn noch ...?« Er lässt mich nicht ausreden, sondern zieht mich nach draußen.

»Du bist hier nicht sicher. Chen mobilisiert gerade all seine Leute, um mich zu finden. Wenn er dich erwischt, bist du geliefert.«

»Er hatte mich schon. Daher weiß ich auch, wer du wirklich bist.«

Erschrocken hält er inne und starrt mich an. »Chen hat es dir verraten? Ich dachte, du hättest es auf anderem Wege herausgefunden.«

»Nein, er war es. Er wird mich also nicht noch einmal holen.«

»Doch, wird er. Er hat mir gerade gedroht, dass er alle quälen will, die mir etwas bedeuten, bis ich zu ihm komme. Dazu gehörst du. Also komm mit, du bist hier nicht sicher.«

Er will mich nach draußen ziehen, aber ich wehre mich.

»Ich will nicht mit dir mitgehen!«

»Du hast keine Wahl.«

Jeremy eilt mit besorgter Miene zu mir. »Ich würde dir gerne gegen diesen Kerl zur Seite stehen, weil ich merke, dass ein paar unerledigte Sachen zwischen euch stehen und du sie jetzt nicht lösen willst, aber ich fürchte, er hat recht.

Da hält gerade ein Lieferwagen vor dem Tor und ein paar Asiaten sind auf dem Weg ins Haus.«

»Scheiße, das ist Chen.« Energisch zieht mich Marc aus der Wohnung die Treppe hoch. Jetzt wehre ich mich nicht mehr, denn von unten kann ich das Fußgetrappel mehrerer Männer hören. Das sind sie. Sie wollen Marc. Und mich, um ihn durch mich unter Druck zu setzen.

»Wohin willst du denn?«, zische ich Marc zu, der mich immer noch festhält. Hastig steigen wir weiter nach oben. »Das ist eine Sackgasse!«

»Wohin führt die Treppe?«

»Bis zum achten Stock, danach ist Schluss.«

»Gibt es einen Dachboden?«

»Nein, es ist ein Flachdach.«

»Gut.«

Ich weiß nicht, was daran gut ist, aber als wir das oberste Stockwerk erreicht haben, geht mir ein Licht auf. Marc öffnet das Fenster im Treppenhaus und sieht hinaus. Das Rohr einer Dachrinne führt direkt neben dem Fenster von oben nach unten.

»Komm her, Esther, klettere an dem Rohr nach oben aufs Dach.«

»Das ist Plastik und wird mich nicht halten.«

»Doch, es wird dich halten. Ich helfe dir.«

»Und du?«

»Ich halte die Kerle auf und folge dir.«

Das Trampeln der Verfolger kommt immer näher. Jetzt sind sie in dem Stockwerk meiner Wohnung. Mein Herz rast. Wenn ich nicht will, dass sie mich und Marc erwischen, muss ich tatsächlich das Rohr hinaufklettern.

Ich steige auf das Fensterbrett und greife nach dem Rohr. Es ist nicht sonderlich stabil, aber es kann sein, dass

Marc recht hat und es mich wirklich hält. Die Schrauben, mit denen die Schellen in der Wand fixiert sind, wirken sehr kräftig. Und es wäre nur ein reichlicher Meter nach oben, den ich zurücklegen müsste, mehr nicht.

Marc hält mich fest, bis ich das Rohr umklammert und auf der Schelle richtig Fuß gefasst habe.

»Alles okay?«, fragt er besorgt.

»Ich hoffe.«

Vorsichtig halte ich mich an dem Rohr fest, während Marc mich loslässt. Es knirscht und knackt, aber es hält. Ich setze meinen Fuß auf die nächste Schelle, auch hier gibt es keine Schwierigkeiten. Dann kann ich schon nach dem Dach greifen und mich nach oben ziehen.

Nur wenig später habe ich es geschafft und bin in Sicherheit.

»Alles klar!«, rufe ich Marc zu, der ebenfalls aus dem Fenster geklettert ist. Doch er hat es nicht so einfach wie ich. Eine Hand reicht aus dem Fenster, umklammert seinen Fuß und hält ihn fest. Er tritt danach, dabei belastet er jedoch das Rohr viel zu sehr. Es kracht gewaltig. Ein Riss geht durch das Verbindungsteil, mit dem das Rohr oben mit der Dachrinne verbunden ist.

»Marc! Pass auf!«, schreie ich. Er sieht kurz zu mir und entdeckt den Riss. Mit einem kräftigen Tritt kann er den Asiaten loswerden, der ihn festhält, und klettert nach oben.

Aber er ist zu schwer für das Rohr. Der Riss wird so groß, dass sich das Rohr löst und abzubrechen droht.

»Marc! Halt dich fest!« Ich reiche Marc meine Hände, aber er hat schon das Dach erreicht und klammert sich an der Kante fest, genau in dem Moment, in dem das Rohr nach unten fällt.

Marc hängt am Dach und zieht sich hoch, wobei ich ihm behilflich bin und ihn am Hemd raufziehe. Dabei rutscht sein Hemd aus der Hose.

»Das war knapp«, sagt er, als er bei mir auf dem Dach sitzt. »Aber kein Grund, mich gleich auszuziehen. Ich weiß, dass du es nicht erwarten kannst, aber das können wir später noch machen.« Er grinst frech.

»Du Idiot. Dich auszuziehen ist das Letzte, was ich tun möchte.« Genervt von ihm wende ich mich ab und stehe auf, um nach einem Weg aus der Misere zu schauen. »Wir können über die Dächer bis zur Kreuzung gehen«, schlage ich vor.

»Das sehe ich auch so.« Er steckt das Hemd ein, dann laufen wir über die flachen Dächer bis zum Ende des Blocks. Ich hatte keine Ahnung, dass man da oben so freie Bahn hat. Die Dächer sind nicht alle gleich hoch, aber die Unterschiede sind so gering, dass wir sie gut überwinden können. Einmal ist ein schmaler Spalt zwischen den Häusern, aber wir können locker darüber springen.

Schließlich sind wir an der Kreuzung angekommen. Unter uns rauscht der Verkehr. Auf der gegenüberliegenden Seite befindet sich ein Hotel, vor dem mehrere Busse halten.

Ich spüre plötzlich, dass das Dach leicht vibriert. Erschrocken sehe ich mich um. Drei Männer folgen uns über die Dächer. Marc hat sie ebenfalls entdeckt und zieht mich zur Kante des Daches. Zum Glück sind an diesem Haus Balkons angebracht. Wir springen gemeinsam auf den Balkon im obersten Stock. Leider ist das Fenster geschlossen. Doch Marc nimmt einen Blumentopf, um damit die Scheibe einzuschlagen.

»Marc! Nicht! Wir können es auch nebenan versuchen.« Ich halte seinen Arm fest, aber es ist zu spät. Mit einem lauten Klirren geht die Scheibe zu Bruch.

»Ich werde ihnen Geld dalassen. Beruhigt dich das?« Er zieht zweihundert Dollar aus der Hosentasche und legt sie auf den Tisch. »Wir sind bestimmt die ersten Einbrecher, die Geld dalassen, statt welches mitzunehmen.«

Ich antworte nicht, sondern gehe zur Tür, um sie zu öffnen. Und ich hoffe, dass die Asiaten nicht denselben Weg wählen. Sie werden bestimmt kein Geld für die Bewohner liegenlassen, um sie für den entstandenen Schaden zu entschädigen.

Gemeinsam laufen wir durch das Treppenhaus nach unten und überqueren die Straße. Einer der Busse vor dem Hotel will gerade abfahren. Als wir darauf zugerannt kommen, hält er an und lässt uns noch einsteigen. Marc löst sogar zwei Tickets. Dann setzen wir uns in die hinterste Reihe, die einzigen Plätze, die noch frei sind. Der Bus ist voller Touristen aus Europa, vor allem Spanier, die munter durcheinander plaudern.

Ich lehne mich an die Lehne des Sitzes und hole erst einmal tief Luft.

»Was für Idioten!«, sagt Marc und dreht sich um, als ob er erwarten würde, dass die Asiaten den Bus verfolgen. Aber sie stehen ratlos am Straßenrand und diskutieren. »Sie sind nicht gerade clever, wie es aussieht.«

»Du hättest es anders gemacht? Wie denn?« Ich klinge spitz. »Wie handelt denn ein guter Verbrecher und erstklassiger Verfolger?«

»Ich hätte gar nicht erst einen Mann wie mich für ihre Aufgaben ausgesucht.« Er klingt amüsiert, als würde er versuchen, meine schlechte Stimmung mit einem Witz wegzuzaubern. Aber so einfach ist das nicht.

»Es ist aber verdammt schwer, heutzutage noch vernünftiges kriminelles Personal zu finden. Da mussten sie eben einen Mistkerl wie dich nehmen.«

Er lacht leise. »Das sitzt, Esther. Eins zu null für dich.«

»Tut es dir überhaupt nicht leid, mich in deinen Dreck hineingezogen zu haben?« Langsam werde ich wieder wütend. »Ich brauchte einen Job, der mich über Wasser hält und das Heim meiner Mutter bezahlt. Und um meine Akte reinzuwaschen, damit ich wieder etwas Richtiges machen kann. Das, wofür ich jahrelang studiert habe. Mit MAM im Lebenslauf wäre ich nicht mehr ganz so verrucht gewesen. Aber du hast nichts Besseres zu tun, als mir diese Chance zu verderben. Ich werde nie wieder aus diesem Tal herauskommen. Ich werde für immer und ewig eine ungeliebte Assistentin sein. Oder ich muss Kellnerin werden, wovon ich überhaupt keine Ahnung habe. Oder weiter Escort spielen und meinen Körper verkaufen. Denkst du, das macht mir Spaß?« Ich habe mich in Rage geredet.

Er hingegen ist ganz cool. »Ich hatte den Eindruck, dass dir der Job in meinem Bett gefällt.«

Ich antworte nicht, sondern starre zum Fenster hinaus.

Er sagt lange nichts und ich glaube schon, dass er eingeschlafen ist. Doch dann höre ich seine leise Stimme.

»Es tut mir leid. Ich wollte nicht, dass es so endet.«

Er sieht mich unverwandt an, seine Hand streichelt über meinen Rücken und wandert in meinen Nacken.

Ich bin überrascht, wie sehr mich diese Berührung erregt. Und wie seine leise Stimme mich bewegt. Er klingt wie Arthur. Aber es ist nicht die ruhige Sprache, die mich so mitnimmt. Er redet auch nicht mit diesem britischen Akzent. Es ist die Ehrlichkeit in seiner Stimme, die mich an Arthur erinnert. Etwas Offenes und Aufrichtiges, das ich bei Marc bisher niemals erlebt habe. Jedenfalls nicht, als er mein Boss war. Er war immer laut und frech. Und ich habe plötzlich das dumpfe Gefühl, dass Marc der aufgesetzte Teil seines Charakters ist und Arthur sein wahres Ich. Als hätte er die andere Person benutzt, um mir seinen echten Charakter zu zeigen.

Seine Hand streichelt über meinen Hals und meine Wange und ich verspüre das Bedürfnis, die Augen zu schließen und mich seinen Zärtlichkeiten hinzugeben. Aber das wäre so falsch! Ich kann doch diesem Mann, der mich dermaßen belogen und betrogen hat, nicht einfach verzeihen! Nie und nimmer!

Ich stehe auf und setze mich auf einen freien Platz drei Reihen vor mir. Neben mir sitzt eine Spanierin, die mir etwas in ihrer Muttersprache mitteilt, was ich aber überhaupt nicht verstehe. Ich nicke nur und lächele. Dann schließe ich die Augen und versuche, an nichts zu denken.

ICH MUSS EINGESCHLAFEN sein, denn als der Bus hält, schrecke ich hoch. Die Spanierin versucht mir klarzumachen, dass ich aufstehen soll. Müde erhebe ich mich und steige mit dem Schwung Spanier aus. Und ich beginne zu staunen.

Ich bin nicht mehr in Sydney. Um mich herum ist dichter Wald, vor mir liegt eine Schlucht, in die sich ein Wasserfall ergießt. Dahinter erhebt sich ein Berg mit einem Höhleneingang.

»Wir sind in den Blue Mountains gelandet.« Marc tritt hinter mich. »Hier war ich schon seit meiner Kindheit nicht mehr. Ich sollte den Kerlen und Chen dankbar sein, dass sie mir ein wenig Sightseeing ermöglichen.«

Ich habe keine Lust auf seinen leichtfertigen Ton und schließe mich der Gruppe Spanier an, die auf den Höhleneingang zulaufen. Die Fremdsprache nicht zu verstehen ist immer noch besser, als Marc reden zu hören.

Doch so schnell lässt er nicht locker. Er folgt mir einfach, als hätte ich ihn dazu eingeladen.

»Die Touris werden bestimmt die Höhlen besuchen. Warst du da schon mal drin? Die sind absolut beeindruckend. Und dabei sind sie noch nicht einmal richtig erforscht.«

Ich war noch nie in den Höhlen, aber ich will nicht mit ihm reden, deshalb schweige ich.

»So ein Tourismusgeschäft ist auch eine fantastische Möglichkeit, Geld zu waschen, weißt du das?«

Ich drehe mich nach ihm um und werfe ihm einen warnenden Blick zu.

»Was? Über meinen Job darf ich nicht sprechen? Über die Höhlen? Wann sie entdeckt wurden? Auch nicht?«

Ich wende mich ab und lasse ihn faseln.

»Ich glaube, es war irgendwann im 19. Jahrhundert, aber sicher bin ich mir nicht. Wenn ich spanisch sprechen würde, könnte ich die Reiseführerin verstehen, aber ich habe leider in der Beziehung nicht viel drauf. Ich kann nur einen britischen Akzent.«

Wieder werfe ich ihm einen warnenden Blick zu, den er lächelnd quittiert.

»Darüber darf ich also auch nicht reden. Wie wäre es mit dem Wetterbericht? Es soll noch regnen heute. Aber in den Höhlen sind wir trocken. Und außerdem sicher vor Chen und seinen Leuten. Ich denke nicht, dass sie uns bis hierher verfolgt haben. Ich habe jedenfalls niemanden entdeckt, der dem Bus gefolgt ist.«

Ich bin ein wenig erleichtert, dass er aufgepasst hat, während ich geschlafen habe.

Wir steigen einen Felsen nach oben, in den Stufen geschlagen wurden, bis wir zu einem Eingang im Stein kommen. Dahinter ist es dunkel, nur ein paar Scheinwerfer beleuchten den Weg.

»Wollen wir hinein oder willst du weiter fliehen?«, raunt mir Marc ins Ohr. Seine Nähe jagt eine Gänsehaut über meinen Körper.

»Ich fühle mich in der Gruppe sicher«, sage ich und gehe einen Schritt vor, um mich von ihm zu entfernen.

»Okay, also gehen wir hinein.«

Wir laufen einen schmalen Gang entlang, der nur notdürftig von Lampen beschienen wird. Ein Wombat sitzt seelenruhig hinter einem Stein und beobachtet uns. Als die Spanier ihn entdecken und aufgeregt winken und mit den Fotoapparaten knipsen, verzieht er sich in die Dunkelheit hinter den Gesteinsbrocken. Wir laufen mehrere Meter, bis sich der Weg verbreitert und wir plötzlich in einer riesigen Höhle stehen. Sie erinnert an eine Kathedrale mit ihren hohen Pfeilern, die aus Stalagmiten bestehen, und einer in der Finsternis kaum zu erahnenden Decke. Die Wände bestehen aus Tropfstein und wirken an einer Stelle wie Orgelpfeifen.

»Wow«, flüstere ich und habe plötzlich das Gefühl, dass mich eine friedliche Ruhe befällt. Als würde ich an diesem Ort etwas Erhabenes spüren, das von keinem kriminellen Koreaner zerstört werden kann. Auch nicht von Marc Morton.

Ich drehe mich um meine eigene Achse und lasse den Frieden auf mich wirken.

Als ich mich von meinem Platz löse, sind die Spanier bereits weitergezogen.

»Es ist beeindruckend«, sagt Marc neben mir. »Habe ich zu viel versprochen?«

Ich wünschte mir, er wäre auch nicht mehr hier, aber leider geht mein Wunsch nicht in Erfüllung.

Plötzlich ertönt ein Knacken und Rauschen in dem Gang, aus dem wir gerade gekommen sind. Danach höre ich eine Stimme aus einem Funkgerät.

»Ist sie da drin?«

»Ich habe sie noch nicht entdeckt«, antwortet eine Stimme, die mir leider bekannt vorkommt.

»Wakefield«, flüstere ich Marc zu, der mich blitzschnell fortzerrt und in einen dunklen Gang zieht. Leider ist der Gang nur kurz, gerade mal einen Meter lang, sodass wir uns zusammenquetschen müssen, um nicht gesehen zu werden.

Marc steht vor mir und drückt mich mit dem Rücken an die Wand. Seine Brust presst sich an meine, sein Körper blockiert die Sicht auf mich.

Wakefield geht an uns vorüber und folgt den Spaniern tiefer in die Höhle hinein. Ein weiterer Mann von ASIO folgt ihm.

»Es tut mir leid«, flüstert Marc auf einmal in mein Ohr.

Sein Atem streicht über meine Haut und lässt die feinen Härchen in meinem Nacken stehen.

»Ich weiß. Das hast du schon gesagt, aber ich glaube dir nicht.«

»Ich meine nicht die Sache mit der Geldwäsche. Ich meine, es tut mir leid, dass ich dich so schikaniert habe.«

Er klingt wie Marc, aber trotzdem wirken seine Worte ehrlich.

»Dafür kenne ich jetzt mehrere Reinigungen und weiß den Unterschied von billiger und teurer Schuhcreme zu schätzen.« Ich versuche, witzig zu klingen, und es scheint mir zu gelingen, denn er lächelt.

»Ich war ein Arschloch. Du hast völlig recht.«

»Ich weiß. Und ich freue mich, dass du mir recht gibst.«

Er legt seine Wange an die meine. »Denkst du, du kannst mir irgendwann verzeihen, was ich getan habe?«

»Ich weiß nicht.«

In mir tobt ein Kampf. Ich würde ihn gern von mir schieben, aber gleichzeitig genieße ich seine Nähe. Und ich denke an das, was er mir erzählt hat. Dass er mich nach unserer gemeinsamen Nacht gesucht hat, weil er mich gern wiedersehen wollte. Vielleicht sollte ich ihm doch verzeihen. Trotzdem ist das, was er getan hat, unverzeihlich.

Ich bin völlig durcheinander und weiß nicht, was ich denken und fühlen soll. Ich habe schon wieder das Gefühl, keine Luft zu bekommen.

»Ich glaube, sie sind weg«, sage ich und schiebe ihn weg.

Irritiert weicht er vor mir zurück und sieht aus dem Gang heraus. Ich vermisse ihn fast ein wenig, als ich allein in der Dunkelheit stehe, drücke das Gefühl aber weit weg.

»Die Luft ist rein«, bestätigt er, aber ich höre nicht auf ihn. Ich schiebe ihn zur Seite und gehe auf den Gang zu, durch den ich mit der Gruppe der Spanier gekommen bin.

»Wohin willst du?«, ruft Marc mir nach.

»Raus hier!« Ich brauche Luft. Sauerstoff.

»Komm zurück!«, ruft Marc warnend, aber ich höre nicht auf ihn. Ich renne davon und auf den Ausgang zu. Als ich ihn erreicht habe, schaffe ich es gerade mal, einen tiefen Atemzug zu machen. Dann spüre ich starke Arme, die mich festhalten.

»Miss Lindbergh, Sie sind verhaftet.«

DIE GESCHICHTE WIEDERHOLT SICH

»WO IST ER?«, fragt Thomas Wakefield, als er mich in einen zivilen schwarzen Polizeiwagen verfrachtet hat und sich auf den Beifahrersitz setzt. Ich sitze hinter dem Gitter, als wäre ich eine gefährliche Kriminelle.

»Wer? Chen? Ich habe keine Ahnung.«

»Nein, ich meine Marc Morton.«

Ich schnappe nach Luft. »Sie wissen es nicht?«

»Nein. Also wo ist er?«

Ich bin versucht zu lachen, verkneife es mir aber. Sie wissen nicht, dass Marc Morton mit mir zusammen war und sich in den Höhlen befindet.

»Warum suchen Sie ihn?«

»Er soll wegen Geldwäsche verhaftet werden. Also, wissen Sie, wo er sich aufhält?«

»Und was habe ich verbrochen?«

»Sie haben ihn versteckt. Wir wissen, dass er heute in Ihrer Wohnung war. Wir haben Ihr Handy geortet, deshalb haben wir Sie hier in den Bergen gefunden. Also, wo ist er?«

Ich schüttele den Kopf vor Enttäuschung über den Beamten.

»Sie wollten mir helfen, aber jetzt reiten Sie mich so tief in die Sache rein, dass ich nie wieder herauskomme. Wegen Ihnen verliere ich alles.«

»Nein, Sie verlieren alles, weil Sie Marc Morton schützen. Wo ist er?«

Ich starre zum Fenster hinaus und bin erneut versucht zu lachen. Dieses Mal über die Ironie des Schicksals. Denn schon wieder stehe ich vor derselben Frage wie vor über einem Jahr. Als mein Ex Philipp seine Firma um viel Geld betrogen und die Beweise vernichtet hat, dachte ich, er würde zu mir halten, wenn ich ihn nicht verraten und für ihn lügen würde. Aber er hat mich in die Pfanne gehauen.

Und nun soll ich Marc Morton verraten.

Ich könnte lügen und Wakefield mitteilen, dass sich Marc in Sydney befindet.

Ich könnte ihm aber auch sagen, dass Marc nur wenige Meter entfernt in der Höhle darauf lauert, weiterfliehen zu können.

Was soll ich tun?

Wird sich Marc genau wie Philipp danach von mir abwenden?

»Wo ist er?«, hakt Wakefield nach.

»Was werden Sie mit ihm tun, wenn Sie ihn haben?«

»Er wird verhaftet und zu seinen illegalen Aktivitäten mit Chen verhört. Außerdem wird er wegen Mordes angeklagt. Die Morde an den jungen Frauen sind noch nicht aufgeklärt und Morton ist immer noch der Hauptverdächtige.«

»Und was geschieht mit mir?«

»Sie werden frei sein und können machen, was Sie wollen.«

»Sie haben also gar nicht wirklich etwas gegen mich in der Hand? Sie wollen nur über mich an ihn herankommen?«

»Wir haben genügend gegen Sie in der Hand. Sie haben für ihn gearbeitet, das reicht fürs Erste. Er und seine Firma waschen vermutlich Geld für einen Drogenbaron. Was wollen Sie noch?«

»Sie sind ein mieser Kerl.« Ich würde ihn am liebsten anspucken. Aber ich bin mir nicht sicher, ob ich durch das Gitter gut zielen kann. Vermutlich würde meine Spucke nur zu mir zurückspritzen. Keine gute Idee.

Ich schließe für einen Moment die Augen und versuche, mich in Wakefields Lage zu versetzen. Was würde ich tun, wenn ich verzweifelt auf der Suche nach einem Verbrecher wäre, der viele Menschenleben auf dem Gewissen hat? Chens Drogen haben in Thailand mit Sicherheit viel Elend angerichtet. Wenn ich Wakefield wäre, würde ich alle Leute einschüchtern, die in irgendeiner Form mit ihm zu tun haben. Selbst wenn ich ihnen Lügen erzählen müsste, damit sie nachgeben und mir alles verraten, was ich wissen muss.

»Sagen Sie mir, wo er ist, dann lasse ich Sie gehen«, drängt Wakefield.

»Ich weiß es nicht.«

Kaum ist der Satz hinaus, beiße ich mir auf die Zunge. Ich habe es schon wieder getan. Ich habe wieder für einen Mann gelogen. Und dieses Mal für Marc Morton, der mir so übel mitgespielt hat. Wieso bin ich so dumm? Lerne ich denn gar nicht aus meinen Fehlern? Vielleicht weil ich in dem Moment Thomas Wakefield mehr hasse als Marc. Und weil ich glaube, dass Wakefield blufft.

»Sie wissen nicht, wo Morton ist?«

»Nein. Ich habe ihn in Sydney zurückgelassen. Ich wollte einen Ausflug machen, um aus der Stadt rauszukommen. Er ist dort irgendwo, vielleicht noch in der Nähe meiner Wohnung. Oder haben Sie es in seinem Büro versucht?«

Wakefield sieht mich an, als würde er mir kein Wort glauben.

»Denken Sie, eine weitere Verurteilung wird Ihnen gut stehen? Dieses Mal kommen Sie ins Gefängnis.«

»Sie können mich mal, Wakefield. Ich habe nichts getan, weswegen ich verurteilt werden könnte. Sie geben nur heiße Luft von sich.«

»Das sehe ich anders. Sie sind vorbestraft, so etwas werden die Geschworenen immer mit in Betracht ziehen.«

»Ich habe trotzdem nichts getan. Und nun lassen Sie mich gehen. Diese Verhaftung ist rechtswidrig. Sie haben mir keine Chance auf einen Anwalt gelassen. Und mir nicht gesagt, weswegen ich überhaupt verhaftet werde. Es ist alles ein riesiger Betrug. Lassen Sie mich raus.«

Ich rüttele an der Tür, damit er merkt, wie ernst es mir ist. Ich bin mir inzwischen sicher, dass die Verhaftung nur zu meiner Einschüchterung dient. Mehr kann es nicht sein.

Doch er lässt mich sitzen.

»Wir fahren zurück nach Sydney. Ich möchte Sie dort in Ruhe vernehmen und Ihre Antworten aufzeichnen.«

»Das können Sie gerne tun. Ich werde Ihnen aber nur wieder dasselbe sagen.«

Er winkt einem Beamten zu, der draußen steht und eine Zigarette raucht. Der Mann tritt die Kippe aus und setzt sich auf den Fahrersitz, um den Wagen zu starten.

Ich werfe einen letzten Blick auf den Eingang der Höhle, weil ich wissen will, ob mich Marc vielleicht beobachtet hat. Aber er ist nicht zu sehen.

Anschließend fahre ich mit Wakefield zurück nach Sydney.

THOMAS WAKEFIELD IST ein knallharter Beamter im Vernehmungsraum. Als ich ihn verzweifelt im Gemüsegeschäft getroffen habe, hätte ich dem Mann niemals zugetraut, eine so kühle und effiziente Art an den Tag zu legen, wenn es darum geht, jemandem seine tiefsten Geheimnisse zu entlocken. Wenn ich mir nicht so sicher gewesen wäre, dass er nichts Richtiges gegen mich in der Hand hat, wäre ich eingebrochen und hätte ihm alles erzählt. Alles.

Aber zum Glück weiß ich, dass er im Trüben fischt. Und ich habe keine Ahnung, was Marc Morton wirklich für Geschäfte treibt. Dafür hat er mich viel zu wenig eingeweiht. Das Einzige, was ich wirklich miterlebt habe, war sein Bargeldgeschäft mit dem Heim meiner Mutter. Aber das erzähle ich Wakefield nicht. Er fragt mich auch nicht danach, weil er nichts darüber weiß.

»Sie wissen, dass Sie erledigt sind«, sagt er plötzlich und wirkt erschöpft. Er lehnt an der Wand und sieht mich an, als wäre ich die größte Enttäuschung seines Lebens.

Ich versuche ein schiefes Lächeln. »Noch mehr als vorher? Meine Karriere war schon vor diesem Tag am Ende, noch schlimmer kann es kaum noch kommen. Obwohl ich eigentlich gehofft habe, durch den Job bei MAM ein paar Punkte bei zukünftigen Arbeitgebern zu holen. Es sollte nur ein Zwischenstopp sein. Jetzt ist es wohl meine Endstation. Vielleicht sollte ich meinen Namen ändern und umschulen.«

Er mustert mich mit verkniffener Miene. »Mit einer Vorstrafe sind Sie nirgends gern gesehen.«

»Das müssen Sie mir nicht sagen. Das weiß ich schon.«

»Wenn Sie mit mir zusammenarbeiten, kann sich das Blatt wenden.« Offenbar hat er doch noch nicht aufgegeben.

»Und wie? Schaffen Sie es, dass meine Vorstrafe sich in Luft auflöst? Können Sie die Zeit zurückdrehen? Das wäre toll. Es gibt einige Dinge, die ich bereue.«

Ungehalten zieht er die Augenbrauen zusammen. Offenbar hat er seinen Humor vorn an der Rezeption abgegeben.

»Darf ich gehen?«, frage ich vorsichtig. Der Raum, in dem ich sitze, ist bedrückend. Kahle, graue Wände, ein ovaler Tisch, auf dem eine Flasche warme Cola und eine Tasse kalter Kaffee stehen. Es riecht nach Schweiß und Desinfektionsmittel.

Er presst die Kiefer aufeinander. »Warum? Was haben Sie heute noch vor? Wollen Sie sich mit Marc Morton treffen? Wo ist er?«

»Ich möchte nach Hause, außerdem habe ich noch einen Job, wie Sie wissen. Sie haben mich schließlich beschatten lassen. Wenn ich dort nicht auftauche, verliere ich den auch noch. Aber das wäre allein Ihre Schuld.«

Er kommt zum Tisch und stützt sich darauf. Als er mir so nahe ist, sehe ich, dass seine Augen gerötet sind, als hätte er mehrere Nächte nicht geschlafen. Er tut mir leid, er macht auch nur seinen Job und versucht, einen Verbrecher festzunageln. Aber ich kann ihm über Chen überhaupt nichts sagen. Ich weiß nichts, rein gar nichts.

»Sie gehen mir auf die Nerven«, sagt er leise. Seine Augen sagen etwas anderes. Sie sagen mir, dass er große Hoffnung in mich gesetzt hat und ich ihn enttäuscht habe.

Ich stehe auf. »Ich fasse das als Aufforderung auf, den Raum zu verlassen.«

Er widerspricht nicht, daher gehe ich zur Tür. Bevor ich ihn verlasse, drehe ich mich noch einmal zu Wakefield um.

»Ich weiß wirklich nichts über Chen. Ich kann Ihnen nicht helfen.«

»Aber Sie wissen etwas über Marc Morton.«

»Er ist aber nicht derjenige, denn Sie wirklich wollen. Er ist auch nur ein Mann, der versucht, irgendwie aus der Sache rauszukommen. Sie verschwenden Ihre Zeit mit mir. Und das ist die Wahrheit.«

Er sieht mich schweigend an. Als er einen langen Moment nicht antwortet, öffne ich die Tür und gehe hinaus.

Ich glaube, ich bin noch nie so schnell aus einem Gebäude geflohen wie jetzt aus dem Polizeirevier. Ich renne die Stufen runter und haste auf die Straße, wo ich sofort die nächste U-Bahnstation ansteuere. Ich habe das Gefühl, nicht nur von Wakefield gejagt zu werden, sondern auch von meinen düsteren Aussichten. Sie sind mir auf den Fersen wie Dämonen.

Aber als ich in der U-Bahn sitze, holen mich die Dämonen ein und mir wird bewusst, wie grauenhaft meine Zukunft wirklich aussieht.

Wakefield hat recht. Ich bin erledigt. Aber nicht nur, was meine Karriere betrifft. Auch in anderer Hinsicht.

Ich bin bankrott.

Bei MAM kann ich nicht mehr arbeiten, diese Einkommensquelle fällt weg.

Und mein Deal mit »Arthur« existiert auch nicht mehr, weil es Arthur nicht mehr gibt.

Einen Job bei einer renommierten Firma finde ich nicht. Meine Vorstrafe macht es unmöglich. Ich kann nur hoffen, dass Anita Paulsen mehr Jobs für mich hat, damit ich wenigstens die Miete für mich und das Geld für das Heim meiner Mutter auftreiben kann.

Oder ich gehe irgendwo Toiletten putzen.

Ich lehne meinen Kopf an die Scheibe der U-Bahn und möchte am liebsten weinen.

Beschissener könnte mein Leben nicht sein. Wenn ich nach der Verurteilung schon dachte, am Boden zu sein, so hatte ich offensichtlich keine Ahnung, dass es noch schlimmer kommen kann.

Eine Träne läuft tatsächlich über meine Wange, aber ich wische sie schnell weg.

In dem Moment brummt mein Handy in meiner Tasche. Ich habe eine Nachricht von einem unbekannten Absender erhalten.

Triff mich am Yachthafen, Kai 4, Rosengarden. M.

Mein Herz schlägt schneller.

M. Das kann nur Marc bedeuten.

Offenbar hat Marc es geschafft, heil aus den Bergen zu kommen. Und er hat sich ein neues Telefon besorgt, damit Wakefield ihn nicht findet.

Tausend Gedanken wirbeln in meinem Kopf durcheinander. Ich versuche, sie zu ordnen, und schließlich bleiben zwei Fragen übrig.

Will ich Marc wirklich am Yachthafen treffen?

Oder soll er bleiben, wo der Pfeffer wächst?

Ich kämpfe mit mir und starre aus dem Fenster der U-Bahn auf die gekachelten Wände des Tunnels. Als die Bahn an einer Station in der Nähe des Hafens hält, bin ich noch zu keinem Schluss gekommen. Erst als sich die Türen schließen wollen, springe ich auf und schlüpfe in letzter Sekunde durch die Öffnung.

Ich muss noch einmal mit Marc sprechen. Es gibt eigentlich nichts mehr zu sagen, aber ich muss wissen, was er nun vorhat. Und wenn ich ganz ehrlich bin, sitzt in meinem Herzen eine Stimme, die nicht möchte, dass er aus meinem Leben verschwindet.

Ich laufe hinaus auf die Straße und nehme den nächsten Bus zum Hafen. Unweit vom Yachthafen steige ich aus und laufe die letzten Meter. Ich eile zum Kai 4 und suche die Yacht mit dem Namen Rosengarden.

Schließlich entdecke ich sie am Ende des Kais. Sie ist ein hübscher Klipper mit einem Mast und roten Segeln, die bereits gehisst sind.

Ich kann es nicht ändern, aber mein Herz klopft, als ich auf das Boot zugehe. Ich ärgere mich darüber, dass mein Körper so auf Marc reagiert, aber ich kann es nicht abstellen.

»Marc?«, frage ich leise, als ich über den Steg auf das Boot laufe. Aus dem Inneren höre ich Geräusche, als würde jemand in einer Kiste kramen.

Ich gehe dem Geräusch nach und bleibe am Eingang der Kajüte wie angewurzelt stehen. Es ist nicht Marc, der sich in dem Boot befindet, sondern ein fremder Mann. Das heißt, er kommt mir bekannt vor, ich kann ihn aber nicht einordnen.

»Entschuldigung, ich muss mich geirrt haben«, sage ich und will mich abwenden. Doch mit zwei, drei raschen Schritten ist er bei mir.

»Nein, du hast dich nicht geirrt. Tritt nur ein, Esther.«

»Woher wissen Sie, wer ich bin?« Ich sehe ihn mir genauer an. Er ist groß und fast kahl, er trägt eine Jeansjacke und schmutzige Hosen. Er sieht aus wie ein Arbeiter und mir fällt plötzlich ein, wo ich ihn schon einmal gesehen habe. Er hat im Bus gesessen, als ich zu meiner Mutter und wieder zurück gefahren bin. Also hat er mich doch verfolgt.

»Gehören Sie zu Wakefield?«, hake ich nach.

»Wer ist Wakefield? Nein, zu dem gehöre ich nicht. Mein Name ist John.«

Ich überlege, ob ich einen John kennen müsste, aber mir fällt keiner ein. »Tut mir leid, ich kann Sie nicht einordnen. Kennen wir uns? Wo ist Marc?«

»Vermutlich ist Marc irgendwo dort, wo er wieder jemanden zugrunde richten kann.« Er lächelt mich an, aber es wirkt nicht bitter oder sarkastisch, sondern eher, als hätte er Spaß daran, sich mit mir über Marc zu unterhalten.

»Wie kommen Sie darauf?«

»Weil das seine Lieblingsbeschäftigung zu sein scheint. Bei mir hat er es schon geschafft. Und ich denke, du bist die nächste.«

Mir wird plötzlich kalt. »Woher kennen Sie ihn?«

»Wir haben zusammen studiert und zusammen eine Firma gegründet. Doch Marc sieht eine gemeinsame Firma anders als ich. Für mich bedeutet es, zusammen das Risiko zu tragen und auch gemeinsam den Gewinn einzustreichen. Doch Marc hat mir das Risiko überlassen und selbst nur Gewinne eingestrichen. Und eigenständig Entscheidungen getroffen, ohne mich miteinzubeziehen.«

»Wie die Zusammenarbeit mit Chen?«

Seine Miene verfinsterte sich. »Woher weißt du davon? Hat er es dir erzählt?«

John ist der Kerl, von dem mir Marc erzählt hat. Der ehemalige Geschäftspartner, von dem Marc denkt, dass er die Frauen umgebracht hat.

»Ja, er hat darüber gesprochen.« Fieberhaft überlege ich, wie ich von der Yacht komme, ohne dass er mir etwas antut. Vorsichtig gehe ich einen halben Schritt rückwärts, während er spricht. Anschließend noch einen und noch einen.

»Chen hätte uns eine Menge Geld gebracht und uns über die Runden geholfen. Aber Marc wollte es nicht. Er wollte lieber sauberes Geld investieren. Das Problem war nur, dass seine Investition beschissen und das saubere Geld danach verloren war. Ich musste mit meinem eigenen Geld ran, um den Schaden zu minimieren. Doch es war kein Wunder, dass die Kunden nie wieder etwas mit uns zu tun haben wollten. Unsere Firma ging den Bach runter und Marc hat sich aus dem Staub gemacht. Er fing bei Asperger an und strich jeden Monat ein fünfstelliges Gehalt ein, während ich alles verlor: mein Haus, meinen Ruf. Ich war fertig in der Szene. Weißt du, was ich jetzt mache? Ich baue Schiffe, ich bin ein Werftarbeiter. Wie tief kann man sinken?«

Willkommen im Club, denke ich.

»Jeder trifft mindestens einmal eine dämliche Entscheidung. Das habe ich auch schon getan. Aber am Ende bin ich selbst daran schuld gewesen, denn ich habe die Entscheidung getroffen.«

Ich gehe noch einen Schritt nach hinten.

»Marc hat die Entscheidungen getroffen!« Er spuckt den Satz nur so aus.

»Aber Sie haben zugestimmt, mit Ihrem Vermögen dafür zu haften. Sie sind den Deal mit ihm eingegangen. Das war Ihre eigene dämliche Entscheidung.«

»Ich habe nicht gewusst, was für ein Schuft er ist.«

»Und ich habe nicht gewusst, was für ein Arschloch mein Ex ist. Trotzdem war es meine Entscheidung, ihn zu schützen.«

Er ist plötzlich wieder bei mir, stellt sich vor mich und nimmt blitzschnell meine Hände, um sie hinter meinem Körper zusammenzuhalten. »Wer bist du, dass du mir so etwas sagen kannst, du blöde Kuh?«

Sein Griff schmerzt und ich will mich befreien, aber er lässt nicht locker.

»Was wollen Sie von mir?«

Angst lähmt mich. Hat John mich herbestellt, um mich umzubringen wie Thea Appleyard und Heidi Stephens?

»Ich will nichts von dir. Ich will, dass Marc leidet. Und das tut er, wenn ich ihn dort treffe, wo es ihn schmerzt. Entweder beim Geld oder bei den Frauen. Wenn er wegen Mordes im Knast sitzt, verliert er beides.«

Er nimmt mir mein Telefon ab und wirft es auf den Kai, sodass es zerbricht.

»Die Bullen sollen es finden. Sie werden die Nachricht entdecken, dass er dich hierhergelockt hat. Dann wird die Rosengarden aber schon längst auf dem Meer sein und du bist tot. Anschließend wird er gejagt und endlich für alles büßen, was er mir angetan hat.

Er schubst mich tiefer in die Kajüte hinein und bindet meine Hände zusammen. Ich wehre mich, aber er ist stärker. Schließlich fesselt er auch meine Füße.

Er schubst mich auf den Boden und bindet ein Seil zwischen meinen gefesselten Händen und Füßen fest, das sie miteinander verknüpft. Ich liege wie ein L auf dem Boden, die Beine nach hinten angewinkelt, die Arme nach hinten unten gestreckt. Es ist mir unmöglich, mich zu bewegen.

»Wenn du zappelst, werden die Fesseln nur noch enger.« Er lächelt zufrieden über seine Arbeit.

»Warum tun Sie mir das an? Ich habe Ihnen nichts getan! Ich bin wie Sie ein Opfer von Marc!«

»Er liebt dich, das weiß ich zufällig. Du bist das Mädchen, das er damals gesucht hat. Ich weiß noch, wie er dich bei der Party gesehen hat. Danach war ich überhaupt nicht mehr interessant für ihn. Ich hätte zu dem Zeitpunkt wissen müssen, dass ich ihm nichts bedeute. Wenn er mich schon wegen einer Kuh wie dich stehenlässt, fühlt er nichts für mich. Dabei hätte ich alles für ihn getan.«

Mir dämmert auf einmal, dass das Geschäftliche für John nur zweitrangig ist. Er ist auf anderer Ebene enttäuscht von Marc.

»Sie mögen ihn, stimmt's?«

»Ich hasse ihn!«

»Aber vorher mochten sie ihn.« Ich sehe zu ihm auf und versuche, in seinem Gesicht zu lesen. Mehrere Gefühle zeigen sich darin. Abscheu, Sehnsucht, Enttäuschung, Liebe.

Doch er sagt nichts, sondern tritt mir stattdessen mit dem Fuß hart in den Magen.

Für einen Moment habe ich das Gefühl zu ersticken. Die Luft verlässt meinen Körper, es ist nichts mehr drin, kein einziges Molekül, das meine Organe versorgen könnte. Ein dröhnender Schmerz jagt von Kopf bis Fuß und wieder zurück. Ich habe das Gefühl, als würde mein Inneres brennen. Es ist so schmerzhaft, dass ich am liebsten geschrien hätte. Aber es geht nicht, weil mir die Luft fehlt. So fühlt es sich eher an wie ein Würgen.

Erst nach einem erschreckend langen Moment des Schmerzes breitet sich ein Lungenflügel vorsichtig wieder aus und lässt etwas Sauerstoff hinein.

Keuchend ringe ich nach Luft.

»Halt die Schnauze«, sagt er, dann lässt er mich allein. Während mein Körper versucht, wieder einigermaßen klarzukommen und mühsam die Schmerzen erträgt, spüre ich, dass der Klipper anfängt, stärker zu schaukeln. Als ich den Kopf hebe und durch die Luke schaue, sehe ich, dass wir uns vom Hafen entfernen. Was hat er vor?

Sobald ich wieder fit genug bin, fummele ich an den Stricken, die meine Hände fesseln, aber er hat leider recht gehabt. Je mehr ich daran ziehe, desto fester werden sie. Ich kann meine Finger kaum noch spüren. Die Blutzufuhr ist abgeklemmt.

Schließlich wird das Boot langsamer und schaukelt nur noch in den Wellen. Ich habe keine Ahnung, wo wir uns befinden. Durch die Luke kann ich kein Land mehr sehen. Ich habe auch kein Zeitgefühl, wie lange wir auf dem Wasser gefahren sind. Ich weiß nur, dass wir uns auf dem Meer befinden, weil das Schaukeln relativ stark ist. Auf einem Fluss oder in der Bucht wäre es weniger.

Plötzlich höre ich Schritte. Er kehrt zu mir zurück und zieht mich hoch.

»Ich hoffe, du hast nicht schon wieder irgendwelche dämlichen Ratschläge für mich«, sagt er mit kalter Stimme. »Du solltest dir gut überlegen, was deine letzten Worte sind.«

Er zerrt mich aus der Kajüte und trägt mich auf der Schulter nach draußen, wo ich nun endlich sehen kann, wo ich bin. Sydney ist nur ein schmaler Streifen am Horizont. Rechts ragt die Landzunge von Manly ins Meer hinaus. Das Licht eines Leuchtturms blinkt ohne Unterlass. Ein paar Boote schippern in einiger Entfernung an uns vorbei. Eines nimmt eine ähnliche Richtung ein wie wir.

»Was haben Sie vor?« Die Angst schnürt mir fast die Kehle zu.

»Weißt du, was die Schiffsleute früher mit ihren Feinden gemacht haben? Oder mit den Seeleuten, die bestraft werden mussten? Sie wurden an einem Seil querschiffs oder längsschiffs unter dem Boot entlanggezogen. Eine schöne Tradition, die ich an dir fortführen werde. Ich denke, die Polizei wird sich freuen, wenn sie deine Leiche findet und denkt, dass Marc das mit dir angestellt hat, weil du zu viel wusstest. Ich habe auch vorsichtshalber eine Jacke von ihm am Kai liegenlassen, damit sie auch wirklich merken, dass er dahintersteckt. Die Polizei ist manchmal etwas dämlich und braucht Hilfe bei ihrer Suche nach dem Mörder.«

Meine Beine zittern, aber ich weiß nicht, ob es Angst oder die unnatürliche Lage ist. John legt mich auf das Deck und holt ein weiteres Seil. Es ist viel länger und stärker. Das ist das Seil, an dem er mich kielholen will.

»John, Marc ist vermutlich längst geflohen«, sage ich mit zitternder Stimme. »Die Polizei wird ihn nicht finden. Vielleicht ist er schon in Thailand oder in Korea bei Chen.«

Die Panik lässt meinen ganzen Körper beben. Ich habe Todesangst.

Dazu kommt, dass ich wirklich denke, dass Marc über alle Berge ist. Er ist mir nicht aus den Höhlen gefolgt, sondern hat mich mit Wakefield alleingelassen. Ich bin ihm völlig egal. Er bringt sich in Sicherheit und lässt alle anderen zurück, ohne sich um sie zu scheren.

»Dann sorge ich dafür, dass er international gesucht wird und nie wieder ruhig schlafen kann. Bei jedem Schritt soll er sich fragen, ob jemand hinter ihm steht oder vor ihm aus dem Schatten tritt, um ihn festzunehmen. Er ist nirgends mehr sicher.« Er verbindet meine Fesseln mit dem langen, dicken Seil. Ich beginne zu weinen, ohne dass ich es verhindern kann. Die Tränen rinnen über mein Gesicht und tropfen in meine Haare. Aber John merkt es nicht einmal. Und selbst wenn er es merken würde, würde es ihn nicht erweichen.

Als er fertig ist, schiebt er mich zur Reling, wo er mich über die Kante schubsen will. Doch in dem Moment, als er sich aufrichtet, ertönt ein Schuss. Danach noch einer.

John stöhnt und geht in die Knie. Ich drehe den Kopf, um zu sehen, was mit ihm ist. Aus einer Wunde in der Brust fließt Blut, aus einer zweiten im Bauch ebenfalls. Schwer getroffen kracht er auf das Deck.

Mein Herz rast.

Ist das die Polizei? Wer hat auf ihn geschossen?

»Hilfe!«, rufe ich und lege meine letzte verbliebene Kraft in den Ruf. »Hilfe!«

Nur wenig später höre ich das Brummen eines Motors neben dem Klipper. Außerdem Schritte.

Ich kann nicht viel sehen, weil ich mich durch die Fesseln kaum rühren kann. Mein Kopf liegt direkt an der Reling, ich sehe nur den blutenden Körper von John.

»Alles in Ordnung«, sagt Marc plötzlich leise hinter mir und schneidet meine Fesseln auf.

Ich bin noch nie so froh gewesen, seine Stimme zu hören. Meine Tränen fließen noch viel stärker. Und als mich Marc in seine Arme nimmt, beginne ich zu schluchzen.

WILD AT HEART

MARC HÄLT MICH fest und schaukelt mich in seinen Armen wie ein Kind. »Du bist jetzt in Sicherheit«, murmelt er. »Ich bin bei dir.«

Ich bin völlig durch den Wind. Mein Körper zittert immer noch unkontrolliert, mein Schluchzen will einfach nicht aufhören. Meine Hände schmerzen furchtbar, weil sie endlich wieder durchblutet werden und das fast abgestorbene Fleisch sich bemerkbar macht. Ich schmiege mich an Marc und möchte nicht, dass er mich jemals wieder loslässt.

Ich habe keine Ahnung, wie lange es dauert, bis ich wieder einigermaßen zu mir komme. Eine halbe Stunde? Vier Stunden?

Als ich mich sammle und die letzten Tränen wegwische, ist es Nacht. Marc sitzt immer noch mit mir auf dem Deck und hält mich.

»Geht es dir besser?«

»Ja, ich denke schon.« Ich schniefe und wische mit dem Ärmel unter meiner Nase lang. Mit Sicherheit sehe ich jetzt grauenhaft aus. Rote verweinte Augen, verschmiertes Make-up und geschwollene Hände. Ich habe schon bessere Tage erlebt.

»Ist es okay, wenn ich jetzt aufstehe?«, fragt Marc vorsichtig. »Meine Beine sind eingeschlafen.«

»Natürlich.« Ich rutsche zur Seite, damit er aufstehen kann. Er hinkt, weil seine Beine vom langen Sitzen mit mir nicht so wollen wie er.

Dabei fällt mein Blick auf John, der auf dem Deck liegt und sich nicht rührt. »Ist er tot?«

»Ich denke schon.« Marc humpelt zu ihm und hockt sich hin, um die Schlagader an Johns Hals zu fühlen. »Ja, er ist tot.«

»Woher wusstest du, wo er ist?«

»Ich habe ihn seit ein paar Tagen beschatten lassen, weil ich den Verdacht hatte, dass er die Frauen umgebracht hat. Und als mein Kontakt mir vorhin mitteilte, dass er eine Frau auf ein Boot gebracht hat, wurde ich hellhörig. Ich habe versucht, dich anzurufen, aber du bist nicht ans Telefon gegangen.«

»Er hat mein Telefon am Kai liegenlassen.«

»Ich habe ihn orten lassen und bin mit dem Boot eines Freundes hierhergekommen. Es ist gut, wenn man viele Freunde hat, die einem etwas schuldig sind.«

»Haben sie dir auch die Pistole gegeben?« Sie liegt auf dem Deck in der Nähe der Leiche.

»Die stammt von dem Mann, der John verfolgt hat. Er hat sie mir gestern gegeben, weil er meinte, es sei besser, wenn ich vorbereitet bin.«

»Er ist ein weiser Mann.«

»Er ist auch schon über achtzig und weiß, wovon er spricht. Er ist mein Großvater.«

Ich muss lächeln. »Interessante Familie.«

»Wenn du willst, stelle ich dich vor.«

Ich werde wieder ernst und deute auf den Toten. »Was machen wir mit ihm?«

»Wir müssen ihn der Polizei übergeben.«

»Aber dann erwischen sie dich. Und du wirst wirklich wegen Mordes angeklagt.«

Er schweigt lange und sieht mich ruhig an.

»Es ist wahrscheinlich das Beste, wenn ich mich stelle. Ich habe definitiv Mist gebaut und Strafe verdient. Ich möchte nicht, dass du oder andere weiterhin Probleme haben wegen mir.«

Erstaunt sehe ich ihn an. »Ich hätte nicht gedacht, dass du so denkst.«

»Du weißt vieles über mich nicht.« Er lächelt mich an.

»John hat gesagt, du hättest eine schlechte Investition gemacht, die er mit seinem Geld ausbügeln musste, während du dich davongestohlen hättest. Ist das wahr?«

Sein Lächeln wird schief. »Es ist nur die halbe Wahrheit. Ich hatte damals kein Geld, weil mein Studium in England meine ganzen Ersparnisse aufgefressen hat. Und er sagte, es würde ihm nichts ausmachen, wenn er als Einziger mit seinem Kapital haftet. Ich hielt ihn für extrem großzügig und dachte, er hat genug, und stimmte zu. Ich hatte keine Ahnung, weshalb er so handelte und dass er nur das besaß, was er in die Firma steckte. Das erfuhr ich erst später, als es schon zu spät war. John war ... sagen wir mal, er wollte mehr von mir, als nur mein Geschäftspartner zu sein. Ich habe ihm klipp und klar gesagt, dass ich damit nichts am Hut habe und ausschließlich auf Frauen stehe. Aber er hat mich nicht in Ruhe gelassen. Und da habe ich aus Trotz gegen ihn eine falsche Investition gemacht, die ihm finanziell das Genick gebrochen hat. Das Verrückte war, dass es ihn gar nicht interessiert hat. Ihn hat nur gewurmt, dass ich ihn nicht wollte. Während unsere Firma auseinanderbrach, bekam ich ein Angebot von Asperger und Millen, das ich nicht ausschlagen konnte. John begriff, dass es vorüber war, und begann mich zu verfolgen. Da habe ich ihm auch die Freundschaft gekündigt. Ich habe die ganzen Jahre nichts mehr von ihm gehört. Erst vor kurzem, als Chen hier öfter auftauchte, da kam seine E-Mail.«

Ich betrachte ihn und versuche mir ein Bild von ihm zu machen. Wer ist er wirklich? Ich habe keine Ahnung, wen ich hier vor mir habe. Ich weiß nur plötzlich, dass ich ihn nicht verlieren möchte.

»Sie werden dich ins Gefängnis stecken«, sage ich leise.

»Ich weiß. Es geht aber nicht anders.«

»Vielleicht gibt es noch eine andere Möglichkeit?«

»Ich denke nicht.«

Er steht auf und hilft mir, mich aufzurichten. Meine Füße schmerzen ebenfalls, aber es ist zum Aushalten. Marc steigt in das Motorboot seines Freundes und ruft über Funk die Polizei. Ich wünsche mir einen anderen Ausgang der Geschichte, aber ich weiß auch nicht, welche Alternative es für Marc geben kann. Danach kehrt er zu mir zurück und wir setzen uns auf eine Bank und warten, dass die Polizei eintrifft.

Etwa zwanzig Minuten später kommt die Küstenwache und bringt uns an Land. Dort warten etwa zehn Beamte auf Marc, mich und den Toten. Wakefield kommt angefahren, als ich in ein Polizeiauto gesteckt werde und zur Wache gefahren werden soll. Ich bin ihm gleichgültig, er setzt sich sofort in den Wagen, in dem Marc gefahren wird.

Marc ist in Handschellen.

Ich habe keine.

Im Vernehmungszimmer nimmt dieses Mal eine Frau meine Aussage auf. Sie lässt einen Arzt bringen und meine Verletzungen untersuchen. Als beide feststellen, dass ich die Entführung überleben werde, darf ich gehen. Sie geben mir sogar mein Handy wieder, das sie am Kai gefunden haben. Das Display ist kaputt, aber der Rest funktioniert noch. Immerhin. Das heißt, dass ich meine letzten Kröten nicht für ein neues Handy ausgeben muss.

»Was ist mit Marc?«, frage ich die Beamtin, als ich zur Tür gehe.

»Der wird noch verhört.«

»Kann ich ihn sprechen?«

»Nein, ganz sicher nicht.«

»Er hat mein Leben gerettet.«

»Das ist sehr nett von ihm, aber Sie können ihn trotzdem nicht sprechen.«

Ich verziehe den Mund. »Okay.«

Ich werde es früh genug erfahren, wenn er ins Gefängnis kommt. Ich gehe hinaus, während in meinem Herzen ein heißer Disput stattfindet. Auf der einen Seite habe ich Marc immer noch nicht verziehen, dass er mich so schlecht behandelt, belogen und betrogen hat. Auf der anderen Seite sehne ich mich immer mehr nach ihm, und nicht nur nach Arthur. Marc hat Seiten an sich, von denen ich keine Ahnung hatte. Vielleicht ist er im Grunde seines Herzens gar nicht so übel. Immerhin kenne ich nun auch seine Ansicht zu der Geschichte mit John. Und ich glaube ihm, denn auch ich hatte das Gefühl, dass John mehr als nur geschäftliche Interessen zu Marc ziehen. Und seine Rache war ebenfalls sehr persönlich, es konnten nur persönliche Gründe dahinterstecken.

Niedergeschlagen fahre ich nach Hause. Es ist inzwischen lange nach Mitternacht. Ich erwarte eigentlich, dass Jeremy und Uma im Bett liegen, aber als ich die Tür öffne, finde ich ein knutschendes Pärchen in der Küche.

»Esther!«, ruft Uma und strahlt mich an. Sie sitzt auf dem Schoß von keinem Geringerem als ihrem Ex Sean. »Wie toll, dass du noch kommst. Du siehst aus, als wärst du von einer Dampfwalze überrollt worden, aber es ist trotzdem schön, dich zu sehen.« Sie springt auf, um mich zu umarmen. Ratlos lasse ich es geschehen.

»Er hat nicht lockergelassen und die andere tatsächlich verlassen«, flüstert sie in mein Ohr. »Wegen mir. Er hat gesagt, er liebt mich.«

»Das ist fantastisch«, flüstere ich zurück und lächele. Ein echtes Lächeln, das sich richtig gut anfühlt. Als würde ihr Glück ein wenig auf mich abfärben und mein Elend erleichtern.

»Finde ich auch. Wir gehen gleich in mein Zimmer. Nur noch einen Moment.«

Sie lässt mich stehen und setzt sich wieder auf Seans Schoß, um weiter mit ihm zu knutschen.

»Ich bin müde, ich gehe schlafen«, sage ich und lasse die beiden in Ruhe. Kaum bin ich in meinem Zimmer, falle ich aus meinen Sachen und lege mich ins Bett.

Ich möchte gern wissen, was aus Marc wird, aber die Antwort auf diese Frage liegt nicht unter meiner Bettdecke. Sie kommt auch nicht in den zwei unruhigen Stunden Schlaf, die ich finde. Immer wieder schrecke ich auf, weil ich von John träume und voller Angstschweiß im Traum von ihm gequält werde. Als endlich Morgen ist, stehe ich wie gerädert auf und gehe unter die Dusche. Danach ziehe ich mich an und beschließe, heute zur Arbeit zu gehen. Mein Vertrag läuft noch bis zum Ende des Monats und irgendjemand muss ja die Kunden vertrösten, wenn Marc schon nicht zu sprechen ist.

Doch als ich ins Büro komme, bleibe ich wie angewurzelt stehen. Marc Morton steht splitterfasernackt in seinem Büro. Sein Anzug liegt zerknittert auf dem Boden, sein Hemd liegt darüber. Als hätte er sich gerade ausgezogen.

Vor lauter Schreck frage ich ihn nicht, wieso er hier steht und nicht im Gefängnis ist.

Als er mich sieht, verdreht er die Augen und lächelt. »Musst du mich schon wieder überraschen? Du kennst den Anblick doch schon.«

»Ich habe beim letzten Mal nicht auf dein Mal auf der Hüfte geachtet.« Ich werfe einen kurzen Blick auf seine Hüfte, dann mache ich auf dem Absatz kehrt und gehe zu meinem Schreibtisch. Ich will noch einen Blick auf ihn erhaschen, aber er schafft es, die Tür mit dem Fuß zuzuschlagen.

Fünf Minuten später öffnet sich die Tür wieder und er steht in einem frischen Hemd und Anzug vor mir. Er ordnet noch die Manschetten, als er zu mir tritt.

»Tut mir leid, ich habe es nicht geschafft, nach Hause zu fahren, um mich zu duschen und umzuziehen, deshalb habe ich es hier getan.«

Ich nicke und winke ab, als fände ich es inzwischen völlig normal, dass er nackt in seinem Büro steht, wenn ich bei der Arbeit erscheine.

»Ich verstehe. Kein Problem. Ich wundere mich nur, dass sie dich freigelassen haben.«

Er wird plötzlich ernst und sieht mich nachdenklich an.

»Ich bin auf Wakefields Angebot eingegangen. Er will Chen, ich werde ihm Chen liefern.«

Ich schnappe nach Luft. »Aber wie willst du das tun? Chen misstraut dir schon!«

»Das kriege ich hin. Vertrau mir.«

Kaum haben die Worte seinen Mund verlassen, beugt er sich vor und küsst mich auf die Lippen. Der Kuss kommt so plötzlich, dass ich nicht zurückweichen kann.

Verdutzt sehe ich ihn an, während er lächelt.

»Ich musste es tun. Die ganze Zeit konnte ich an nichts anderes denken. Und ein Kuss in diesem Büro gehört zu meinen heimlichen Träumen. Natürlich ist da noch mehr, wovon ich heimlich träume, aber der Kuss ist ein Anfang.«

Ich lächele ebenfalls. »Träume sind etwas Schönes.«

»Ich weiß.« Er zwinkert mir zu und geht hinaus. Ich weiß immer noch nicht, wie er Chen ausliefern will, aber ich frage ihn nicht danach. Er wird mir sowieso keine Antwort geben.

Er bleibt den ganzen Tag bei Asperger. Ich habe keine Ahnung, was die beiden besprechen, aber es muss wichtig sein, denn am Nachmittag kommt Jennifer Fognini in mein Zimmer.

»Ist es wahr, dass Marc nichts mit den Morden zu tun hat?«, fragt sie und setzt sich auf den Stuhl neben meinem Schreibtisch.

»Ja, es war sein Freund aus Studienzeiten.«

»Und warum?«

Ich zucke mit den Schultern und versuche, die Sache so vage wie möglich zu halten. »Eifersucht. Ärger im Job. Das Übliche. Nur dass es John zu persönlich genommen hat.«

»Asperger ist froh, dass Marc wieder im Boot ist. Sie stecken schon die ganze Zeit die Köpfe zusammen. Ich denke, es geht um die Besucher.« Sie macht ein wichtiges Gesicht, um mir dadurch klarzumachen, welche Besucher sie meint.

Chen.

»Ich dachte, die Asiaten misstrauen Marc?«

»Asperger überzeugt sie gerade davon, dass Marc wegen der Morde mit der Polizei zusammengearbeitet hat. Sie haben keinen Grund, ihm nicht zu glauben.«

Ich lächele schief. »Das ist richtig. Es ging nur um die Morde.«

»Natürlich!« Sie klingt überzeugt davon und ich lasse sie in dem Glauben. »Und geht es dir inzwischen besser? Du siehst immer noch etwas mitgenommen aus.«

»Es waren ein paar heftige Tage. Meine Gesundheit ist etwas angegriffen, fürchte ich.«

Sie glaubt mir auch das. »Du musst gesund essen, dann steckst du alles besser weg. Und es gibt jetzt dieses neue Wundermittel, Astairgendwas, was dich ganz besonders gesund halten soll. Ich probiere es gerade aus und werde dir später davon berichten.«

»Danke, das wäre nett.«

Sie steht wieder auf. »Hast du noch Jasmintee da?«

»Ja, ich denke schon.«

»Es kann sein, dass du ihn in den nächsten Tagen benötigst.«

Mit diesen Worten geht sie aus dem Zimmer.

Heißt das, Chen kommt demnächst wieder her? In dem Fall werde ich mit Sicherheit nicht hier sein, sondern sämtliche Anzüge von Marc, Asperger oder wem auch immer in die Reinigung bringen. Auch in eine am anderen

Ende der Stadt. Oder in Canberra. Oder in Melbourne. Irgendwo, nur nicht hier. Mein Bedarf an Verbrechern ist gestillt, ein für alle Mal.

CHEN ERSCHEINT DIREKT am nächsten Tag. Als ich ins Büro trete, höre ich seine Stimme im Nebenzimmer und mache auf dem Absatz kehrt. Ich gehe in die Kaffeeküche und schaue der Kaffeemaschine beim Tropfen zu. Anschließend beobachte ich die Spatzen auf der Terrasse am Haus gegenüber. Als Mittag ist, mache ich eine ausgiebige Mittagspause am Opernhaus, wo ich den Schiffen und Fähren zuschaue. Als ich zurückkehre, kommt Asperger gerade aus Marcs Büro. Von Chen ist nichts mehr zu sehen.

»Sie können den Tisch abräumen«, sagt Asperger, als wäre ich seine Putzfrau, und rennt an mir vorüber. Er wirkt zufrieden. Sein Gesicht ist entspannt, sein Gang energisch. Offenbar konnte er sich mit Chen einigen.

»Gern«, erwidere ich und sehe ihm missmutig hinterher. Ich bin nicht so zufrieden mit dem Ausgang. Das wäre ich erst, wenn Chen und seine Leute endlich nicht mehr die Straßen unsicher machen würden.

Ich gehe in Marcs Büro und räume den Tisch ab. Der Jasmintee in der Tasse ist kalt, es fehlt kein Tropfen. Ich wundere mich, wer ihn gekocht hat, ob es Marc selbst war oder Asperger. Oder ob sich Jennifer Fognini erbarmt hat.

Ich bringe das Tablett raus und stelle das Geschirr in die Spülmaschine. Den Tee kippe ich weg. Danach kehre ich in mein Büro zurück und höre aus Marcs Zimmer ein Geräusch. Als ich die Tür öffne, weiche ich zurück und schüttele den Kopf.

»Ernsthaft? Schon wieder? Bist du Exhibitionist?«

Da steht doch Marc tatsächlich mit dem Rücken zu mir im Büro und zieht sein Hemd aus. Als er mich hört, fährt er erst erschrocken rum, doch dann lacht er. Ich kann einen Teil seiner Brust sehen, weil mehrere Knöpfe bereits geöffnet sind. Und da entdecke ich es.

Ein Mikrofon.

Erschrocken halte ich die Luft an. »Du hast es getan?«

Er nickt. »Wie schon gesagt, Wakefield lässt mich vom Haken, wenn ich ihm Chen liefere.« Er spricht leise, damit ihn niemand sonst hört. »Ich habe versprochen, etwas aus Chen herauszukitzeln, was Wakefield gebrauchen kann. Und ich denke, es ist mir gelungen.«

»Was hat er gesagt?«

»Er hat ein Konto genannt, das er benutzt und das auf den Namen seiner Frau läuft. Und ich weiß, dass darauf schmutziges Geld ist. Wenn sie dem Geld folgen, haben sie ihn.«

Erleichtert atme ich aus. »Das ist gut.«

»Ja, das ist gut. Das Problem daran ist, dass Asperger ebenfalls mit dran glauben wird, denn er hat ein paar Sachen von sich gegeben, die Wakefield stutzig machen werden.«

»Was denn?«

»Steuerhinterziehung zum Beispiel. Außerdem wollte er Chen beeindrucken und hat zugegeben, dass er vor Jahren die Börse mit Scheingeschäften manipuliert hat. Auch das wird bei Wakefield nicht gut ankommen.«

»Nein, ganz sicher nicht.«

Ich stehe vor ihm und weiß nicht, was ich machen soll. Es fühlt sich alles so verworren in mir an. Als würden sich meine Hirnwindungen gerade neu verknüpfen, um mit dem Mann ins Reine zu kommen, der vor mir steht.

»Ich kann trotzdem nicht hierbleiben«, sage ich leise. »Meine Kündigung gilt noch.«

»Ich verstehe. Das ist okay.«

In seinen grünen Augen suche ich nach einer Lösung für mein Problem, aber ich finde nur Wärme darin. Dann war es neulich kein Versehen, als sie darin leuchtete. Sie scheint öfter da zu sein, ich habe sie nur noch nicht bemerkt. Oder er hat sie gut versteckt.

Vielleicht ist Marc Morton doch kein so schlechter Kerl.

»Es waren ein paar interessante Tage mit dir.«

Er lächelt. »Sie waren den ganzen Kampf wert, den ich austragen musste, um dich engagieren zu können.«

Irritiert runzele ich die Stirn. »Was meinst du damit?«

»Niemand in der Firma wollte dich auch nur zu einem Bewerbungsgespräch einladen, aber ich habe mich durchgesetzt. Ich wollte dir die Chance geben. Ich dachte, wenn eine Firma wie MAM dich einstellt, hast du bessere Chancen auf dem Markt. Und ich wollte dich natürlich wiedersehen.« Er grinst unsicher. Das ist das erste Mal, dass ich Marc Morton unsicher erlebe. Außer vielleicht in der Nacht der Party vor Jahren, als er mich das erste Mal ansprach.

»Es tut mir leid, dass ich damals einfach gegangen bin«, sage ich. »Es war nicht wegen dir. Um ehrlich zu sein, habe ich in der Nacht mehr Spaß gehabt als je zuvor in meinem Leben. Es war wunderschön. Ich war damals einfach noch nicht bereit für eine Beziehung. Ich wollte Karriere machen und die Welt erobern. Ich habe nicht im Traum daran gedacht, dass ich dich verletzen könnte.«

Er schweigt einen Moment. »Bist du jetzt bereit?«

Ich schlucke. Bin ich bereit? Für eine Beziehung mit Marc Morton?

»Ich weiß nicht.«

»Ein *Ich weiß nicht* ist immerhin besser als ein *Nein*.«

Ich lächele. »Ein Optimist bist du also auch.«

»Ja, und ich bin sogar so optimistisch, daran zu glauben, dass du mir meinen Traum erfüllst.«

»Welchen Traum?«

Er geht auf mich zu und zieht mich an sich. »Den vom Sex auf meinem Schreibtisch.«

Ich will ihn lachend von mir schieben, doch er hält mich fest.

»Und wie schon gesagt: Das Angebot gilt noch«, sagt er leise mit britischem Akzent. »Tausend Nächte für deinen sehnlichsten Wunsch.«

Sofort reagiert mein Körper auf ihn, auf seine Nähe, auf seinen Duft, auf seinen Atem auf meiner Haut. Ich schlinge meine Arme um seinen Nacken und sehe zu ihm auf. Doch bevor ich etwas erwidern kann, landen seine Lippen auf den meinen. Sie sind so hungrig und gierig, dass ich von ihrer Leidenschaft fortgerissen werde und kaum zum Luftholen komme. Dieser Mann kann küssen! Seine Lippen sind so weich und sanft, geschmeidig und liebevoll, dass ich mich komplett darin verliere. Es fühlt sich fast ein bisschen an, als würde ich fliegen. Mein Körper wird fast schwerelos, während seine Zunge ungeduldig über meine Lippen streift, damit ich sie öffne. Als sie in meinen Mund eindringt, nimmt sie mir den Atem. Ich klammere mich an ihn, weil ich das Gefühl habe, in diesem Büro sonst ins Bodenlose zu stürzen. Seine Hände umfassen meinen Körper und drücken mich gegen die Kante seines Schreibtischs. Ich rutsche auf den Schreibtisch und schlinge meine Beine um seine Hüften. Seine Finger umfassen meine Wangen, seine Daumen streicheln meine Haut.

Mein Körper beginnt zu zittern, als ich seine Hand an meinem Schenkel spüre und er meinen Rock hochstreift.

»Sag mir, wenn du aufhören willst«, flüstert er.

»Ich will nicht aufhören.« Mein Herz schlägt heftig und intensiv und jagt mit jedem Schlag ein verlangendes Prickeln durch meinen Körper. Er küsst mich wieder und drückt mich gegen den Schreibtisch. Als er dabei den Stapel mit der Ablage umstößt, fegt er den Rest der Unterlagen, die sich auf dem Schreibtisch befinden, auch noch runter.

»Dieser Schreibtisch musste sowieso mal aufgeräumt werden. Aber jetzt haben wir Besseres zu tun.«

Ich lächele und ziehe seinen Kopf zu mir herab. Nun will ich erst recht nicht, dass er aufhört. Er ist wie Marc und Arthur vereint, nett und böse. Good Boy und Bad Boy in einer Person.

Seine Hand greift nach meiner Brust, und ich schnappe erneut nach Luft.

Ich stöhne zwischen langen Küssen, als er mich auf den Schreibtisch legt, mit seinen Händen unter meinen Rock fährt und meine Oberschenkel streichelt, bis ich das Prickeln bis in die letzte Nervenzelle spüren kann. Seine Zunge malt heiße Kreise auf meiner Haut, die langsam abkühlen, wenn sein Atem darüber gleitet. Seine Augen schimmern in einem geheimnisvollen Grün, ein lustvoller Schleier liegt über den Pupillen. Als eine seiner Hände unter meine Bluse gleitet, bäume ich mich auf. Seine Finger wandern auf meiner Haut zu Stellen, die Arthur bereits berührt hat und die mich in andere Sphären katapultieren können. Ich weiß, wozu er in der Lage ist. Ihn sehen zu können, ändert nichts an der Lust, die er in mir entfacht.

Er zieht meinen Rock hoch und holt mich näher an sich heran. Seine Erektion drückt genau zwischen meine Beine. Er küsst mich wieder und streift mit den Händen meinen BH zur Seite, um meine Brüste streicheln zu können. Als er meine Nippel in den Mund nimmt und daran knabbert, stöhne ich so laut und heftig, dass ich Angst habe, jemand im Flur könne uns hören. Aber niemand kommt und beschwert sich. Ich höre nur Jennifers Lachen in der Ferne, die mit irgendjemandem flirtet. Und ich vernehme das Knistern meines Höschens, als Marc es auszieht. Danach raschelt das Kondom, das er überstreift. Marc flüstert meinen Namen, während er mich öffnet und mit den Fingern durch meine Feuchtigkeit streicht. Er seufzt in meinen Mund, als er in mich eindringt.

Anschließend nehme ich nicht einmal mehr das wahr, weil ich in diesem wunderbaren Gefühl gefangen bin, das er in mir auslöst. Mein Körper fühlt sich an wie ein Ozean aus Lust, mein Innerstes ist aufgewühlt und voller Hunger nach dem, was er mit mir anstellt. Ich verliere mehr und mehr die Kontrolle, klammere mich an ihn und will ihn nie wieder loslassen. Alle Muskeln meines Körpers spannen sich an, auch die um seinen Schwanz, sodass Marc lustvoll in mein Ohr stöhnt.

Ich öffne die Augen und sehe ihn an. Er ist das Heißeste und Erotischste, das ich je gesehen habe. Sein nackter Oberkörper ist perfekt, jeder Muskel ist wie gemeißelt, auf seiner Haut schimmert ein feiner Schweißfilm. Seine Finger graben sich in mein Fleisch, und aus seiner Kehle kommt ein leises lustvolles Knurren. Er klingt wie ein Raubtier. Seine Augen sind grün wie der Dschungel, verdeckt von langen, dunklen Wimpern. Er ist Marc und

Arthur in einem. Eine perfekte Kombination, die mich um meinen Verstand bringt.

Dann muss ich meine Lider wieder schließen, weil die Empfindungen, die er mit seinem Rhythmus in mir auslöst, zu intensiv werden. Langsam steuere ich auf einen gewaltigen Höhepunkt zu. Er vibriert und dröhnt in meinem Körper, bis die Gefühle über mir zusammenschlagen. Und bis Marc meinen Namen erneut stöhnt, während er kurz nach mir explodiert.

»Ich glaube, ich nehme das Angebot an«, flüstere ich, als sich mein Atem beruhigt hat.

Er lacht leise und zieht mich an sich.

Ich lasse es widerstandslos geschehen.

EPILOG

ES WERDEN KEINE tausend Nächte mit Marc, nur hundertachtzehn, um genau zu sein. Danach sind Marc und ich uns einig, dass es Zeit wird, meinen sehnlichsten Wunsch in die Realität umzusetzen: meine eigene Firma.

Weitere hundertvierundneunzig Nächte dauert es, bis wir alles so weit organisiert haben, dass meine Firma arbeitsfähig ist und der erste Arbeitstag beginnen kann.

»Bist du fertig?«, fragt Marc geduldig, als ich aus dem Badezimmer komme. Ich habe mich gerade zum vierten Mal umgezogen, weil ich nicht weiß, was ich am ersten Tag als Chefin meiner eigenen Firma tragen soll. Außerdem habe ich fünfmal mein Haar gebürstet, da es durch das Umziehen wieder unordentlich geworden war. Aber vielleicht musste ich auch einfach meine Nerven beruhigen.

»Wie sehe ich aus?«, frage ich und drehe mich um mich selbst.

»Atemberaubend.« Ich habe jetzt ein enganliegendes, schwarzes Kleid mit einem knielangen Rock an, das meine Figur zur Geltung bringt und trotzdem professionell aussieht, damit ich in meiner Firma einen guten Eindruck mache.

Marc lächelt bewundernd. Aber seine Meinung ist mit Vorsicht zu genießen. Ich gefalle ihm auch in Jeans und T-Shirt. Und am besten, wenn ich gar nichts anhabe.

Daher muss ich mich auf meine eigene Meinung verlassen. Aber das muss ich ab jetzt sowieso, wenn ich die Chefin meiner Firma bin.

Meine eigene Firma. Es gibt keinen Boss mehr über mir, der mich drangsalieren kann. Keine Personalabteilung, die mich ablehnt. Nur ich bin für meine Taten verantwortlich. Wenn ich Mist baue, muss ich allein büßen.

Naja, vielleicht nicht ganz allein. Marc ist bei mir. Er hat mir das Geld für meine Firma gegeben und ist als stiller Teilhaber mit einem Teil seines Vermögens beteiligt. Wegen meiner Vorstrafe habe ich keinen Kredit von der Bank bekommen, aber Marc hat alles für mich übernommen. Er ist ein wunderbarer Freund und Partner, besser als ich es je erhofft hätte.

»Ich bin so weit.« Ich hole tief Luft und sehe ihn an. Sein Lächeln ist umwerfend: sexy, zärtlich, stolz. Als würde er sich über die Erfüllung meines Traumes genauso freuen wie ich mich.

Er reicht mir die Hand. »Dann können wir jetzt also fahren.«

»Ja, können wir.«

Gemeinsam verlassen wir seine Wohnung, in die ich vor zweihundertsieben Nächten eingezogen bin. Lancelot, den ich nur noch Lance nenne, wartet unten am Wagen auf mich. Er arbeitet immer noch für Marc, meistens als Chauffeur, gelegentlich als Bote oder Bodyguard. Manchmal frage ich mich, woher Marc ihn kennt, aber bisher hat es mir Marc nicht verraten. Wer weiß, welches Geheimnis hinter dieser Freundschaft und diesem Mann steckt. Vielleicht erzählt er es mir irgendwann.

Gemeinsam fahren wir in den Central Business District, wo mein Büro über einem Schönheitsinstitut liegt. Wir steigen aus und ich streiche den Rock meines schwarzen Kleides glatt. Danach steigen wir die Stufen nach oben in den zweiten Stock.

»Warte«, sagt Marc, als ich die Tür öffnen will. »Du darfst etwas nicht vergessen.«

Lächelnd zieht er eine Augenbinde aus seiner Hosentasche und will sie mir anlegen.

»Nein, das mache ich nicht!«, protestiere ich lachend. »Nicht heute.«

»Doch, besonders heute. Damit fing alles an, mit uns beiden und mit dieser Augenbinde. Der erste Tag in deiner eigenen Firma, es wäre nur logisch, dass du sie trägst.«

»Nein, wirklich nicht.« Ich bin immer noch dagegen, aber mein Protest klingt nicht mehr ganz so heftig. Irgendwie schafft es Marc immer, dass ich seinen Wünschen nachgebe.

»Es ist noch keiner von deinen Angestellten da, niemand wird es sehen.«

Ich will dieses Mal eigentlich hart bleiben, aber er hat recht. Damit fing alles an. Mein Job bei Anita Paulsen und die Treffen mit ihm, in denen ich ihn nicht sehen konnte und wo er mir den Vorschlag machte, mir meinen Wunsch zu erfüllen, wenn ich ihm tausend und eine Nacht zur Verfügung stehe.

»Es wäre nur, um den Kreis zu schließen«, sagt er leise und küsst mich sanft. Ich liebe seine Küsse, seine Zärtlichkeiten, seine Aufmerksamkeit. Wie es sich herausgestellt hat, ist er tatsächlich eine Mischung aus Marc und Arthur. Und ich bin immer noch fasziniert von ihm, von seinen manchmal etwas weniger angenehmen Seiten und von den guten, die mich regelmäßig um den Verstand bringen. Marc kann launisch und dickköpfig sein und auch sehr fordernd, als wäre er der einzige Mann auf dem ganzen Planeten. Auf der anderen Seite ist er aber auch liebevoll und gibt sein letztes Hemd für jemanden, den er liebt. Und er liebt mich. Bedingungslos. Ich musste noch nicht einen Moment an seinen Gefühlen für mich zweifeln.

Und ehrlich gesagt, ich liebe ihn auch. Jede Faser von ihm, auch die, die mich ärgern oder reizen. Sie gehören zu ihm wie sein Mal an der Hüfte. Und wenn er mich in seinen Armen hält und mit Zärtlichkeiten überhäuft, vergesse ich sowieso alles andere und gehe ganz in ihm auf.

Ich gebe nach und gönne ihm die Freude, mir die Augenbinde anzulegen und mich in mein Büro zu führen. Es riecht neu, nach frischer Farbe und teuren Holzmöbeln, nach exquisitem, weichem Teppich, hochwertigen elektronischen Geräten und einer gerade erst installierten Klimaanlage.

Und ... es riecht nach einem Mix von verschiedenen Parfüms.

Das ist seltsam.

Diese Düfte gehören nicht hierher.

»Alles Gute in der neuen Firma!«, ertönt auf einmal ein Chor von verschiedenen Stimmen.

Überrascht nehme ich die Augenbinde ab und blinzele in das Morgenlicht, das durch die Fenster scheint. Etwa zwanzig Leute sind gekommen und strahlen mich an. Meine Mutter sehe ich, meine Schwester und deren Mann, außerdem Marcs Eltern und Großeltern, Uma, Sean, Jeremy und noch ein paar Freunde. Die meisten halten Champagnergläser in den Händen und prosten mir zu. Unter der Decke schweben Luftballons, ein paar Luftschlangen hängen von den Lampen.

Überrascht und glücklich lache ich in die Runde und würde am liebsten sofort alle Anwesenden umarmen. »Das ist ja eine wunderbare Überraschung! Warst du das?« Ich wende mich an Marc, der mich zufrieden anlächelt.

»Ich habe die Feier organisiert, während du dich um die Einstellung der neuen Angestellten gekümmert hast.«

»Danke!« Stellvertretend für die Gäste umarme ich Marc und möchte ihn am liebsten gar nicht mehr loslassen. Aber Seth, Marcs Großvater, ruft mir zu: »Können wir jetzt endlich den Champagner trinken? Wir warten hier schon seit einer halben Ewigkeit.« Ein paar Gäste kichern, einige stimmen ihm schmunzelnd zu.

»Natürlich! Danke, dass ihr an diesem Tag alle gekommen seid. Ich danke euch von ganzem Herzen. Und deshalb sollten wir so schnell wie möglich etwas trinken, ich brauche auch was.«

Uma reicht mir ein volles Glas, damit ich mit allen gemeinsam trinken kann. Kaum habe ich es ausgetrunken, fühle ich mich endlich ruhiger. Wie eine richtige Chefin. Und als nur wenig später meine drei Angestellten eintreffen, erlaube ich ihnen ebenfalls, ein Glas zu trinken.

Ich genieße den Tag, als wäre es ein Geburtstag oder eine Hochzeit. Es fühlt sich auf einmal an, als wäre ich gar nicht allein mit meiner neuen Aufgabe. Nicht nur Marc steht mir bei, auch meine Freunde und die Familie. Meine Mutter erkennt zwar weder mich noch Doro, aber sie scheint Spaß dabei zu haben, mit Jeremy zu scherzen und Marc neckisch in den Arm zu zwicken. Als Marcs Großvater sie um einen

Tanz mitten in meinem Büro bittet, lässt sie sich darauf ein. Seit dem Beginn ihrer Krankheit habe ich sie nicht mehr so glücklich gesehen.

Marc redet mit seinen Eltern, die ich inzwischen auch schon kennengelernt habe. Nach der vierundvierzigsten Nacht hat er mich ihnen als seine neue Freundin vorgestellt. Ich glaube, sie sind sehr erfreut, dass er endlich mit jemandem länger zusammen und vor allem so glücklich ist. Ja, ich denke, Marc ist glücklich mit mir. Er lacht viel und erfüllt mir jeden Wunsch, manchmal sogar noch bevor ich ihn ausgesprochen habe, als wüsste er genau, was ich brauche.

Ich bin auch glücklich mit ihm. Und ich hoffe, dass noch viele Nächte mit ihm vor mir liegen.

»Wer ist eigentlich der Typ, der dort neben der Tür steht?«, fragt mich Uma und kommt zu mir. Sie sieht zu einem attraktiven jungen Mann, der in einfachen Jeans und einem weißen T-Shirt an der Wand lehnt und etwas verloren wirkt, als würde er nicht dazu gehören. Er hat in den vergangenen Wochen die Renovierungsarbeit im Büro übernommen und heute Nacht noch ein paar Kabel verlegt, die in letzter Sekunde verändert werden mussten. Ohne ihn hätte ich die Firma heute noch nicht eröffnen können.

»Er hat die Wände gestrichen und fast jede Arbeit hier erledigt. Marc hat ihn irgendwo aufgesammelt, aber frag mich nicht, wo. Marc sagt, er kam aus dem Nichts, mehr weiß ich aber nicht über ihn. Nur, dass er Tom Baker heißt und ein verdammt guter Handwerker ist.«

»Und verdammt gut aussieht.«

Damit hat sie recht. Aber andere Männer interessieren mich nicht mehr. Und Uma auch nicht. Sie ist mit Sean immer noch glücklich. Und mit ihrem gemeinsamen Baby.

Uma hat tatsächlich inzwischen ein Kind, ein kleines Mädchen, das Sean vergöttert, sodass er seinen Job für eine Weile an den Nagel gehängt hat, um sich um die Kleine kümmern zu können. Dafür hat Uma eine Hauptrolle in einem Kinofilm ergattert und wird in ein paar Monaten auf der Leinwand als eine störrische Braut zu sehen sein.

»Wer weiß, was er erlebt hat«, sage ich und trinke noch ein Glas Champagner. Ich muss jedoch einen kühlen Kopf bewahren, denn es ruft tatsächlich ein Kunde an. Da MAM nicht mehr existiert, weil Asperger wegen Steuerhinterziehung verurteilt wurde, übernahm Marc die Hälfte der Klienten und übergab einen Teil davon mir. Mit ihnen werde ich nun zusammenarbeiten und ihre Geldgeschäfte erledigen. Aber nur legale Sachen. Chen ist zum Glück für lange Zeit weggesperrt, er wurde vor ein paar Wochen in Neuseeland wegen Drogenhandels und Geldwäsche im großen Stil verhaftet. Er hat versucht, dort jemanden anzuheuern, der seine schmutzigen Geldangelegenheiten erledigt. Zusammen mit dem Konto seiner Frau, auf dem illegale Millionen schlummern, werden die Beweise endlich reichen, ihn für viele Jahre zu verurteilen, vielleicht sogar für immer.

Marc wird als Berater für mich arbeiten, aber nur, wenn ich will. Zuerst wollte ich ihn komplett aus meinen Firmengeschäften raushalten, aber dann gefiel mir die Vorstellung, seine Chefin zu sein. Das wäre nur gerecht, und ich finde bestimmt viele Kostüme und Kleider, die er für mich in die Reinigung bringen kann.

Nach und nach verabschieden sich die Gäste und der Arbeitsalltag zieht ein. Ich setze mich an meinen Schreibtisch und lege die Füße auf die Arbeitsplatte. Als Marc in mein Büro kommt und mich in dieser Pose sieht, lacht er.

»Du siehst schon wie ein echter Firmenboss aus.«

»Und ich fühle mich auch schon fast wie einer. Wie wäre es, wenn du mir einen Kaffee bringen würdest?«

»Gleich. Ich habe erst etwas anderes mit dir vor.«

»Und was?«

An seinem Blick kann ich sehen, was er meint. Verlangen schimmert darin.

»Ich denke, wir sollten das Büro zuerst einweihen, bevor du darin arbeitest.«

»Damit könntest du recht haben. Hast du die Augenbinde noch bei dir?«

Ein verschmitztes Blitzen funkelt in seinen Augen. Er lächelt. »Natürlich.«

ENDE

Jetzt Fan werden bei Facebook und keinen neuen Erscheinungstermin mehr verpassen! Außerdem kannst du an Verlosungen für Rezensionsexemplare und an Gewinnspielen teilnehmen!
Facebook.com/Johanna.Marthens

27184471R00174

Printed in Poland
by Amazon Fulfillment
Poland Sp. z o.o., Wrocław